KB026791

The Facts

A Novelist's Autobiography

PHILIP ROTH

THE FACTS: A NOVELIST'S AUTOBIOGRAPHY
by Philip Roth

Copyright © 1991, Philip Roth
Korean Translation Copyright © 2017 MUNHAKDONGNE Publishing Corp.
All Rights Reserved.
This Korean edition in published by arrangement with The Wylie Agency LTD.

이 책의 한국어판 저작권은
The Wylie Agency LTD.와 독점 계약한 (주)문학동네에 있습니다.
저작권법에 의하여 한국 내 보호를 받는 저작물이므로
무단 전재와 복제를 금합니다.

이 도서의 국립중앙도서관 출판예정도서목록(CIP)은
서지정보유통지원시스템 홈페이지(http://seoji.nl.go.kr)와
국가자료공동목록시스템(http://www.nl.go.kr/kolisnet)에서 이용하실 수 있습니다.
(CIP제어번호: CIP2018019870)

The Facts
A Novelist's Autobiography

—

사실들
한 소설가의 자서전

PHILIP ROTH

필립 로스 지음
민승남 옮김

문학동네

예순을 맞이한 형제에게

그가 말하는 동안 나는 사람들이 이야기들로 바꾼 삶,
삶으로 바꾼 이야기들을 생각했다.

『카운터라이프』에서 네이선 주커먼

일러두기

1. 주석은 모두 옮긴이주이다.
2. 본문 중 고딕체는 원서에서 이탤릭체로 강조한 부분이다.

/차례/

주커먼*에게,

자네도 알다시피 과거에는 사실들이 늘 노트의 메모로 존재했고 그것이 내가 소설을 시작하는 방법이었지. 대부분의 소설가들이 그러하듯 내 경우에도 진짜 상상적 사건은 바로 거기서, 사실들에서, 철학적이거나 이상적이거나 추상적인 것이 아닌 특정한 것들에서 시작된다네. 그런데 놀랍게도 지금 나는 완전히 거꾸로, 그러니까, 내가 이미 상상했던 걸 건조해 나의 체험에 본래의, 소설화되기 이전의 사실성을 되찾아주는 방식의 책 쓰기

* 필립 로스의 작가적 분신으로 1974년 작 『남자로서의 나의 삶』부터 2007년 작 『유령 퇴장』에 이르기까지 이른바 '주커먼 시리즈'로 불리는 아홉 편의 작품들에서 화자로 등장한다.

를 시작한 듯하네. 왜? 사람들이 생각하는 자전적 작가로서의 나와 실제 자전적 작가로서의 나 사이에 중대한 간극이 있음을 증명하기 위해? 내가 내 삶에서 끌어낸 정보는 소설 속에서 불완전했음을 증명하기 위해? 만일 그게 전부라면 굳이 그런 수고를 하지 않았겠지. 사려 깊은 독자라면, 그리고 그런 것에 신경쓸 정도의 관심만 있다면, 그쯤은 스스로 헤아릴 수 있을 테니까. 이 책에 대한 요청도 없었지. 아무도 이 책을 주문하지 않았고, 로스에게 자서전을 부탁하기 위해 파견된 사람도 없었네. 주문이 있었다면, 30년 전 어떤 유대인 어른들이 이런 글을 쓰는 이 아이가 누군지 알아야겠다고 요구했던 게 전부지.

아니, 이 일은 다른 필요들에 의해 시작된 듯하고, 자네에게 이 원고를 보내 이걸 출간해야 할지 의견을 물으려다보니 내가 이렇게 산문 형식으로 숨김없이 자신을 드러내게 된 계기에 대해 설명하게 된 것이네. 지금까지 나는 과거를 변형의 토대로, 여러 용도 중에서도 특히 스스로에게 들려주는 나의 세계에 대한 복잡한 설명의 근거로 이용해왔지. 상상되지 않은 세계에서는 진지한 관중에게 내 사생활을 노골적으로 드러내는 걸 (그리고 TV 스타가 되는 걸) 전반적으로 삼가왔으면서 왜 사람들 앞에 변형되지 않은 모습으로 나타나야 할까? 나는 지나치게 과시적인 노먼 메일러의 방식과 은둔하는 샐린저의 방식 사이를 오가는 자기 노출의 추에 매달려 공적인 영역에서 불필요한 염탐이나 치장을 거부하려 애쓰면서도 비밀과 은둔을 숭배하지 않는 중도적 입장을 취하고 있네. 그렇다면, 중요한 건 소설의 독자적 실체이고 작가는 그림자에 가려져야만 한다고 배우고 믿어온 내가 지금 전기적 주목을 요구하는 이유는 무엇일까?

글쎄, 대답을 시작하자면—애초에 여기서 나 자신을 보여줄 대상으로 삼은 건 바로 나 자신이었네. 쉰 살이 넘으면 자신을 자신에게 보이도록 하는 방법들이 필요하지. 내가 수개월 전에 겪었던 것처럼, 갑자기 속수무책의 혼란에 빠져 그전에는 자명했던 것들, 이를테면 내가 하는 일을 왜 하는 건지, 내가 살고 있는 곳에서 왜 사는 건지, 함께 살고 있는 사람과는 왜 살고 있는 건지 더는 이해할 수 없는 순간이 찾아오니까. 내 책상은 무섭고 낯선 곳이 되었고, 전에도 기존의 전략들—누구나 직면하는 문제인 일상의 현실적인 일을 위한 것이건 글쓰기라는 특수한 문제를 위한 것이건—이 더이상 먹혀들지 않는 이와 유사한 순간들이 있었고 그때마다 정력적으로 자기 쇄신의 결의를 굳혔지만, 이번엔 자신을 다시는 바꿀 수 없으리라 믿게 되었지. 자신을 새로 만들 수 있으리란 확신은커녕, 무너져가는 기분만 느꼈어.

나는 신경쇠약에 관한 이야기를 하고 있는 것이네. 여기서 세세한 데까지 파헤칠 필요는 없겠지만, 1987년 봄, 창작기가 절정에 이르렀던 10년 동안, 간단한 수술로 끝날 줄 알았던 것이 장기간 육체적 시련을 안겨주면서 극심한 우울증에 걸려 감정적, 정신적 붕괴의 벼랑 끝까지 가게 되었지. 그리고 신경쇠약 이후 명상의 시기에 병세 진정에 수반되는 명료한 정신으로, 나 자신도 모르는 사이에, 내가 수십 년간 거리를 두고 살아온 세계들에 사실상 나의 모든 깨어나는 관심을 집중하여—내가 어디에서 시작했고 그 모든 것들이 어떻게 시작되었는지 떠올리게 되었네. 우리는 무언가를 잃어버리면 이렇게 말하지. "좋아, 지금까지 한 일들을 되짚어보자. 집에 들어와서, 코트를 벗고, 부엌에 들어가서," 등등. 나는 내가 잃어버린 걸 되찾기 위해 근원으로 돌아가야만 했네. 그 근원은 하나의 순간이 아니라 일련의 순간들로 이루어져 있었지. 다수의 근원을 가진 역사, 그게 바로 내가 삶을 되찾기 위해 여기 써놓은 것이야. 나는 이런 식으로 내 삶의 지도를 그려본 적이 없었고, 앞에서도 말했다시피, 무엇을 변형할 수 있을지 찾기만 했었네. 하지만 여기에선 내 과거의 삶으로 돌아가기 위해, 나의 활력을 되찾기 위해, 나 자신을 나 자신으로 변형하기 위해 경험을 변형되지 않은 것으로 만들기 시작했지.

어쩌면 내가 되고 싶었던 건 나 자신이 아니라—시작점으로 돌아가서—대학에 가기 위해 집을 떠나던 때의 나라는 소년, 운동장에서 같은 동네 유대인 동포들에 둘러싸여 있던 소년이었을지도 모르겠네. 신경쇠약이 찾아온 뒤로 나는 평범한 삶에 감사하게 되었고 그게 나의 가장 평범한 삶이었으니까. 나는 더 평범한 로스의 시작이었던 지점으로 돌아가 나의 인격 형성에 영향을 끼친 만남들에 다시 참여하고, 초창기의 분투들을 되살리고, 상상력의 조증에 발동이 걸려 자신에 대해 쓰는 작가가 되던 진취적 순간으로 회귀하고 싶었던 것 같네. 소재를 얻기 위해서가 아니라 시작, 아니 재시작을 위해—연료가 고갈된 상태에서 마법의 피로 연료통을 채우기 위해 원천으로 돌아가는 거지. 주커먼 자네가 『카운터라이프』에서 영국인 아내를 통해 새로 태어나는 것처럼, 자네 동생 헨리가 이스라엘에서 웨스트뱅크 근본주의자들과 함께 재탄생을 추구하는 것처럼, 그 책에서 자네 형제가 기적적으로 죽음에서 소생하는 것처럼 나도 새로운 기회를 맞이할 준비가 되어 있었네. 설령 이 원고를 쓰는 동안에는 내가 정확히 무엇을 하려고 하는 건지 알 수 없었다 하더라도, 지금은 알고 있네. 이 원고는 나의 카운터라이프*를 구현한, 자네에 관한 소설에서 정점을 찍은 그 모든 소설들에 대한 해독제이자 답이지. 『카운터라이프』가 구조에 관한 소설로 읽힐 수 있다면, 이 책

* 반(反)사실적 삶, 즉 실제로 살았던 삶이 아닌 삶.

은 맨 뼈, 허구가 없는 삶의 구조라네.

사실 10여 년 동안 자네에 대한 긴 소설 두 편을 쓰다보니 나 자신을 소설화하는 것에 신물이 나고, 내 경험과 비슷하면서도 더 강력한 유인성誘引性을 발휘하는 경험을 지닌 존재를, 나 자신의 삶보다 더 활기차고 열정적이고 재미있는 삶을 이끌어내는 노력에 지친 것이라고 볼 수 있네. 정작 나 자신은 혼자 방에서 타자기 앞에 앉아 아주 재미없게 시간을 보낼 때가 많았으니까. 나는 스스로 정한 규칙들, 나의 일종이자 나의 것의 투영인 대리자에게 어떤 일이 나에게 일어난 그대로와는 다르게 일어나거나, 내게 일어난 적 없거나 내게 일어날 수 없었던 일들이 일어나는 것으로 상상해야 하는 규칙들로 인해 고갈되었네. 이 원고가 무언가를 전달한다면 그건 가면, 위장, 왜곡, 거짓말로 인한 나의 탈진이라고 할 수 있지.

물론, 신경쇠약과 그로 인한 자기 성찰의 필요가 없었더라도 지금쯤 나는 더이상 사실들에 채찍을 휘둘러 현실의 삶을 경이로운 것으로 만들 수 없음을 깨닫게 되었을 걸세. 경험을 훼손하고 윤색하고 재배열하고 확대해 일종의 신화를 만드는 일—그 일을 30년이나 해오다보니 설령 내가 최고의 상황에 놓여 있었다 해도 이제 할 만큼 했다는 생각이 들었을 듯하네. 자기 변형 능력과 상상력이 붕괴 직전에 이른 상황에서 내가 마땅히 해야 할 일은—그게 내가 할 수 있는 유일한 일은 아닐지라도—스스로를 탈신화화하여 정직하게 드러내는 것, 살았던 사실들과 보여졌던 사실들을 짝지우는 것이었지. 글의 옷을 다 벗겨내고 있는 그대로의 특정성만 남기는 것이 내가 잃어버린 걸 되찾는 방법, 회복과 힘에 이르는 길임을 나의 남은 부분(그 역시 붕괴를 겪었던)이 직감한 이상 선택의 여지가 없었네. 나는 최대한 명확히 하기를 원했고—그건 탈병리화를 유도하는 탈신화화였지.

그렇다고 해서 충분히 극적이지 못한 것을 거짓으로 각색하고, 본질적으로 단순한 것을 복잡하게 만들고, 너무 적게 함축된 것에 함축성을 부여하고 싶은 충동을—어떻게든 마음을 다잡아서 소설 피로증을 극복하고 상상해낼 수 있는 것들만큼 강렬하지 못한 사실들을 포기하고 싶은 유혹을 억누를 필요가 없었다는 말은 아니네. 하지만 신경쇠약 이전에 거의 매일 해야 했던 일에서 탈출하는 건 대체로 생각했던 것보다 쉬웠지. 어쩌면 그건 강렬하거나 격렬하지 못한 비소설적 접근이, 내 삶에 불을 때서 내가 아는 모든 것들로부터 이야기를 제련해내던 방식보다 나를 경험의 실제 느낌에 더 가까이 데려다주었기 때문인지도 모르겠네. 지금 나는 삶에는 존재하지 않지만 소설 속에는 존재하는 어떤 존재가 있다거나 그 반대의 주장을 펼치는 게 아니라 사실들에 충실히 따르는 책, 상상적 격정에서 벗어난 사실들의 증류는 소설화를 통해 모호해지고, 팽창하고, 심지어 뒤집히기까지 한 의미들을 드러내 날카로운 감정의 못을 박을 수 있다는 말을 하는 것이네.

나는 내가 여기, 이 편지에서 '사실들'이라는 단어를 이상적인 형태로, 제목에서의 의미보다 훨씬 더 단순한 방식으로 사용하고 있음을 인지하고 있네. 물론 사실들은 그냥 다가오는 것이 아니라 과거 경험에 의해 형성된 상상력을 통해 구체화되기 마련이지. 과거의 기억은 사실들의 기억이 아니라 사실들에 대한 상상의 기억이고. 따라서 나처럼 '있는 그대로'의 자신을 나타내거나 '허구가 없는 삶'을 그리는 것에 대해 이야기하는 소설가는 고지식한 것이지. 또, 사실들의 추구가 내게 일종의 치료가 되었을 수도 있다는 선언은 내가 전혀 좋아하지 않는 지나친 단순화라고 할 수 있지. 우리는 특정한 질문을 마음에 품고 과거를 탐색하네. 과거의 어떤 사건이 지금의 이 질문을 하게 만들었는지 발견하기 위해 과거를 탐색하는 것이지. 우리는 자서전에서 우리의 생각들을 사실들의 힘에 종속시키는 것이 아니라 자기 역사의 의미를 밝혀주는 설득력 있는 가설과 사실들을 한데 묶는 일련의 이야기들을 만들어낸다네. 이 책을 '사실들'이라고 부르는 건 너무도 많은 질문들을 야기할 것이기에 '질문의 야기'라고 부르면 덜 아이러니한 동시에 더 아이러니할 수 있겠지.

이제 마지막으로 『사실들』을 낳은 또하나의 곤경에 대해 이야기하고 자네가 아무런 방해 없이 이 책을 읽을 수 있도록 해주겠네. 전적으로 확신할 순 없지만, 내가 이 책을 쓰게 된 건 허구적 자기 전설을 지어내느라 탈진했기 때문만은 아니고 신경쇠약에 대한 자연스러운 치료적 반응인 것만도 아니며, 1981년에 일흔일곱의 나이로 나에겐 여전히 불가해하게만 여겨지는 죽음을 맞이하신 내 어머니를 잃은 슬픔에 대한 일시적 처방이자, 삶의 종말이 면도할 때 보는 거울만큼 가까이 있다고 여기시는(삶의 종말이라는 거울은 밤이고 낮이고 늘 아버지 바로 앞에 있다는 게 문제지) 여든여섯 살 되신 아버지에게 가까이, 가까이, 더 가까이 다가가고 있는 내게 용기를 주기 위한 목적이기도 하다네. 다른 사람들에게는 명백하지 않을지 모르겠지만, 나는 내 어머니의 죽음이 암암리에 이 모든 것에 아주 강한 영향을 미치고, 아무런 미래도 준비하지 않는 선견지명이 있는 아버지를 지켜보는 것 역시 마찬가지라고 생각하네. 건강하지만 매우 연로한 아버지는 불치병 환자의 심정으로 살고 계시는데, 노인은 불치병 환자와 마찬가지로 정확한 때를 모를 뿐 자신의 죽음에 대한 모든 것을 알고 있기 때문이지.

나는 쉰다섯 살 먹은 남자의 신경쇠약에서 유발된 부모에 대한 갈망의 분출이 사실상 이 원고의 로제타석石이 아닐까 생각하네. 여기 서술된 사건들이 일어났을 때 우리 모두 거기 있었고 아무도 세상을 떠나 수백조 년 동안 다시 볼 수 없게 되거나 세상을 떠나기 직전의 상태가 아니었다는 사실을 기억하는 게, 특히 내가 평정을 되찾는 동안, 위안이 되지 않았을까 싶네. 부모의 죽음으로 인한 슬픔에 맞서 싸울 필요가 없고, 부모의 죽음을 인지하거나 예상할 수 없으며, 부모가 길을 막고 있어서 자신이 세상을 떠나는 건 상상도 할 수 없는 일이던 시점의 자신으로 돌아가는 것에서 상당한 위안을 얻지 않았을까.

어쩌면 그게 이 책의 이면에 숨겨진 모든 것인지도 모르겠네. 이제 내가 던지는 질문은, 나 이외의 누군가가 왜 이 책을 읽어야 하느냐는 것이네. 이미 그들은 이 책의 많은 내용을 다른 데서, 다른 형태로 접했을 터인데 말일세. 또한, 나 자신이 부분적으로나마 책을 집필하는 일을 통해 다시 내 목적들과 결합하고 삶에 관심을 갖게 되었다고 여기는데 말일세. 게다가 이 책은 내가 처음으로 무의식적으로 쓴 것처럼 느껴지고, 자네에 관한 내 책들의 저자보다는 스물다섯 살 청년의 목소리처럼 들리는데 말일세. 그리고 이 책의 출간은 내가 특별히 원하지 않는 방식으로 스스로가 노출되는 기분을 느끼게 할 터인데 말일세.

다른 사람들의 노출 문제도 있지. 이 글을 쓰는 동안 모든 사람들과의 사적인 사건들을 고백하는 것에 신경이 쓰여 토할 것 같은 기분이 들기 시작했을 때 나는 앞쪽으로 돌아가서 나와 관계되었던 사람들 가운데 일부의 실명과 그들의 신원을 드러내는 몇 가지 내용들을 고쳤네. 그렇게 하면 완벽한 익명성을 확보할 수 있으리라 믿어서가 아니라(그들과 내 친구들에게까지 그들의 익명성이 보장되진 않을 테니까) 그들이 생면부지의 사람들에게 함부로 다루어지는 걸 조금이나마 막기 위해서였지.

그런 고민들 외에도, 이 책의 출간을 어렵게 만드는 한 가지 질문이 더 있네. '이 책이 쓸모가 있긴 한 걸까?' 내게 『사실들』은 겉으로 드러나는 것보다 더 큰 의미가 있고, 지금까지 나는 자네나 포트노이, 타르노폴, 케페시 같은 인물들에 의해 불타오른 상상력 없이 글을 써본 적이 없었기에, 그 질문에 대답할 입장이 못 된다네.

솔직하게 말해주게.

로스

프롤로그

1944년 10월 말의 어느 날, 평소 아침 일곱시면 출근해서 허구한 날 밤 열시까지 야근을 하던 아버지가 오후 중간쯤에 부엌 식탁에 홀로 앉아 있는 걸 보고 나는 깜짝 놀랐다. 아버지는 맹장을 떼어내기 위해 갑작스레 입원을 하게 된 것이었다. 아버지는 병원에 들고 갈 가방을 싸놓고 나의 형 샌디와 내가 학교에서 돌아오면 걱정하지 말라고 말해주려고 기다리고 있었다. "아무것도 아니다." 아버지의 형제 둘이 1920년대에 까다로운 맹장절제술에 따른 합병증으로 세상을 떠난 걸 우리 모두 알고 있었지만, 아버진 그렇게 우리를 안심시켰다. 그해 우리 학교 사친회 회장을 맡았던 어머니는 하필 그날 주 전체 규모의 사친회 총회 때문에 매우 이례적으로 애틀랜틱시티에서 하룻밤 외박을 하게 되어 있었다. 하지만 아버지가 호텔로 전화해 소식을 알리자 어머니는 즉시 돌아올 준비를 하기 시작했다. 나는 그럼 됐다고 확신했다. 어머니는 집안일에 대해서라면 로빈슨 크루소 뺨치는 재간을 발휘했고, 우리가 아플 때 간호하는 걸 보면 플로렌스 나이팅게일도 환자를 그보다 훨씬 잘 보살필 수 있을 것 같지는 않았기 때문이다. 우리집은 평소처럼 질서정연한 상태를 유지할 터였다.

그날 저녁 어머니가 탄 기차가 뉴어크에 도착했을 무렵, 아버지의 배를 연 외과의는 뱃속 상태가 엉망인 걸 확인하고 절망하고 있었다. 마흔네 살이었던 아버지는 중환자 명단에 올랐고, 생존 확률이 절반도 안 된다는 진단을 받았다.

상황이 얼마나 나쁜지는 어른들만 알았다. 샌디 형과 나는 아버지가 불멸의 존재라는 믿음을 그대로 간직할 수 있도록 허락되었고—아버지는 결국 그렇게 되었다. 아버지는 감정적인 성격 탓에 고질적인 걱정의 제물이 되긴 했어도, 남다른 소생 능력을 지니고 있었다. 나는 친지 중에—형과 나는 제외하고—그토록 빠르고 폭넓은 기분 변화를 보이는 사람을, 모든 걸 그토록 심각하게 받아들이고, 좌절이 닥쳤을 때 그토록 노골적으로 괴로워하다가도 일단 충격이 뼛속까지 스며든 후에는 그토록 분연히 떨치고 일어나 자세를 가다듬고 다시 전진하는 이를 본 적이 없었다.

아버지는 전쟁 초기에 전선에서 부상자들을 치료하기 위해 개발된 설파제 가루 덕에 목숨을 구할 수 있었다. 하지만 소생은 지독한 시련이었다. 아버지는 치명적인 복막염으로 몸이 쇠약해진 상태에서 열흘간 딸꾹질의 포위 공격에 시달리느라 잠도 못 자고 음식도 다 토했다. 그래서 몸무게가 13킬로그램 가까이 줄었는데 쭈그러든 얼굴이 나의 늙은 할머니, 내 아버지와 그의 모든 형제들이 숭배했던 어머니(아버지—갈리치아에서 랍비가 되기 위한 훈련을 받았으나 미국으로 이민 와 모자 공장에서 일한 과묵하고 권위적인데다 자식들에게 소원했던—에 대한 그들의 감정은 좀더 모호했다)와 판박이였다. 순박한 폴란드 여인 베르타 잔스테커 로스는 마음씨가 곱고 우울이나 불만을 몰랐지만, 그녀의 일상적인 표정은 삶이 만만하다는 환상 따위는 품고 있지 않음을 분명하게 보여주었다. 그때 이후 아버지가 다시 그토록 기괴하게 할머니를 닮게 된 건 그가 팔십대에 이르렀을 때로, 신체적으로 젊은 노인에게서 허울뿐인 견고함을 빼앗는 분투에 휘말리게 되면서부터였다. 아버지는 눈에 문제가 생기고 걷기가 힘들어지면서 자립의 기반이 흔들리게 된 것보다는, 그의 유능한 협력자로서 장애물을 무너뜨리는 역할을 해온 결단력이 홀연히 사라진 것에 더 당혹스러워했다.

뉴어크의 베스이스라엘 병원에 6주간 입원했다 집으로 돌아왔을 때, 아버지는 우리의 부축을 받으면서도 이층 아파트로 연결된 짧은 뒷계단을 오르기가 벅찰 정도로 기력이 없었다. 때는 1944년 12월이었고 추운 겨울날이었지만, 부모님의 침실 유리창으로 햇살이 비쳐들었다. 샌디 형과 나는 아버지와 이야기를 나누기 위해 그 방으로 들어갔는데, 우리 둘 다 수줍고 감사한 마음이면서도 한쪽 구석의 의자에 쇠약한 모습으로 앉아 있는 아버지가 너무도 무력해 보여서 정신이 아찔했다. 두 아들이 그렇게 서 있는 걸 본 아버지는 더이상 감정을 억누르지 못하고 흐느끼기 시작했다. 그는 살아 있었고, 태양이 빛나고 있었으며, 그의 아내는 과부가 되지 않았고, 그의 아들들 역시 아버지 없는 아이들이 되지 않았으니—이제 다시 가정생활을 이어갈 수 있었다. 그리 복잡한 상황이 아니었기에 열한 살 아들은 아버지의 눈물을 이해할 수 없었다. 자칫 잘못했으면 어떤 결과가 나왔을지, 아버지처럼 잘 알지 못했으니까.

우리 동네에서 아버지 없는 집 아이는 둘뿐이었고, 나는 그 아이들이 잠시 우리 학교에 다녔던 맹인 여학생 못지않게 불쌍하다고 생각했다. 그 여학생은 앞이 안 보여서 남들이 글씨도 읽어주고 어디든 데리고 다녀야 했는데도 말이다. 아버지 없는 아이들은 거의 똑같이 표시가 나고 눈에 띄는 듯했으며, 그들의 아버지가 죽은 후로 그들은 내게도 무섭고 조금은 금기의 대상처럼 느껴졌다. 한 아이는 순종의 본보기였고 다른 아이는 말썽꾸러기였는데도 그들의 모든 행동이나 말이 아버지 없는 아이라서 그런 것 같았으며, 나의 그런 생각은 천진한 것이었을지언정 아마 옳았을 것이다.

이혼으로 갈라진 가정의 아이는 한 명도 없었다. 이혼은 영화잡지나 타블로이드 신문에나 존재했고, 우리 같은 유대인들에겐 특히 더 그랬다. 유대인들은 이혼을 하지 않았는데—그건 이혼이 유대교 율법으로 금지되어 있어서가 아니라 그것이 그들의 삶의 방식이기 때문이었다. 유대인 아버지들이 술에 취해 집에 들어와서 아내를 때리지 않는 것도—유대인들이 사는 우리 동네에는 그런 짓을 하는 사람이 없었다—그것이 그들의 삶의 방식이기 때문이었다. 유대인의 전설에서 가정은, 개인적인 고립에서부터 비유대인들의 적의에 이르기까지 모든 형태의 위협으로부터 우리를 지켜주는 신성불가침의 천국이었다. 내부의 불화와 갈등에도 불구하고 가정은 영원히 깨질 수 없는 통합체였다. 들어라, 오 이스라엘이여, 가족은 하나님이고, 가족은 하나다.

가족은 갈라질 수 없다는 것이 첫번째 계명이었다.

1940년대 후반에 아버지의 남동생 버니가 딸 둘을 낳고 20년 가까이 결혼생활을 해온 아내와 이혼하겠다고 선언하자, 우리 부모님은 그가 사람을 죽였다는 소식이라도 들은 것처럼 경악했다. 차라리 버니 삼촌이 살인을 저질러 평생 감옥에 갇히게 되었다면, 우리 부모님은 그 혐오스럽고 불가해한 행동에도 불구하고 뒤에서 응원을 보냈을 것이다. 하지만 그가 단지 이혼만 하는 것이 아니라 더 젊은 여자와 재혼까지 하겠다고 결심하자 부모님은 즉시 '희생자들'인 숙모와 두 딸들 편에 섰다. 버니 삼촌의 죄는 그의 아내, 딸들, 그리고 가문 전체와의 신의를 저버린 것이었기에—유대인으로서 그리고 로스로서 의무를 다하지 못한 것이었기에—그는 사실상 주위의 모든 사람들로부터 비난을 받아야 했다.

그 사건으로 인한 가족의 균열은 세월이 지나면서 아무도 그 이혼 때문에 망가지지 않았다는 게 밝혀진 후에야 메워지기 시작했다. 사실 버니 삼촌의 전처와 두 딸은 가정이 깨지면서 고통을 받긴 했지만 나머지 친척들만큼 분개하진 않았다. 가족의 상처가 치유된 건 그 사건의 재판관 노릇을 한 대부분의 친척들보다 처세에 능했던 버니 삼촌 자신의 공도 컸지만, 아버지에게 심지어 자신의 질책 본능보다 가족의 통합과 가족사의 결속력이 더 중요했다는 사실도 한몫했다. 하지만 두 형제는 그러고도 40여 년의 세월이 더 지나서야 비로소 서로를 격하게 얼싸안고 무조건적인 화해를 할 수 있었다. 칠십대 후반의 버니 삼촌이 죽음을 맞기 몇 주 전, 심장이 급속히 나빠져서 삼촌 자신부터 시작해 모두가 그의 삶이 얼마 남지 않았음을 알게 되었을 때의 일이었다.

나는 차로 아버지를 모시고 내 집에서 20마일 떨어진 코네티컷 북서부의 실버타운 콘도미니엄에 사는 버니 삼촌과 그의 아내 루스를 찾아갔다. 이번에는 버니 삼촌이, 삶에 대한 환상이 없고 금욕적이었던 할머니의 작은 얼굴을 닮아 있었다. 우리에게 문을 열어준 버니 삼촌의 얼굴은 할머니 얼굴 그대로였고, 그건 궁지에 몰렸을 때 로스 형제들 모두에게 나타나는 모습인 듯했다.

보통 때 같았으면 악수로 인사를 나눴겠지만, 아버지가 현관으로 들어선 순간에 버니에게 남은 시간과 그들이 부모님의 자식으로 살아온, 태곳적까지 거슬러올라가듯 기나긴, 수십 년의 세월이 두 형제의 가슴에 사무쳤고, 격한 포옹이 악수를 집어삼켰다. 포옹은 눈물 속에서 몇 분이나 이어졌다. 그들은 무뚝뚝한 모자공 센더와 침착한 발라부스타* 베르타 사이의 자식들 중 살아남은 마지막 두 아들인 서로에게만이 아니라, 이미 세상을 떠난 모두에게 작별인사를 하는 듯했다. 버니 삼촌은 형의 품에 안전하게 안겨서 스스로에게도 작별을 고하는 것처럼 보였다. 그들에게 더는 경계하거나 막아내거나 분노할 일이 없었고, 심지

---

* balabusta. 이디시어로 '훌륭한 주부'라는 뜻.

어 기억할 것조차 없었다. 감격에 젖은 이 형제들의 마음속에서 모든 추억이, 그들의 차이점에도 불구하고, 동일한 가족적 정서에 의해 증류되어 순수하고 벅찬 감정만 남았던 것이다.

돌아오는 차 안에서 아버지가 말했다. "우린 어렸을 때 이후로 그렇게 서로를 안아본 적이 없었지. 내 동생이 죽어가고 있구나, 필립. 내가 그 아이 유모차를 밀고 다녔었는데. 우리 어머니와 아버지 자식이 아홉이었다. 내가 마지막 남은 하나가 되겠구나."

그리고 나의 집(아버지는 위층의 뒤쪽 침실에 묵었는데 그 방에서는 언제나 아기처럼 잠을 잘 수 있다고 했다)에 도착할 때까지 아버지는 자신의 다섯 형제들이 겪은 고난들—파산, 질병, 처가, 부부간의 불화, 악성 대출, 자식들, 그들의 거너릴과 리건과 코딜리어*에 대해 이야기했다. 자신의 하나뿐인 누이에 대해서도, 남편이 회계원이었는데 경마에 빠져 횡령죄로 잠시 복역하는 동안 누이와 온 가족이 얼마나 고생이 심했는지 들려주었다.

내가 그런 이야기들을 들은 게 그때가 처음은 아니었다. 아버지의 지식은 서술이라는 형식을 취했고, 아버지의 레퍼토리는 범위가 넓지 않았다. 노상 가족, 가족, 가족, 뉴어크, 뉴어크, 뉴어크, 유대인, 유대인, 유대인이었다. 그건 나와 다소 비슷하다.

* 셰익스피어의 『리어왕』에 등장하는 리어왕의 세 딸들.

어릴 때 나는 순진하게도 아버지가 언제나 존재할 거라고 믿었는데, 진짜로 그렇게 될 듯하다. 우리의 관계는 가끔 어색하기 짝이 없고, 의견 차이와 헛된 기대와 서로 완전히 다른 미국 체험으로 인해 불화가 생기기 쉬우며, 똑같이 성격이 급하고 고집이 세서 팽팽한 긴장감이 감돌고, 남자들의 서투름 때문에 손상되기도 하지만, 그럼에도 나는 늘 아버지와 연결되어 있었다. 더구나 아버지가 이제 더는 불룩한 이두박근과 도덕적 질책으로 내 주의를 끌지도 않고, 내가 상대해야 할 가장 큰 사람도 아니기 때문에—그리고 나 자신도 노인에서 전혀 멀지 않으므로—나는 아버지의 농담에 웃어주고, 아버지 손을 잡아주고, 아버지의 삶에 관여할 수 있게 되었다. 내가 열여섯, 열일곱, 열여덟 살 때 원했던 방식으로, 하지만 그때는 아버지와 안 맞는다는 생각 때문에 불가능하게 여겼던 바로 그 방식으로 아버지를 사랑할 수 있게 되었다. 그때 나는 아버지가 스스로 선택한 것이 아닌 체제 속에서 감당해야만 했던 짐과 분투 때문에 늘 아버지를 존경했지만, 그래도 그 방식으로 아버지를 사랑할 수는 없었다. 우리 같은 가정에서 자란 유대인 아들의 신화적 역할—아버지가 되지 못한 영웅이 되는 것—을 나는 이미 이루어냈을지도 모르지만, 예정된 방식으로는 전혀 아니었다. 나는 40년 가까이 집에서 멀리 떨어져 산 뒤 마침내 그 누구보다 다정한 아들이 될 준비가 되었는데—공교롭게도 아버지는 다른 계획을 갖고 있다. 죽으려 하고 있다. 아버지는 그렇게 말하지도 않고, 아마 그런 식으로 생각하지도 않겠지만, 그것이 아버지가 하고 있는 일이고, 앞으로도 아버지는 살기 위해 애쓰겠지만, 늘 그랬던 것처럼 자신이 진짜로 하고 있는 일이 무엇인지 알 것이다.

죽으려고 하는 건 자살하려고 하는 것과 다르고—아마 그보다 더 어려울 것이다. 자신이 가장 바라지 않는 일을 하려고 하는 것이니까. 우리는 그것을 두려워하지만 그것은 존재하고, 행해져야만 한다. 다른 누구도 아닌 자신에 의해서. 지난 몇 년 사이에 아버지는 두 번 그것을 시도했다. 두 번 다 갑자기 너무 심하게 앓아서, 당시 한 해의 절반은 외국에서 살던 내가 비행기를 타고 미국으로 돌아와보면 아버지는 소파에서 텔레비전까지 걸어가는 것도 그 사이에 있는 모든 의자들을 잡지 않고는 불가능할 정도로 쇠약한 상태였다. 그때마다 병원에서 철저히 검사를 했고 아무 이상도 발견되지 않았지만, 아버지는 매일 밤 잠자리에 들 때마다 아침에 깨어나지 못할 수도 있다고 생각했고, 아침에 깨어나서도 일어나서 침대 가장자리에 앉는 데 15분, 그리고 면도하고 옷 입는 데 또 한 시간이 걸렸다. 그다음엔 시리얼 그릇을 앞에 놓고 도통 식욕이 없다며 하염없이 웅크리고 앉아 있었다.

나도 아버지처럼 마침내 때가 온 거라 확신했지만 결국 두 번의 시도 모두 불발로 끝났다. 아버지는 몇 주 만에 기력을 되찾고 원래 모습으로 돌아가 레이건 대통령을 미워하고, 이스라엘을 옹호하고, 친척들에게 전화를 걸고, 장례식에 참석하고, 신문사에 글을 기고하고, 윌리엄 버클리에 대해 혹평하고, 맥닐-레러 뉴스를 시청하고, 다 큰 손주들에게 훈계하고, 죽은 가족들에 대해 세세하게 추모하고, 함께 사는 착한 여자의 칼로리 섭취를 집요하고 정확하게—그렇게 해달라고 부탁하지도 않았는데도—감시했다. 죽으려 하고 그걸 행하는 일에서 승리하려면, 아버지가 사회적, 교육적 악조건에도 불구하고 놀라운 성공을 거둔 보험업에서보다 더 큰 노력을 기울여야 할 듯하다. 물론 아버지는 결국 이 일에서도 성공을 거둘 것이다. 자신에게 맡겨진 모든 일들을 전력을 다해 근면성실하게 이루어낸 경력을 지닌 그에게도 쉬운 일은 아니겠지만 말이다. 어차피 아버지에겐 삶이 쉬웠던 적이 없었다.

말할 것도 없이, 나와 아버지의 유대는 어머니와의 어마어마한 육체적 결속감처럼 육감적으로 만져지는 것이 아니었다. 반 년마다 가는 라디오시티 뮤직홀과 맨해튼 차이나타운 나들이에서 아버지가 모는 차를 타고 뉴저지의 집으로 돌아오던 겨울의 일요일마다, 막내의 특권을 지닌 응석받이 아기였던 내가 행복하게 기어들었던 매끄러운 검정 물개가죽 코트는 어머니의 변형된 구현체였다. 어머니의 작고한 부친의 이름을 가진, 뭐라 이름 짓기 어려운 동물-나, 원형질-나, 남자-아기, 몸에-굴을-파는-훈련중인-동물이 온몸의 신경 말단으로 어머니의 미소와 물개가죽 코트에 연결되었다면, 아버지의 확고한 책임감과 끈질긴 근면성, 터무니없는 고집과 맹렬한 분노, 환상, 순수함, 충성심, 공포는 내가 미국인, 유대인, 시민, 남자, 심지어 작가로 성장하는 데 있어 원형이 되었다. 나의 존재 자체가 어머니의 필립이지만, 세상의 풍파 속에서 나의 역사는 아버지의 로스로 시작된 행보를 이어가고 있다.

안전한 가정의 품에서

내가 자라는 동안 가장 큰 위협은 해외에서, 우리가 미국인이었기에 우리의 적이었던 독일인들과 일본인들에게서 왔다. 아홉 살 때 학교가 끝난 뒤 길에서 놀다가 집으로 달려들어가면서, 문간에 놓인 석간신문 1면에 대문짝만하게 실린 코레히도르 함락이라는 기사 제목을 보고서 미국이 겨우 아홉 달 전에 합류한 전쟁에서 정말 패배할 수도 있음을 깨닫고 공포에 휩싸였던 기억이 아직도 난다. 국내에서 가장 큰 위협은, 우리가 유대인이라는 이유로 거부하고 적대시하던—혹은 우리 앞에서 거들먹거리거나 우리를 가혹하게 배제하던—미국인들에게서 왔다. 물론 우리는 관용과 수용의 대상이기도 했고—널리 알려진 개인들의 경우 특별한 존경을 받기까지 했으며—나 자신도 이 나라가 (뉴저지와 뉴어크도) 나의 것임을 의심해본 적이 없었지만, 그렇다고 미국의 최고위층과 최하층 비유대인들이 발산하는 위협의 기운을 감지하지 못한 건 아니었다.

최고위층은 아버지가 다니던 메트로폴리탄생명의 넘버 원 매디슨 애비뉴(내가 처음 알게 된 맨해튼 거리 주소였다) 본사에서 회사를 경영하고 있던 비유대인 이사진이었다. 내가 어렸을 때 삼십대 초반이었던 아버지는 메트로폴리탄생명의 신입 보험설계사였는데, 대공황중에도 소박하게나마 안정된 생활을 누릴 수 있게 해주는 그 직업에 감사하며 주 6일 근무에 야근을 밥먹듯 하며 살고 있었다. 어머니와 결혼하고 시작한 신발 가게가 몇 년 전 망해서 그간 보수가 낮고 전망도 없는 일자리들을 전전하다 얻은 직업이었다. 아버지는 아들들에게 메트로폴리탄이 '세계 최대의 금융기관'이고 자신은 보험설계사로서 메트로폴리탄 생명보험 가입자들에게 '비 오는 날에 대비한 우산'을 제공하는 것이라고 자랑스럽게 설명했다. 메트로폴리탄은 보험 가입자들에게 건강과 질병에 대해 가르치기 위한 팸플릿을 수십 종씩 발행했고, 아버지와 함께 다운타운의 좁은 거리를 걸어서 사무용 빌딩 한 층 거의 전체를 차지하고 있는 뉴어크 에식스 지점에 가는 토요일 아침이면 나는 대기실 선반에서 새 팸플릿들을 챙겼다. 그리고 아버지가 원장 기입과 서류 작업에 매달려 있는 동안

'폐결핵' '임신' '당뇨병'에 대해 읽었다. 가끔은 아버지 책상 회전의자에 앉아 감격에 젖은 채 메트로폴리탄 편지지에 글씨 연습을 하기도 했는데, 편지지 한 귀퉁이에는 아버지 이름이, 다른 귀퉁이에는 본사 건물 그림이 있었고, 건물 꼭대기에 있는 횃불은, 아버지 설명에 따르면, 영원히 꺼지지 않는 빛을 상징한다고 했다.

우리집 복도의 전화 테이블 위 벽에는 미국 독립선언서 복제본이 든 액자가 걸려 있었는데—실적이 좋았던 해에 메트로폴리탄에서 아버지의 에식스 지점 사람들에게 상으로 준 것이었다. 처음 학교에 들어가고 몇 년간 날마다 그걸 보다보니 그 소중한 문서에 서명한 존경받는 평등의 투사들과 우리의 은인들인 넘버 원 매디슨 애비뉴에 있는 회사의 아버지들을 연관시키게 되었는데, 우연히도 메트로폴리탄을 통치하는 사장 이름이 링컨이었다. 그것으로 충분하지 않다면, 아버지가 회사에서 약간의 행운을 잡게 되었을 때 뉴저지에서 본사까지 가서 만나곤 하던 보험설계사 담당 이사 이름이 라이트였다. 아버지는 평생 라이트 씨의 호평을 지나칠 정도로 소중히 여겼고, 그의 느긋한 처세술만큼이나 그의 키와 출중한 외모도 찬양했다. 나는 아버지의 아들로서 그 대단한 이름들을 가진 비유대인들에 대해 아버지 못지않은 존경심을 품었지만, 나 역시 아버지처럼, 그들이 세계 최대의 금융기관 내에서 차별 철폐의 증거가 될 인원 이상의 유대인들이 중요한 직책을 맡는 걸 방지하는 모의에 공공연하게, 아무 죄책감 없이 가담하는 임원들일 것임을 알고 있었다.

아버지가 유대인 지점장 샘 피터프로인드를 찬양해 마지않은 이유도—물론 피터프로인드가 일찌감치 아버지의 투지를 알아보고 부지점장으로 만들어준 것 때문에 충성심도 강했지만—유대인을 너무 높이 승진시키기기를 꺼려하는 회사의 뿌리깊은 편견에도 불구하고 그가 그토록 크고 실적이 좋은 지점의 지도자 자리까지 올라갔기 때문이었다. 어쩌다 한번씩 그가 우리집에 저녁을 먹으러 오면 형과 나는 복도 벽장에서 초록색 펠트천으로 된 보호패드를 꺼내 식당 식탁에 놓았으며, 깨끗한 리넨 식탁보와 리넨 냅킨이 함께 깔렸고, 굽 달린 물잔까지 등장했다. 우리는 식당에서 '훌륭한 요리들'을 먹었는데, 그곳엔 미키 외삼촌이 루브르 박물관의 꽃 정물화를 솜씨 좋게 베낀 커다란 유화가 걸려 있었고, 식기대 위에는 내가 이름을 따온 두 명의 죽은 사람들, 즉 어머니의 부친 필립과 아버지의 동생 밀턴의 초상 사진이 든 액자가 놓여 있었다. 우리는 종교적인 축일이나 특별한 가족행사 때, 그리고 피터프로인드 씨가 왔을 때만 식당에서 식사를 했다—우리 모두 그가 없는 자리에서도 그에게 경칭을 붙여 피터프로인드 씨라고 불렀고, 아버지는 직접적으로 '보스'라는 호칭을 쓰기도 했다. "한잔하시겠어요, 보스?" 식사 전에 피터프로인드 씨가 네덜란드 진을 홀짝거리고 내게 그의 지혜로운 말을 들을 것이 권장되는 동안, 우리는 우리집 거실에 손님처럼 어색하게 앉아 있었다. 그가 존경의 대상이 된 건 아버지의 직속 상사로서 아버지의 직업적 안녕과 우리 가족의 운명을 결정지은 선의를 베푼 것만큼이나, 비유대인들에게 인정받아 메트로폴리탄의 큰 지점을 관리하는 유대인이 된 것의 공이 컸다. 거구에, 대머리에, 조끼 위로 금줄을 늘어뜨렸고, 약간 신비스러운 독일 억양을 지녔으며, 가족은 뉴욕에(그것도 롱아일랜드에) 살고(화려하게 살 거라고 나는 생각했다) 자신은 주중에 뉴어크의 호텔에서 자는(내겐 그것 역시 호화롭게 느껴졌다) 보스, 우리 가족에게 그는 버나드 바루크*였다.

기업의 차별보다 더 무시무시한 건 비유대인 세계의 최하층인 룸펜 아이들이 보인 적개심이었다. 어느 해 여름, 저지 쇼어의 다 쓰러져가는 작은 마을 넵튠에 사는 아이들이 우르르 몰려나와 브래들리비치로 이어진 판잣길을 달려오면서 "유대놈들! 더러운 유대놈들!" 하고 외쳐대며 미처 숨지 못한 사람들을 때렸다.

* 20세기 초중반 미국의 대표적인 금융인이자 정치가로 '냉전'이라는 용어를 처음 사용한 것으로도 유명한 독일계 유대인.

저지 중부 해안의 애스버리파크에서 남쪽으로 2마일쯤 떨어진 브래들리비치는 습하고 모기가 들끓는 저지 북부 도시들에서 온 우리 같은 중하위 계층 유대인 수백 명이 여름 몇 주 동안 방을 세내거나 작은 방갈로를 공동으로 빌려서 지내는 아주 소박하고 작은 휴양지였다. 그곳에서 우리는 방 하나를 셋이서, 아버지가 우리를 만나러 차를 몰고 구舊 치즈퀘이크 도로를 달려오는 주말이나 2주간의 휴가 기간에는 넷이서 썼지만 내게 그곳은 파라다이스였다. 지극히 평온하고 안전한 어린 시절을 보낸 나였지만, 약간은 무법지대였던 그곳 셋집에서 맛보았던 것보다 더 생기 넘치는 포근함을 느낀 적은 없었다. 그곳에서는 열 명에서 열두 명의 여자들이—불가피하게, 용기보다 긴장이 더 큰 상태로—하나뿐인 대형 아이스박스를 나눠 쓰고, 붐비는 공동 부엌에 나란히 서서 자식들, 가족을 만나러 온 남편, 연로한 부모들을 위해 요리를 했다. 그리고 식사는 환기가 잘 안 되는 식당의—질서정연한 우리집 분위기와는 딴판으로—무질서한 키부츠 같은 환경에서 이루어졌다.

1940년대 초 브래들리비치 셋집의 뜨겁고, 일반 가정과 다르면서도 내 집처럼 편안한 왁자지껄함은 미국이 엄청나게 큰 전쟁을 치르고 있음을 상기시켜주는 해안 풍경들과 우울한 대비를 이루었다. 가시철조망이 쳐진 음산한 해안경비대 벙커들이 해변에 점점이 흩어져 있었고, 애스버리파크의 오락실들에서는 외로움에 지친 수십 명의 앳된 해병들이 게임을 하고 있었으며, 밤이면 판잣길을 따라 등화관제가 이루어져서 저녁식사 후에는 셋집 창문의 등화관제용 차광막 때문에 실내가 찜통이 되었고, 어뢰함들에서 버려져 해변으로 밀려올라온 것으로 추정되는 타르로 덮인 쓰레기들까지 보였다—이따금 나는 친구들과 신나게 파도를 헤치며 바다로 걸어들어가다가 바다에서 시체와 부딪힐까봐 겁에 질리곤 했다. 그리고—세계대전 추축국들을 물리치기 위해 모두 힘을 합쳐야 할 시기에 매우 기이하게도—우리 유대인 아이들이 '인종 폭동'이라고 부른 넵튠 아이들의 호전적인 야간 침입도 있었는데, 모두의 말처럼, 유대인에 대한 그 아이들의 증오는 집에서 어른들에게 듣고 배운 것일 터였다.

폭동은 두 번밖에 일어나지 않았지만, 그해 7월과 8월에는 유대인 아이가 저녁식사 후에 혼자, 아니 친구들과 어울려서라도 밖에 나가는 건 현명하지 못한 일로 여겨졌다. 밤에 반바지와 샌들 차림으로 나돌아다니는 자유는 숙제와 학기중의 취침시간에서 해방된 열 살 아이가 브래들리비치에서 맛볼 수 있는 가장 큰 즐거움 중 하나였지만 말이다. 첫 폭동이 일어난 다음날 아침, 로레인 애비뉴 해변에서 아이스캔디 막대기를 모으고 숨바꼭질을 하며 놀던 아이들 사이에 소문이 하나 퍼졌는데, 지난밤 미처 몸을 피하지 못해 반유대주의 폭도들에게 잡힌 어떤 아이(개인적으로 아는 사람은 아무도 없는 듯한)에 대한 이야기로, 폭도들이 날카로운 거스러미가 잔뜩 일어난 낡은 판잣길에 그 아이 얼굴을 문질렀다는 것이었다. 나는 그 무시무시한 이야기를 듣고 그것이 꾸며낸 이야기든 아니든—구태여 그런 이야기를 꾸며낼 필요도 없었지만—누가 보기에도 그저 도시의 더위에서 벗어나 브래들리비치에서 소박한 휴식을 취하고 있을 뿐인 가족들, 아무도 괴롭히지 않고 이따금 서로에게만, 그것도 고작해야 한 여자가 가족에게 먹일 옥수수를 굽기 위해 아이스박스에 있는 다른 집 가염버터를 무단으로 사용하는 정도의 해를 끼치며 조용히 즐거운 시간을 보내고 있을 뿐인 사람들에 대한 그들의 비이성적 증오가 얼마나 야만적인지 마음 깊이 새기게 되었다. 우리는 기껏해야 남의 버터를 훔쳐 쓰는 짓밖에 못하는 사람들인데, 어째서 유대인 아이의 얼굴을 피투성이 곤죽으로 만들어놓는단 말인가?

넘버 원 매디슨 애비뉴의 본사에 근무하는 비유대인 이사진은 "유대놈들!"을 외치며 브래들리비치로 몰려온 아이들과는 비교하기 어려운 존재들이었지만, 그들도 비이성적이고 불공평하기는 마찬가지였다. 그들 역시 정당한 근거도 없이 유대인들에게 적대적이었다. 그런 의미에서, 내가 열두 살이 되어 장래희망에 대해 진지하게 생각해보라는 권유를 받게 되었을 때 약자 편에서는 변호사가 되어 폭력과 특권을 앞세우는 자들의 부정에 맞서겠다고 결심한 건 그리 놀라운 일이 아니었다.

고등학교에 들어가자 위협은 다른 장소로 자리를 옮겨갔는데, 그곳은 위퀘이크 고등학교에서 버스로 40분 거리의 낯선 블룸필드 애비뉴에 위치한, 그 당시엔 뉴어크에서 하나뿐인 대형 풋볼 경기장이었던 스쿨 스타디움이었다. 가을이 되면 토요일에 시내 일곱 개 고등학교 중 네 곳이 거기서 더블헤더 경기를 벌였고, 2천 명에 이르는 학생들이 정오경에 시작되는 첫 경기 시간에 맞추어 경기장으로 쏟아져들어왔다가 땅거미가 질 무렵 두번째 경기가 끝나면 일제히 주위의 거리들로 빠져나갔다. 격전이 벌어진 후에는 반드시 관중석 어딘가에서 라이벌 학교들끼리 싸움이 붙었고, 판이한 민족적 배경과 확고하면서도 미묘한 계층 구조를 지닌 공업도시의 달라도 너무 다른 네 개 동네에서 온 다혈질의 십대 소년들 사이에서 종종 충돌이 일어나곤 했다. 하지만 위퀘이크 아이들로 인해—특히 위퀘이크가 드물게 승리를 거둔 후에—유발된 폭력 사태는 다른 싸움들과 달랐다.

2학년 때 친구들과 함께 관중석에 서서 마음놓고 '인디언스'—뉴어크 스포츠 신문들에 실리는 우리 위퀘이크 고등학교 팀들의 명칭이었다—를 응원하던 기억이 난다. 위퀘이크는 창단 이래

14년 동안 배린저 고등학교를 한 번도 꺾지 못하다가 콜럼버스의 날 경기 종료가 몇 분 남지 않은 시점에 6대 0으로 앞서고 있었다. 배린저 팀 후위에는 베리, 펠로소, 쇼트, 톰프슨이 있고, 위퀘이크 팀 후위에는 와이스먼, 와이스, 골드, 풀백 프레드 로젠버그가 있었다. 프레드로 말할 것 같으면 전반전이 끝날 무렵 경기장을 따라 지속적인 마치*를 이어가다가 2야드 플런지**로 득점한 인물로, 현재 뉴저지 홍보 전문가로 일하는 그는 최근에 내게 보내온 편지에서 "시즌 전체를 통틀어 인디언스가 기록한 유일한 터치다운 중 하나였고, 런 플레이도 1947년에 이루어진 기록적인 플레이 중 하나였을 것"이라고 했다.

그 기적적인 경기가 끝나가고 있을 때—그러니까, 시 리그에서 센트럴과 공동 선두를 차지하고 있던 배린저가 뉴어크 최약체 고교 팀에게 패배하기 직전에—나는 돌연 스타디움 맞은편의 라이벌 팬들이 통로로 몰려내려와 스타디움을 빙 돌아서 우리를 향해 다가오고 있는 걸 발견했다. 심판의 경기 종료 휘슬을 기다리는 대신 나는 비상구로 돌진해서, 무슨 일이 벌어지고 있는지 이해한 거의 모든 친구들과 함께, 우리를 동네로 데려가기

* march. 풋볼에서 상대편 골을 향해 전진하는 것.

** plunge. 다운이나 터치다운을 위해 몇 야드가 더 필요할 때 라인으로 다이빙하거나 곤두박질치며 달리는 것.

위해 기다리고 있는 버스들을 향해 스타디움의 경사로를 달려내려갔다. 주위에 경찰들이 많았지만, 일단 광란이 시작되면 두 팔과 두 다리로 경찰에게 매달리지 않는 한 큰 도움을 받지 못하리라는 건 불을 보듯 뻔한 일이었다. 위퀘이크 유대인—우리 학교는 거의 전부가 유대인 학생이었으니까—에게 매운맛을 보여주려고 기다리는 나머지 세 학교 패거리에게 혼자 붙잡히기라도 하는 날에는 심각한 부상을 입지 않고는 스타디움을 빠져나가지 못할 터였다.

제일 가까이 있던 버스는 내가 탔을 때 이미 거의 차 있었고, 위퀘이크 아이들을 실어나르는 사람으로서 본인의 신변에 위협을 느낀 제복 차림의 공공서비스 차량 기사는 마지막 몇 명이 밀고 들어오자마자 재빨리 앞문을 닫았다. 그때쯤엔 족히 열 명에서 열다섯 명은 되는 열두 살에서 스무 살까지의 적들이 버스를 에워싸고 주먹으로 버스 옆구리를 두드려대고 있었다. 그 사건에 대해 프레드 로젠버그는 "뉴어크 북쪽에서 온 사지 멀쩡한 남자라면 모두, 그 형제와 자손까지 전투에 참가했다"고 주장한다. 그들 중 하나가 내 좌석 옆 차창 밑 틈으로 손가락을 밀어넣고 억지로 차창을 올려 열려고 하자, 나는 차창 위쪽을 잡고 있는 힘껏 아래로 당겼다. 그가 비명을 내질렀고, 누군가가 야구방망이로 차창을 때려 창틀을 부서뜨렸지만 기적적으로 유리는 깨지지 않았다. 다른 아이들이 합세해 버스 문을 뜯어내고 버스에 올라타 내게 달려오기 전에—만일 그랬다면 나는 원래 그런 짓을 할 아이가 아니고 자기방어를 위해 그런 것이라고 해명해야만 했을 것이다—기사가 도로변에서 차를 뺐고, 우리는 우리의 적들에게 어쩌면 그날의 여흥 중 가장 즐거운 부분이 되었을 경기 후 대학살로부터 무사히 벗어날 수 있었다.

그날 저녁 나는 다시 도망쳤는데, 그건 내가 체중이 45킬로그램 남짓밖에 안 되는 열네 살 소년이어서가 아니라, 싸움이 나면 남아서 싸우는 소수가 아닌 달아나고 피할 궁리부터 하는 다수에 속했기 때문이었다. 우리 동네에서는 나이와 덩치가 비슷한 아이와 학교 운동장에서 시비가 붙으면 자신을 지킬 수 있어야 한다고 여겨졌지만, 거친 난투극을 피해 달아나는 건 부끄러운 일이 아니었고—오히려 똑똑한 유대인 아이가 신체적 안전에 큰 위협이 되거나 유대인의 본능에 반하는 일에 휘말리는 걸 수치스럽고 어리석은 짓으로 치부했다. 폴란드와 러시아 대학살에 대한 집단 기억을 지닌 대부분의 유대인 가족들은, 우리가 조상들에게 닥친 그런 유혈사태를 저지르는 데 무능한 것은 인간으로서 우리의 가치, 어쩌면 심지어 하나의 민족으로서의 탁월함 때문이라는 생각을 품게 되었던 것이다.

나는 사춘기에 한동안 프로 권투에 빠져 모든 챔피언들과 도전자들의 이름과 체중을 줄줄이 외고, 냇 플라이셔의 컬러풀한 권투잡지 『링』에 잠시 글을 기고하기도 했다. 어렸을 때는 형과 함께 아버지 손에 이끌려 동네 권투장에도 다녔는데, 거기 가면 우리 모두 즐거운 시간을 보낼 수 있었다. 나는 아버지와 아버지 친구들에게서 베니 레너드, 바니 로스, 맥스 베어, 그리고 '슬랩시 맥시'*라는 우스꽝스러운 별명이 붙은 로젠블룸의 기량에 대해 들었다. 그럼에도 유대인 권투선수들과 권투광狂들은 별난 '스포츠'인 권투 그 자체와 마찬가지로 표준에서의 기이한 일탈로 남아 있었고, 바로 그런 이유 때문에 흥미로웠다. 나의 첫 가치관들이 형성된 세계에서는 억제되지 않은 육체적 공격성이 다른 어디에서도 경멸의 대상이 된다고 여겨졌으니까. 나는 다른 사람의 가슴에 총알을 박아넣을 수 없는 것처럼 주먹으로 코를 박살낼 수도 없었다. 그리고 내게 그런 규제를 가한 건, 슬랩시 맥시 로젠블룸의 경우엔 그렇지 않았다고 해도, 내가 유대인이라는 사실이었다. 내 관점에서는, 슬랩시 맥시가 알베르트 아인슈타인 박사보다 훨씬 더 기적적인 유대인이었다.

스쿨 스타디움에서 도망친 날 저녁, 챈슬러 애비뉴에 있는 운

---

* 맥시 로젠블룸이 글러브 낀 주먹을 펴고 경기를 해서 '찰싹 때리다'는 의미의 'slap'과 그의 이름 맥시를 운을 맞춰 'Slapsie'라는 별명을 붙인 것.

동장에서 승리를 자축하는 모닥불 파티가 열렸다. 그 운동장은 형과 내가 각자 아르바이트로 핫도그와 프렌치프라이를 팔던 위퀘이크 아이들의 단골집 시드스 맞은편에 위치해 있었으며, 사실상 나는 그곳에서 소년의 발달과정을 거쳤다고 볼 수 있었다. 우리집에서 두 블록 거리인데다 내가 8년간 다닌 챈슬러 애비뉴 초등학교에 접해 있고 초등학교 바로 옆에 위퀘이크 고등학교가 있었으니까. 내가 즉석 풋볼이나 야구를 하고, 형이 학교 육상경기에 참가하고, 수비 연습용 플라이볼을 쳐주는 아이만 있으면 내가 몇 시간씩 공을 잡고, 일요일 아침이면 친구들과 어울려 어슬렁거리다가 동네 아저씨들—배관공, 전기 기술자, 상인 들—이 줄곧 훈수를 두면서 주간 소프트볼 게임을 벌이는 걸 재미나게 구경하던 바로 그 운동장이었다. 단 하나의 숭배 행위로 우리 동네에 대한 내 사랑을 표현하라는 요구를 받는다면 그 운동장에 엎드려 홈플레이트 뒤의 땅에 키스하는 것보다 더 나은 방법을 찾을 수 없을 터였다.

그런데 신성불가침의 내 고향 심장부인 그 성스러운 땅이 스타디움에서 우리를 공격한 패거리에게 야간 기습을 당했고, 그들이 폭력 행위를 하기로 결정한 건 그날 오후, 마무리 연습 때였다. 커다란 모닥불을 밝히고 몇 시간이 지난 뒤 우리는 행복한 기분으로 농담을 주고받으며 감명을 줄 여자아이들을 찾아 어두운 운동장을 어슬렁거리고 있었고, 저멀리서 치어리더들이 옆으로 재주넘기를 하면서 모닥불을 둘러싼 아이들의 응원가를—"위퀘이크와 맞붙으면/너희는 쓰러져!"—이끌고 있었다. 그때 차들이 신속히 챈슬러 애비뉴로 들어섰고, 내가 탄 버스의 옆구리를 두드려대던 바로 그 아이들(내가 재빨리 추정한 바로는)이 운동장으로 달려왔으며, 몇몇은 야구방망이를 흔들고 있었다. 운동장은 챈슬러 애비뉴 언덕 비탈에 들어서 있었는데, 나는 어둠을 헤치고 가장 가까운 담장으로 달려가서 2미터쯤 아래에 있는 홉슨 스트리트로 뛰어내린 다음 골목들을 누비고 차고들 사이를 지나고 뒷마당 울타리들을 넘으며 내처 달려서 5분도 안 되어 무사히 집에 도착할 수 있었다. 레슬리 스트리트에 사는 내 친구들 중에 풋볼팀 워터보이가 있었는데, 위퀘이크 점퍼를 입고 환한 불빛을 받으며 서 있던 그 아이는 그리 빠르지도, 운이 좋지도 못했다. 습격자들—다음날 동네에서 '이탈리아인들'로 밝혀진—이 그를 번쩍 들어 불을 향해 던졌다. 그는 불가에 떨어졌고, 화상은 면했지만 내상을 입어 병원에 며칠 입원해야 했다.

하지만 그것이 유일한 재앙이었다. 뉴어크시 가장자리의 주거지인 힐사이드와 준공업지구 어빙턴에 인접한, 가로수가 늘어선 거리들에 집들과 상점들이 자리한 수 평방마일 크기의 중하위층 동네 위퀘이크는 내게 안전하고 평화로운 하나의 천국이었고, 인디애나주 농촌 아이에게는 그의 시골 동네가 바로 그럴 터였다. 평소엔 저녁식사 시간 무렵 가끔 찾아와 우리집 문을 두드리는 턱수염을 기른 유대인 노인보다 더 큰 불안감을 조성하는 방문객이 없을 정도였다. 가혹했던 과거 유럽에서 온 무시무시한 유령처럼 보이던 그 노인은, 내가 그의 유대국가기금(나는 그 이름이 잘 납득이 되지 않았는데, 내 관점에서 유대인들의 국가는, 이른바 최상층이라는 사람들의 부당한 편견과 일부 최하층의 폭력적인 증오에도 불구하고 내가 너무도 충성스럽게—그리고 서정적으로—묶여 있는 민주국가가 유일했기 때문이다) 모금통에 넣을 25센트짜리 동전을 가지러 간 동안 어둠침침한 복도에 서서 조용히 기다렸다. 그리고 사피로, 이민자 출신의 재단사였던 그는 드라이클리닝도 했는데 한 손에 엄지가 두 개 붙어 있어서, 어린 나는 세탁할 옷을 들고 그에게 갈 때마다 약간 으스스한 기분이 들곤 했다. 그리고 '얼간이' 리로이, 그는 좀 섬뜩하긴 해도 악의는 없는 동네 바보였는데, 나는 학교가 끝나고 친구들과 집으로 돌아오다가 그가 현관문 앞 계단에 앉아 우리 이야기를 듣고 있는 걸 보면 소름이 돋았다. 우리가 사는 거리에서는 거의 놀림을 받지 않았던 그는 그저 계단에 앉아서 퀭한 눈으로 멍청하게 우리를 바라보며 한쪽 발을 리듬감 있게 탁탁 치고 있었고—그 정도가 무서운 일이었다.

그 시절의 대표적인 기억은, 금요일 밤에 우리들 대여섯 명이 루스벨트 극장에서 동시상영 영화를 보고 집으로 돌아가는 길에 동네 전체를 가로지르며 활보하던 것이다. 우리는 클린턴 플레이스에 있는 왓슨 베이글에 들르곤 했는데, 각자 몇 페니씩만 내면 오븐에서 갓 나온 따끈따끈한 베이글을 한 무더기 살 수 있었다—베이글이 버거킹에서 인기 있는 아침식사 메뉴가 되기 40년 전 얘기다. 우리는 베이글을 각자 서너 개씩 먹어치우며, 친구의 농담에 깔깔대고 좋아하는 바리톤 가수들 흉내도 내면서 일부러 먼 길로 돌아 서로의 집까지 데려다주었다. 날씨가 좋을 때는 가끔 챈슬러 애비뉴 초등학교 뒤로 갔는데, 넓은 흙 운동장에 인접한 아스팔트 운동장 가장자리를 따라 나무로 된 야외관람석들이 놓여 있었다. 밤공기 속에서 야외관람석에 누워 있으면 전후 미국의 어느 곳 아이들 못지않게 아무 근심이 없었고, 우리가 미국인이라는 의식도 확고했다. 내가 시카고와 뉴욕에서 성인기를 보내면서 너무도 자주 듣게 될 유대인다움과 유대인으로서의 삶에 대한 토론은 전무했다. 우리는 가족들에게 이해받지 못하는 것에 대한 고민, 영화와 라디오 프로그램과 섹스와 스포츠 얘기를 주로 나눴다. 정치 논쟁을 벌이기도 했는데 우리의 아버지들이 전부 열렬한 뉴딜주의자들이고 F.D.R.*과 그의 민주당의 존엄함에 대해 이견이 없던 터라 그건 매우 드문 일이었다. 그곳에서 유대인으로서의 삶은 팔다리를 두 개씩 지닌 것과 마찬가지로 얘깃거리가 안 되었다. 오히려 우리에겐 유대인이 아닌 것이 이상한 일이었고—자신이 유대인이 아니었으면 좋겠다거나 장차 유대인으로 살지 않을 거라고 선언하는 건 더 이상한 일이었다.

그러면서도 사춘기의 그 끈끈한 동지애는 우리의 미국인다움을 심화하는 주요 수단이기도 했다. 우리 부모님들은 거의 예외 없이 갈리치아와 폴란드령 러시아에서 세기말에 건너온 가난한 이민자의 자식으로, 정통 유대교가 미국의 삶에 심각하게 침식되기 시작한, 아직은 이디시어를 주로 사용하는 뉴어크의 가정에서 자랐다. 그래서 아무리 억양 없는 미국인 말씨를 쓰고 신앙이 세속화되었어도, 아무리 미국 중하위층의 삶을 능숙하고 확실하게 영위하고 있어도, 그들은 어릴 적에 받은 교육과 우리에겐 고루하고 사회적으로 쓸모도 없는 고국의 풍습이자 인식으로 여겨질 때가 많은 것들과의 강력한 유대에서 자유롭지 못했다.

내 소년 시절의 좀더 큰 사회는 손쉽게 접할 수 있는 가장 본질적인 미국의 현상인 야구와 밀착되어 있었다. 야구의 신비성은 공, 방망이, 글러브라는 비교적 저렴한 세 가지 숭배물로 요약되었으며, 그 물건들은 열 살과 열한 살 때의 나처럼 원시적

* 프랭클린 델러노 루스벨트.

인 숭배자라면 늘 방에 두고 숙제를 할 때뿐 아니라 밤에 잘 때도 곁에 둘 수 있는 것들이었다. 나의 신앙심 깊은 할아버지가 아침마다 낡은 성구함에서 꺼낸 손때 묻은 가죽끈을 몸에 감으며 그 친숙한 가죽 냄새에서 얻었을 위안을, 나는 날마다 의식처럼 손에 끼고 조금씩 연습하는 야구미트 냄새에서 찾을 수 있었다. 나는 평범한 동네 선수였기에 야구미트의 마법에 빠졌다고 해서 고교 스타선수나 메이저리거가 되고 싶다는 어리석은 꿈을 꾼 건 아니었고, 유대인은 제외해야 한다는 의견을 내는 사람이 없는(흑인의 경우엔 1947년까지 얘기가 달랐지만) 하나의 거대한 세속적 국가주의 교회라 할 수 있는 야구계의 일원이 되는 것으로 족했다. 초등학교에 다니는 동안 우리가 줄곧 강박적으로 조직하고 재조직한 소프트볼과 하드볼* 팀들—우리가 시비스**나 모호크스*** 같은 이론의 여지가 없는 현지 이름을 붙이고 '사교 및 운동 클럽'이라고 설명한—은 우리가 좋아하는 스포츠 경기에서 직접 뛸 수 있는 기회를 제공해주었을 뿐 아니라, 일부 부모들의 사고방식에 미약하게나마 여전히 들러붙어 있는 외래성에서 벗어나 흠잡을 데 없는 미국 아이의 자격을 입증하기 위한 비

---

* 소프트볼과 대조해서 쓰는 야구의 명칭.

** Seabees는 해군 건설대를 뜻한다.

*** Mohawk는 북미 원주민 부족.

밀결사대 역할도 했다. 하지만 역설적으로, 우리가 권투나 풋볼과 달리 사람의 살과 뼈에 가하는 야만적 힘의 위협과 무관한 스포츠에 뜨거운 열정을 보이게 된 건, 우리의 멀고도 가까운 유대 혈통에서 그 기원을 찾을 수 있다.

위퀘이크 동네는 벌써 20여 년 전에 뉴어크의 거대한 흑인 슬럼가에 편입되었다. 엘리자베스에 계시는 아버지에게 갈 때 이따금 공원 도로에서 벗어난 우회로를 택하여 나의 옛 뉴어크로 들어가서, 상점들 창문은 판자로 막혀 있고 집들은 쓰러져가고 내 흰 얼굴을 환영해줄 이가 없다는 걸 알아도 여전히 친숙하기만 한 거리들을 돌아다니며 감정 운동을 해볼 참이다. 최근에 나는 차를 몰고 위퀘이크의 일방 도로들을 누비며 그 동네에 살던 친구들의 집에 그들의 업적을 기념하는 명판을 붙이는 상상을 하기 시작했다. 런던과 파리의 역사적으로 유명한 집에서 볼 수 있는 그런 명판 말이다. 내가 그 명판들에 친구들의 이름과 출생 연도, 거주 기간과 함께 새겨넣은 것은 그들이 나중에 자라서 이룬 직업적 지위가 아니라 1940년대에 우리 동네 스포츠 팀에서 맡았던 포지션이었다. 홉슨 스트리트에 위치한 4인 가족용 집에 3루수 시모어 펠드먼이 살았고 거기서 몇 집 아래에 우리 팀 포수였던 로니 루빈이 살았다는 걸 사람들이 알게 되면, 펠드먼과 루빈 가족이 어린 아들들에 의해 어디서, 어떻게 최종적인 귀화의 과정을 거쳤는지 이해할 수 있을 테니까.

1982년에, 아버지가 홀몸이 되신 후 처음으로 혼자 겨울을 보내고 계신 마이애미비치로 아버지를 뵈러 갔다가, 어느 날 밤에 아버지를 모시고 마이어 랜스키*가 과거에 본거지로 삼았던 콜린스 애비뉴의 싱가포르 호텔로 갔다. 그날 낮에 아버지가 우리 동네에 살던 아버지 세대의 마지막 남은 사람들 중 일부가 싱가포르 호텔에서 겨울을 나고 있다면서—"아직 땅 위에 있는 사람들 말이다"라고 신랄하게 덧붙였던 것이다. 늙은 투숙객들이 날마다 저녁식사를 한 뒤 사교를 위해 모이는 로비에서 나는 아는 얼굴들을 만날 수 있었고, 그중에는 나와 시비스 팀에서 함께 뛸 때 '경기장에서' 끊임없이 경기를 벌이고 어두워지면 운동장 야외관람석에서 어울려 놀던 아이의 어머니도 있었다. 진 러미 카드 게임이 벌어지고 있는 테이블 가장자리에 앉아 나와 이야기를 나누던 그녀가 갑자기 내 손을 잡고 몹시 감성적인 눈빛으로—우리의 어머니들 모두가 지닌 애정이 담뿍 담긴 특별한 표정으로—미소를 보내며 이렇게 말했다. "필, 그때 너희들의 그 분위기는 말이다—난 그런 걸 두 번 다시 보지 못했단다." 나는 진심을 다해, 나 역시 마찬가지라고 대답했다.

* 유대인 출신의 마피아 두목.

조 칼리지

메트로폴리탄생명 에식스 지점 부지점장으로 일하던 아버지는 최고 전성기 때 주급이 수수료까지 합쳐서 125달러쯤 되었다. 1940년대 중반, 내가 초등학교에서 고등학교로 진학할 때 아버지는 사업을 벌였다가 저축을 모두 탕진하고 말았다. 아버지는 어머니와 오래 상의한 끝에 친구들과 함께 냉동식품 유통회사에 돈을 투자했고, 몇 년 동안 낮에는 메트로폴리탄 보험맨으로 일하면서 밤과 주말에는 무보수로 저지와 동부 펜실베이니아에서 냉동식품을 팔기 위해 냉동 트럭을 타고 나갔다. 아버지는 투자비를 대기 위해 저축을 다 쓰고도 친척들에게 8천 달러를 빌려야 했다. 당시 마흔다섯 살이었던 그는 유대인으로서 메트로폴리탄에서 더 높은 자리에 오르기는 힘들 것이라는 생각에 모험을 건 것이었다. 학교를 8학년까지밖에 못 다닌 것도 승진의 걸림돌이 될 터였다.

아버지의 희망은 두 아들이 고등학교를 졸업할 때쯤엔 새 사업이 궤도에 올라 우리 둘을 모두 대학에 보낼 형편이 되는 것이었다. 하지만 사업은 빠르게 망해갔고, 내가 대학에 들어갈 준비가 되었을 때 아버지는 빚을 갚느라 허덕이고 있었다. 그러다 다행히 1949년에 아버지는 뜻밖에도 뉴어크 외곽에 있는 유니언시티 지점장으로 승진하게 되었다. 사실상 불모지나 다름없는 지역이었지만, 아버지의 노하우와 에너지로 그 불운한 지점에 활기를 불어넣을 수 있다면 경제적으로 큰 기회를 잡을 수도 있었다. 그리고 마침 제대군인 원호법 덕에 샌디 형 대학 등록금 부담도 덜 수 있었다. 아직 전쟁 징집이 끝나지 않았던 1946년에 해군에 입대한 샌디 형은 1948년에 제대하고 가족의 원조 없이 브루클린 미술학교에 들어갈 수 있었다. 나는 1950년 1월에 고등학교를 졸업하고 9월에 러트거스 주립대학의 작고 이름 없는 다운타운 분교 뉴어크 러트거스 대학 법대 예비 과정에 들어갈 때까지, 뉴어크의 백화점에서 창고 직원으로 일했다. 집을 떠나 대학에 다니고 싶은 마음이 간절해서 뉴브런즈윅에 있는 러트거스 본 캠퍼스에라도 가려고 했지만, 열여섯 살에 반에서 꽤 우수한 성적으로 졸업을 했음에도 러트거스 장학금을 받을 수 없었다. 그래서 결국 집에서 지내며 뉴어크에서 첫 학년을 보내게 되었다.

떠나고 싶은 열망을 버리진 못했지만 우리 동네에서 버스로 20분쯤 걸리는, 뉴어크시 상업 지구 너머 다운타운의 "역사적인" 구역에 위치한 뉴어크 러트거스에서의 대학생활은 실제로 만족스러웠다. 새 교과서들의 주인으로서 사무적인 서류가방(점심 도시락이 든)을 들고 주머니에는 이제 막 배우기 시작한 파이프담배를 넣고 다운타운에 가니, 어릴 때 친구들과 영화를 보러 가거나 가족들과 일요일에 외식을 하러 가던 때와는 달리, 그리고 하찮은 창고 직원으로서 아무 생각 없이 짐을 밀고 S. 클라인 백화점 근처를 돌아다니던 때와도 달리, 어른이 된 것 같고 활기가 솟았다. 과거에 양조장으로 쓰였던 건물에서, 90퍼센트 이상의 학생이 유대인인 동네 학교에 다닐 땐 너무도 이질적이고, 도통 알 수 없고, 심지어 내게 위압적인 적대감까지 보였던 다른 동네 고등학교 출신의 이탈리아인, 아일랜드인 아이들과 나란히 앉아 대학 교육을 받는 것도 나의 자유롭고 민주적인 정신에 매력적으로 다가왔다. 나는 그걸 민족간 대립 구도를 이룬 사회로부터의 위풍당당한 해방으로 여겼으며, 특히 교양 과목들이—나의 이상적인 관점으로는—우리로 하여금 심각한 사회적 차이들을 넘어서게 하고, 아이언바운드 지구에서 온 노동자 계층 학생들뿐 아니라 위퀘이크 유대인 사업가들의 자손들 역시 문화적 편협성과 지적 가난에서 벗어날 수 있도록 도와주는 역할을 하기에 더욱 그랬다. 배린저, 사우스사이드, 센트럴, 웨스트사이드 같은 학교들을 졸업한 비유대인 급우들—전에는 도시 간 스포츠 행사들에서 거칠고 우리보다 우월한 경쟁자들로밖에 보이지 않던—과 종이봉투에 든 점심 도시락을 먹으며 자연스럽게 친해지는 것이 내겐 확장적으로 '미국인'이 된 듯한 기분을 느끼게 해주었다. 나는 우리 유대인들이 이미 미국인이고 위퀘이크 지구가 철저히 미국적인 동네라는 걸 의심하진 않았지만, 전쟁과 형제애 신화—프랭크 시나트라의 〈더 하우스 아이 리브 인〉과 토니 마틴의 〈테너먼트 심포니〉 같은 노래들에 담긴—의 자식으로서, 이 나라가 많이 선언하고 스스로 규정한 이질성을 접하는 것이 너무도 기뻤다.

하지만 한편으로는, 내가 레슬리 스트리트에 있는 방 다섯 칸짜리 아파트인 우리집에 남아서 아주 어릴 때부터 형과 함께 썼던 침실에서 공부하며 산다면 아버지와 마찰이 점점 더 심해질 것임을 알고 있었다. 그건 이제 내가 주말에 어디 있었는지, 토요일 밤에 뭘 했는지에 대해 아버지나 어머니에게—어머니는 그런 걸 물어볼 엄두도 못 내겠지만—정직하게 설명할 수 없었기 때문이었다. 나는 꽤 순하고 착하고 책임감 있는 아이였고,

착하고 책임감 있는 친구들과 어울렸다. 더할 수 없이 순종적이고 예의도 발랐으며 무절제한 충동 같은 건 찾아볼 수도 없었지만, 의지가 강하고 독립적인 면도 있어서 이제 대학생까지 된 마당에 아버지가 계속해서 내 사생활을 구속하고 간섭한다면 질식할 듯한 기분을 느낄 터였다. 게다가 가족과의 저녁식사 자리를 견디기에도 너무 커버려서, 빠르게 성숙하고 있는 여느 사춘기 아이처럼 부모님의 대화를 듣고 있는 게 짜증이 났다. 그러나 내가 2학년 때부터 집을 떠나고 싶었던 주된 이유는, 근면하고 희생적인 아버지와 효자이면서도 단호한 아들이 똑같이 준비가 안 된 싸움을 시작하는 걸 미연에 방지하기 위해서였다.

어머니는 문제가 되지 않았다. 형과 나의 독립심이 급성장하는 기미가 보이자마자 어머니는 어릴 적 우리를 훈육하던 방식인 엄격하고 이따금 지나치게 까다롭기까지 한 구속을 줄였고, 성숙한 척하는 우리의 태도에 살짝 겁을 먹기까지 했다. 마치 데이트를 기대하는 수줍은 여학생으로 돌아가서 다시 우리와 사랑에 빠진 듯한 모습이었다. 아들이 열세 살이나 열네 살이 되었을 때 그동안 아들을 양육해온 어머니가 아들을 조금 두려워하게 되고 아들은 어머니 소관에서 벗어나는 것이 내가 보기엔 모범적인 변화인 듯하다. 샌디 형—엄격하고 독재적인 부친의 철저한 감독하에 자란 어머니가 스물세 살의 예쁘고 순수한 새댁으로 가난한 결혼생활을 하던 때에 태어난—은 어릴 때 어머니의 빈틈없는 보살핌에 대한 부담감이 나보다 컸을 것이다. 물론 어머니의 그런 세심하고 다정한 보살핌은 무한한 모정에서 나온 것이고, 형도 나 못지않게 그 모정에서 적지 않은 자양분을 얻었겠지만 말이다. 어쨌거나 형은 5년 늦게 태어난 나보다 더 경직되고 끈질긴 관리를 견뎌야만 했을 것이다. 내가 태어났을 때쯤 어머니는 형을 키우면서 배운 게 있었고, 아버지가 메트로폴리탄에서 받는 주급이 부모님의 경제적 불안감을 덜어주기 시작했으니까. 여덟 살, 아홉 살, 열 살 때 나는 우리집을 완벽한 곳처럼 느꼈지만 열여섯 살이 되자 더이상 그런 생각이 들지 않았고, 집을 떠나고 싶었다.

나는 '어디로' 떠날지에 대해선 신경쓰지 않았고—어느 대학이건 상관없었다. 교수와 강의, 도서관만 있으면 그것으로 족했다. 나는 열심히 공부해서 '훌륭한 교육'을 받고, 열두 살 때부터의 꿈인 이상주의적인 변호사가 될 작정이었다. 하지만 가까운 친척 중에는 인문대 졸업자가 없어서 내게 자신의 모교를 추천해줄 사람이 없었다. 또한, 내게 본보기가 되어줄 젊은 대학 졸업자들은 전시와 전후에 이루어진 징집으로 동네에서 모조리 사라졌고, 그들이 다시 나타났을 땐 제대군인 원호법의 혜택을 받는 참전용사가 되어 있어 무척 나이가 들고 범접하기 어려운 존재들로 느껴졌다. 우리의 진짜 스승들은 군에서 제대하고 한가로이 빈둥거리며 우리와 즉석 농구 게임이나 벌이는 룸바춤꾼, 주유소 종업원, 여자를 후리고 다니는 바람둥이, 소다수 판매점 점원, 즉석요리 전문 요리사 들이었다. 그들은 운동장 야외관람석 밑에서 우리에게 어머니 지갑이나 아버지 바지 주머니에서 훔친 잔돈으로 주사위 놀음, 스터드 카드게임이나 가르쳤기에, 대학에 대한 정보는 다른 데서 얻어야 했다.

형은 고등학교 때 토요일마다 뉴욕 예술학생연맹에 나가다가 해군에서 제대한 후 3년간 프랫 대학에 다녔다. 내가 고교 시절을 마무리할 무렵, 형은 주말이면 집에 와서 식당에 이젤을 세워놓고 식탁에 낡은 신문지를 두툼하게 깐 다음 그 위에 물감과 스케치 도구들을 펼쳐놓았으며, 집에 오는 지하철과 기차에서 읽던 문고본 책을 가끔 두고 가기도 했다. 그 덕에 나는 열다섯 살, 열여섯 살 때 『와인즈버그, 오하이오』 『젊은 예술가의 초상』 『죽은 자들만이 브루클린을 안다』를 읽게 되었다. 형은 누드화를 그렸고, 자기 아파트를 갖고 있었으며, 해군 시절에 창녀들이 있는 술집 출입도 해봤고, 이제는 바워리 거리의 부랑자들을 간략하고 표현력 넘치는 펜화에 담아냈다. 나는 형의 그런 성취들에 대해 감탄해 마지않았지만, 그렇다고 형의 삶을 모방할 순 없었다. 형은 화가가 되기 위한 공부를 하고 있었고, 가족들의 표현을 빌리자면 나는 "입으로 떠드는 재능"이 있었으니까.

초등학교 때 판지 상자 판매업자인 에드 삼촌을 따라 프린스턴에 풋볼 경기를 보러 간 적이 있었다. 그후로 그 캠퍼스—초록빛의 사각형 안뜰들이나 의미심장한 모토나—를 잊을 수 없었지만 거기 지원할 생각은 들지 않았다. 그 대학에 아인슈타인이 있어서 우린 성지순례를 하듯 그의 집에 가보기도 했지만, 삼촌 말이 프린스턴은 "유대인들을 받지" 않는다는 것이었다. (그게 우리가 열심히 러트거스 대학을 응원하는 이유였다.) 하버드와 예일로 말할 것 같으면, 그 대학들 역시 프린스턴처럼 비유대인 상류층의 보루로서 지나치게 배타적이고 몰인정하게 느껴졌을 뿐 아니라, 나 같은 애국적인 미국 청년들이(꼭 유대인 가정 출신이 아니더라도) 혐오하는 '유대인 쿼터제'를 실시하고 있는 게 브나이 브리스 반反명예훼손연맹*에 의해 밝혀졌기 때문에 나의 고려 대상이 되지 않았다. 네 가지 자유**의 옹호자이자 DAR***의 적이자 헨리 월리스 부통령의 지지자인 내게는, 그 명문 엘리

---

* Anti-Defamation League. 유대인 차별 철폐 운동 단체.

** 루스벨트의 네 가지 자유. 언론과 발표의 자유, 신앙의 자유, 결핍으로부터의 자유, 공포로부터의 자유를 뜻한다.

*** Daughters of the American Revolution. 미국 독립전쟁 참가자 후손들로 이루어진 여성단체로 인종차별적 역사를 지니고 있다.

트 대학들의 차별적 정책들이 상징하는 특권 의식이 가증스러웠다. 당시엔 그런 감정을 명확하게 표현할 수 없었지만, 하버드나 예일에 들어가서 아버지가 영국계 신교도 우월 사상이 깊이 박힌 메트로폴리탄에서 성공하기 위해 감내해야 했던 분투를 되풀이하고 싶지 않은 건 확실했다. 더욱이 러트거스 장학금도 못 받았는데 어떻게 아이비리그 장학금을 기대할 수 있단 말인가?

게다가 다른 대학들도 수백 개는 존재했다. 웨이크포리스트, 볼링그린, 클렘슨, 앨러게니, 베일러, 밴더빌트, 보든, 콜비, 툴레인—가을 내내 토요일 밤이면 라디오에서 스탠 로맥스와 빌 스턴이 발표하는 풋볼 성적을 들었던 터라 대학 이름들 정도는 (그 이상은, 심지어 정확한 위치조차 모른다고 해도) 알고 있었다. 뉴어크 이브닝 뉴스와 뉴어크 선데이 콜 스포츠면, 그리고 우리 동네 사탕 가게에서 단돈 25센트면 사는 풋볼 도박 카드에서도 그 이름들을 볼 수 있었다. 풋볼 도박은 불법이었지만—아버지 말로는 론지 즈윌먼과 뉴어크 마피아가 운영하는 것이라고 했다—나는 열한 살 무렵부터 카드를 사기 시작했고, 열세 살 때는 사탕 가게 주인을 대신해 동네 친구 두어 명과 학교 운동장에서 카드를 팔기도 했다. 그것이 내가 조직범죄와 맺은 유일한 제휴였다. 나는 도박을 통해 고등학교 진학 상담 교사보다 상급 교육기관들을 더 많이 접할 수 있었으며, 진학 상담 교사는 내가 어쩌면 변호사보다는 언론인이 되고 싶을 수도 있다고 고백하자 미주리 대학에 지원할 것을 권유했다. 부모님께 그 얘기를 전했더니 어머니는 소스라치게 놀라며 비극적으로 말했다. "미주리." 내가 어머니에게 설명했다. "거기 언론대학이 좋대요." 그러자 아버지가 말했다. "미주리는 안 된다. 너무 멀고, 거기 보낼 형편도 안 된다."

뉴어크 러트거스 대학 크리스마스 방학 기간에, 레슬리 스트리트에 함께 살면서 초등학교 때부터 특별히 가깝진 않았다 해도 따뜻한 우정을 나눠온 마티 캐슬바움과 이야기를 나누게 되었다. 지금은 뉴저지에서 내과 의사로 일하는 마티는 혼자 있는 걸 좋아하는 친구로—꺽다리에 말라깽이였고, 나의 친한 친구들처럼 낭만적 모험을 즐기거나 섹스에 집착하지 않는 듯했다. 야구에 대한 열정을 지닌 착하고 조용한 학생이었던 마티는 세속화된 번듯한 유대인 가정의 전형적인 산물이라 할 수 있었다. 캐슬바움 가족의 외양은 대단히 유능하고 예의바른 어머니와 열심히 일하는 직선적인 아버지(마티의 아버지는 변호사라 우리 아버지보다 직업적 등급이 훨씬 높았지만), 마티와 놀랍도록 닮은 형이 있다는 면에서—그리고 질서가 잡혀 있는 것도—우리와 비슷했다. 마티는 내가 좋아하는 차분한 성격이면서도 쾌활한 면이 있었지만, 나와 가깝게 어울리는 친구들보다 더 집에 있는 걸 좋아했다. 내 기억이 정확하다면 마티는 진짜 열정적으로 피아노 연습에 매진했는데, 내 생각엔 그것 때문에 우리와 조금 지나치게 멀어진 것 같기도 하다. 우린 성적도 좋고 행동거지도 바르면서도 몰래 주사위 놀음을 하고 (꺼내서 쓸 가능성은 거의 없었지만) 지갑에 트로얀 콘돔을 넣고 다니는 아이들이었으니까. 마티네 집은 우리집보다 사탕 가게에 더 가까웠으나, 그는 가게 안에서 얼쩡거리거나 내가 가끔 교장선생님과 랍비 흉내로 단골손님들을 즐겁게 해주는 가게 밖 소화전 근처에 서 있는 모습을 여간해서는 보이지 않았다.

마티는 학생이 1,900명가량 되는 작은 대학에 다녔는데, 학교 이름도 내게는 웨이크포리스트나 볼링그린만큼이나 의미가 없는—펜실베이니아 루이스버그의 버크넬 대학이었다. 내가 그 대학에 대해 더 알고 싶어진 건 마티가 그곳에서 하고 있는 공부 때문이 아니라, 그가 사춘기 때 없던 자질들을, 학생회장 선거에 출마하거나 반에서 제일 인기 많은 여학생과 데이트를 할 수 있게 만들어주는 태도와 수완을 그 대학에서 얻은 것처럼 보였기 때문이었다. 나처럼 열정적이고 말 많은 아이들의 그림자에 가려져 있던 그 아이가 단 몇 주 만에 어른처럼 자신에 차고 외향적인 태도를 갖게 된 것이다. 심지어 여자친구까지 있었고, 그 이야기를 하는 그에게서 예전의 수줍음은 찾을 수가 없었다. 나는 경악해 마지않았다. 내가 여전히 레슬리 스트리트에 살면서 아버지의 잔소리를 듣지 않으려고 고등학교 때의 행동 규율에 따르는 동안, 마티는 어른의 사회로 들어간 것처럼 보였으니까.

나는 그가 여자친구에 대해 한 말을 잊을 수가 없었는데, 아침에 기숙사로 여자친구를 데리러 가서 둘이 함께 캠퍼스를 가로질러 강의실로 간다는 것이었다. 내 마음을 움직인 건 그 낭만적인 목가보다 사실성이었다. 버크넬이라는 학교에서, 채 한 학기도 되지 않아, 마티 캐슬바움이 독립적인 청년의 특권들을 수치심이나 죄책감 없이 당당히 이야기하는 독립적인 청년이 된 것이다. 내가 뉴어크 러트거스에서 더욱 뉴어크인다워지고 미국인다워졌을지 몰라도 더 어른다워졌는지에 대해선, 파이프담배와 트로얀 콘돔이 있어도, 스스로를 속일 수가 없었다.

1951년 3월, 부모님과 나는 해리스버그에서 60마일쯤 위의 서스쿼해나강 연안 골짜기 농지에 자리한 루이스버그로 7시간 동안 차를 몰고 갔다. 루이스버그는 주민이 5천 명쯤 되었고, 펜실베이니아주에서 가장 보수적인 공화당 카운티 가운데 한 곳의 중심에 위치하고 있었다. 나는 입학처에서 일하는 정중한 중년 여인과 면담을 하게 되었는데, 그녀의 이름은 이제 기억이 안 난다. 미스 블레이크는, 그렇게 부르기로 하자, 자신의 사무실에서 우리 세 사람에게, 나의 고등학교 성적과 뉴어크 러트거스에서의 학점이면 1학년 과정 이수를 인정받는 데 아무 문제가 없을 거라고 했다. 그녀는 편입생인 내가 학자금 지원을 받는 문제에 대해서는 그보다 덜 낙관적이었지만, 일단 버크넬에 입학해서 실력을 입증하면 지금보다 더 나은 위치에서 장학금 경쟁을 벌일 수 있을 거라고 장담했다.

그 말을 듣고 나는 아버지의 승진이 거기 한몫했다는 생각에 속이 상했다. 아버지 봉급의 상당 부분이 아직 빚 갚는 데 들어가고 있었지만, 아버지가 유니언시티 지점장이 된 후로 수입이 눈에 띄게 는 건 사실이고, 학자금 지원 신청서에 정확한 액수를 적을 수밖에 없었던 것이다. 아버지는 자존심과 사생활을 내세우며 빚 얘기는 꺼내지 못하게 했다. 설상가상으로, 우린 곤궁한 가족처럼 보이지도 않았다. 얌전한 감청색 원피스 차림의 어머니는 두 학기 동안 사친회 회장을 맡고서 받은 작은 황금 핀까지 달고 있어 미스 블레이크보다 매력적으로—그렇다고 예의에 어긋나지는 않게—차려입었다고 볼 수 있었다. 당시 마흔일곱 살이었던 어머니는 희끗희끗한 검은 머리칼과 생기 넘치는 갈색 눈을 가진 날씬하고 매력적인 여인으로 외모나 행동거지가 철저히 미국화되어 있었다. 하지만 사실 어머니는 유대인들과 함께 있을 때만 완전히 긴장을 풀 수 있었고 바로 그런 이유로 뉴어크의 우리 동네를 소중히 여겼다. 어머니는 유대교 율법에 따라 요리하고, 안식일 촛불을 밝히고, 유월절 식사법을 기쁘게 준수했는데, 그건 종교적 성향보다는 어릴 적 가정과 모친에 대한 깊은 유대감에서 비롯된 것이었다. 어머니는 유대인 가정을 제대로 운영하려면 어떻게 해야 하는지에 대한 모친의 생각들을 따르고 지키려 했다. 어머니에겐 유대인들 사이에서 유대인으로 사는 것이 가장 큰 즐거움 중 하나였다. 비유대인이 지배적인 환경에서는 사회적 유연성과 자신감을 잃었고, 본능적인 점잖음조차 어머니가 지닌 품격의 자연스러운 표현이라기보다는 자신을 보호하기 위한 방패에 가까워 보였다.

하지만 어머니의 그런 자의식은 과장되어선 안 되는 것이, 버크넬에서 면담이 이루어지는 동안 미스 블레이크의 눈에 어머니는 그저 완벽하게 친절하고 숙녀다운 모습으로 비쳤을 것이 분명하기 때문이다.

아버지는 건강하고 단단해 보이며 머리숱이 줄어가는 쉰 살의 남자로 무테 안경을 끼고 어두운색 신사복에 조끼까지 갖춰 입어서 그 자신이 큰 책상에 앉아 지원자들 면접을 보는 사람 같았고, 실제로 유니언시티 지점의 비생산적인 조직을 재정비할 때 자주 면접관 노릇을 하기도 했다. 아버지는 난생처음 대학교 안에 들어와 있는 것이 불편하지 않은 게 분명했다. 자신의 (그리고 우리의) 운명이 반전된 후로 엄청난 에너지를 되찾은데다 나와 나의 학업적 성취에 대한 자부심도 대단했던 아버지는 세련되게 다듬어지지 않은 사람 좋은 자신감을 발산했고, 나는 아버지의 그런 모습에 자부심을 느끼면서도 그것이 버크넬에서 장학금을 받을 기회를 없애고 있음을 확신했다. 만일 아버지가 미스 블레이크에게 내가 얼마나 훌륭한 학생인지, 우리의 수많은 친척들이 미국에서 어떤 진전을 이루어냈는지 이야기하며 지나칠 정도로 애를 썼다면, 그래서 나를 민망하게 만들었다면(물론 나는 아버지가 그럴까봐 겁을 먹고 있었다), 우리는 사실 그 정도로 천박하게 보이기엔 너무 좋은 상태였을 수도 있었다. 우리가 미스 블레이크에게 보인 건 자수성가한 진취적이고 화목하며 번영하는 가족의 모습이었고, 나는 실패를 확신했다. 버크넬에 들어갈 수 있다 해도 학자금이 부족해서 등록을 할 수 없을 터였다.

면담이 끝난 뒤 우리는 마티 캐슬바움의 안내를 받아 대학 구내를 둘러보고 우리가 묵을 루이스버그 호텔이 있는 쇼핑 거리로 이어지는 매력적인 가로수길을 걸었다. 나는 에드 삼촌과 함께 프린스턴에 가본 이후 처음으로 18세기에 지은 집들에 사람들이 실제로 거주하고 있는 마을을 돌아다녔다. 마티가 속한 남학생 사교 클럽 근처의 조그만 잔디밭에는 남북전쟁 때의 대포가 있었는데, 마티는 우리 부모님께 그 대포에 대해 설명하며 "처녀가 지나가면 대포알이 발사된다"는 과감한 농담을 덧붙였다.

무엇보다 마음에 들었던 건 큰 나무들과 완만한 구릉을 이룬 긴 잔디밭들 사이에 담쟁이덩굴에 덮인 벽돌 건물들이 드문드문 서 있는 캠퍼스였다. 캠퍼스 심장부에 있는 '힐'에서는 남자 기숙사 창문으로 멀리 라이커밍산까지 이어진 옥수수밭들과 목초지들이 보였다. 남자 기숙사의 둥근 지붕에는 매시 정각에 울리는 시계가 있었고, 새 도서관 꼭대기에는 우아한 첨탑이 있었으며, 마티가 편하게 체트네라고 부르는(간판은 '비슨'이라고 되어 있었지만) 학생들의 단골집과, 마티의 여자친구가 사는 래리슨 홀이라는 이름의 기숙사도 보였다. 캠퍼스 여기저기에, 그리고 힐에서 아래로 이어지는 거리들에 영주의 집처럼 보이는 건물들 여남은 채가 있었는데, 영국 대저택이나 주랑이 있는 플랜테이션 저택의 영향을 받은 듯한 그 건물들은 남학생 사교 클럽 회원들이 사는 곳이었다. 루이스버그는 전체적으로 그리 색다를 것 없는 작은 대학촌으로, 내가 케이 카이저나 준 앨리슨이 나오는 영화들에서나 본, 아주 단조롭거나 고풍스럽지도 않고 그렇다고 해서 절대 화려하거나 고급스러운 것도 아닌, 가장 안락하고 평범한 질서를 꿈꾸기에 적당한 장소였다. 루이스버그는 우리를 위축시키는 특권 의식보다는 우리에게 신뢰감을 주는 가식 없는 교양을 느끼게 했다. 물론 그 시골 풍경과 작은 마을이라는 배경이(그리고 미스 블레이크가) 나타내는 가식 없는 교양은 비유대적인 것이었지만, 우리 가족이 반세기 동안의 미국인화를 통해 이디시어를 쓰던 조부모님이 고생스럽게 살던 뉴어크의 가장 가난한 게토에서 조화로운 토착성이 곳곳에서 보이는 이 예쁜 마을까지 온 것은 1951년 무렵의 우리에게 가식적이거나 꼴사나운 일이 아니었다.

부모님도 버크넬에 대해 나만큼 좋은 인상을 받았는데, 캠퍼스 그 자체보다는 열성적인 안내자의 공이 큰 듯했다. 내게 그랬던 것처럼 부모님 눈에도 우리 동네 출신의 유대인 소년이 그 낯선 환경에서 경이로울 정도로 잘 지내고 있는 것처럼 보였던 것이다. 호텔 레스토랑에서 저녁을 먹은 뒤 마티는 기숙사로 돌아가고 우리만 엘리베이터를 타고 객실로 올라가는데 아버지가 내게 말했다. "넌 여기가 맘에 들지?" "예, 하지만 9월 학기에 장학금을 못 받으면 등록금을 어떻게 내요?" "장학금은 신경쓰지 마라. 여기 다니고 싶으면 다니는 거다."

나는 밤늦게까지 잠을 이루지 못하고 내 '생각들'을 기록하기 위해 호텔 문구류를 쌓아두고 내 방 작은 책상 앞에 앉아 있었다. 나는 엘리베이터에서 아버지와 나눴던 대화를 곱씹으며, 아버지와 얼굴을 맞대고 말할 자신은 없었어도 루이스버그 호텔 편지지에는 자유롭고 힘차게 써내려갈 수 있는 대사 한 줄을 보탰다. 대학으로 떠나기 전의 오랜 기간 동안 우리를 불멸의 가족으로 만들어준 합의를 깨지 않고 최악의 상황을 견뎌냈다는 생각에 기분이 들떴다. "그럼 이제 우린 끔찍한 싸움을 벌일 필요가 없겠네요. 버크넬이 우리를 구했어요."

하지만 물론 아버지와 나는 끔찍한 싸움을 벌였는데, 내가 대학에 들어간 후로 불거지기 시작한 바로 그 문제—주말 자정 이후에 내가 어디에 있었는지에 대한—때문이었다. 내가 루이스버그로 떠났다가 첫 방학을 맞아 집에 돌아왔을 때 일이 터졌다. 싸움의 직접적인 원인은 지극히 평범한 것이었지만 싸움 자체는 내가 예상했던 것보다 더 끔찍했다. 어머니와 형—당시 맨해튼에서 상업 미술가로 자리를 잡기 시작했고 마침 집에 와 있던—이 중재자로 나서서 미쳐날뛰는 두 적이 버티고 있는 아파트 양 끝을 긴급한 외교라도 펼치듯 황급히 오가며 온갖 노력을 기울였다. 아버지와 나는 이틀간 연극조의 호통과 신랄한 침묵으로 맞서다가 슬픔에 빠진 어머니를 생각해서 결국 아슬아슬한 휴전을 했지만, 나는 오이디푸스적 전쟁터에서 갓 탈출하여 휴식과 재활이 절실한 전쟁신경증 환자로 버크넬에 돌아가야 했다.

1950년대 초반에 버크넬에 입학하는 매력적인 기독교인 백인 남성이라면, 열세 개의 남학생 사교 클럽 중 절반가량의 공식적인 접근을 기대할 수 있었다. 그 학생이 전도유망한 운동선수이거나 명문 사립학교 졸업생이거나 부잣집 아들이거나 성공한 동문의 아들이면, 무려 열 개의 사교 클럽들이 영입 경쟁에 뛰어들 수도 있었다. 하지만 유대인 신입생—나 같은 유대인 편입생은 기껏해야 두 곳, 즉 기독교 사교 클럽들처럼 전국적인 단체의 지부이며 유대인만 받는 사교 클럽인 시그마 알파 뮤, 그리고 전국적 규모가 아니고 인종, 종교, 피부색에 근거한 차별이 없는 피람다 세타의 가입 권유를 기대할 수 있을 뿐이었다. 유대인 학생의 경우 사교 클럽에 들어가고 싶은데 이 두 곳에서 받아주지 않으면 처지가 곤란해졌다. '독자적인' 생활—대학 식당에서 식사를 하고, 기숙사에 들어가거나 마을에 방을 얻어 살고, 대학 사교계 별들의 무리와 동떨어져서 친구를 사귀거나 데이트를 하는—을 견딜 수 없으면 짐을 싸서 집으로 돌아가야 했다. 실제로 그렇게 한 유대인 학생들이 몇 명 있다고 했다.

유대인 사교 클럽은 회원들이 완전한 승인을 받은 별명으로 불리는 것을 제외하면 그다지 유대인적인 게 없었다. 버크넬과 시그마 알파 뮤 지부가 있는 다른 모든 캠퍼스에서 유대인 형제들은 스스로를—남들만큼이나 쉽게—새미*라고 불렀다. 그 사

* Sigma Alpha Mu의 머리글자 SAM에 지소사 Y를 붙인 호칭. 한편 미국에서

교 클럽 이름이 요타 카파 엡실론이었다면 아이키**라는 별명을 그렇게 선뜻 받아들이지 않았을지도 모르지만, 새미를 조금이라도 불명예스러운 꼬리표로 여기는 사람은 아무도 없는 듯했다. 어쩌면 예방 차원에서 우호적인 느낌의 SAM이라는 머리글자에 자진해서 아주 작은 가시가 든 접미사를 붙여 새미라는 약칭을 만들게 된 것일 수도 있었다. 어쨌든 나는 그 별명을 듣는 것에 절대로 익숙해지지 않았고 입에 담을 수도 없었는데, 고등학교 때 읽은 버드 슐버그의 소설 때문에 지나치게 민감해진 탓인 듯했다. 그 소설에 강압적인 유대인들 중에서도 가장 강압적인 새미 글릭이 등장하니까.

예순다섯 명쯤 되는 새미들을 위해 하루 세 끼 식사를 준비하는 주방에서는 전통적인 유대인 가정의 지성소보다는 상선 조리실 냄새가 더 강하게 풍겼다. 요리사 '쿠키'는 그 지역 출신의 해군 참전용사로 체구는 작아도 얼굴이 험상궂고 몸에 문신을 하고 있었으며, 헐거운 주걱턱에 하루나 이틀쯤 묵은 까칠한 수염

Sammy는 유대인의 속칭이기도 한데 유대인 남성들이 '새뮤얼'이라는 이름을 많이 갖고 있는 데서 유래했다.

** Iota Kappa Epsilon의 머리글자 IKE에 지소사 Y를 붙인 호칭. 또한 영국에서는 유대인에게 Isaac이라는 이름이 흔하다는 이유로 유대인들을 아이키라는 속칭으로 부르기도 한다.

이 덮여 있었다. 미국 어느 곳의 길가 식당에서 양파를 튀기고 있어도 어색하지 않을 인물이었다. 햄이나 베이컨을 곁들인 계란 요리가 주된 아침식사였고, 폭찹과 햄스테이크가 일주일에 두어 번 점심이나 저녁식사로 나왔다. 가격은 다른 사교 클럽들이나 학생식당 식사와 다르지 않았다. 하지만 유대인 사교 클럽에 들어가는 건 안식일을 지키거나 율법을 공부하거나 유대인 문제에 대해 토론하기 위해서가 아닌 것처럼 유대 율법에 따른 음식을 먹기 위해서가 아니었으며, 그렇다고 민망한 유대 생활 방식에서 벗어나고 싶어서도 아니었다. 대부분의 유대인 학생들이 나처럼 미국인화가 더이상 중요한 쟁점이 되지 않는 가정 출신이었고—만약 그게 문제가 되었다면 애초에 버크넬에 오지 않았거나 버크넬에서 오래 머물 수가 없었다. 그렇다고 해서 유대인 부모들이 기독교가 지배적인 다른 사교 클럽들에 유대인도 가입할 수 있도록 허용하는 학칙을 선호했을 거라는 얘기는 아니다. 1951년에는 시그마 알파 뮤가 모두에게 적합했다. 유대인들은 너무도 달라서 함께 있었지만 그 외엔 다른 사람들과 똑같았다.

1951년 9월에 2학년으로 버크넬에 들어간 나는 유대인으로서는 유일하게 비유대인 사교 클럽에서 가입 서약을 할 수 있는 기회를 갖게 되었다. 유대인 사교 클럽 시그마 알파 뮤와 특정 종교와 무관한 피 람다 세타뿐 아니라 세타 키에서도 내게 가입 권유를 해온 것이다. 자세한 이유는 듣지 못했지만, 세타 키에는 이미 60여 명의 비유대인 회원들 가운데 유대인 회원이 한 명 있었다. 그는 비유대인 이름과 유대인 같지 않은 외모를 가진 졸업반 학생으로 세타 키 사교 클럽 회장이었으며 나를 영입하려고 무척 공을 들였다. 내 이름과 외모는 영락없는 유대인이었는데도 말이다. 나는 그 제안을 진지하게 받아들였고 사교 클럽 가입 권유 행사 기간 동안 손님 자격으로 몇 번 그곳에 가서 식사도 했다. 사교 클럽에 들어갈 작정이라면—2학년 편입생으로서 사교 클럽에 들지 않고 학생들 사이로 비집고 들어가는 건 거의 불가능할 것 같으니까—엄격하게 분리된 체계 속의 이 불가해한 구멍을 이용하는 것이 내 민주적 이념들과 자유주의적 원칙들에 부합하는 게 아닐까?

뉴어크 위퀘이크 지구에서 온 학생에게는, 예상대로 유대인들 틈에 끼는 것보다 세타 키 회원이 되는 게 확실히 더 모험적인 일이었다. 특정 종교와 무관한 사교 클럽 피 람다 세타의 경우 뒷길에 있는 수수한 집에 백 명 가까이 되는 남학생들이 모여 살았는데, 내가 만난 회원들은 자기 원칙들을 충실히 지키는 순수하고 강직한 학생들이거나 수줍고 사회성이 좀 떨어지는 부류라 거기 말고는 달리 갈 데가 없는 듯했다. 착각한 것일 수도 있지만, 그곳에서 나는 명목상으로는 기독교 사교 클럽이면서도 본질적으로는 비종교적인 세타 키 같은 데서 느낄 수 있었던 것보다 더 순수하게 '기독교적인' 자선과 미덕의 분위기, 구세군의 선량함을 닮았다고 할 수 있는 기운에 감명을 받았다. 다른 건 다 제쳐두고라도—아버지의 정확한 추측대로—내가 수년간 은밀히 준비해온 성적 모험들을 십 분의 일이라도 실천에 옮길 수 있는 좀더 방탕하고 덜 유토피아적인 환경이 필요했다. 그런데 피 람다 세타는 너무도 훌륭한 목표들을 갖고 있다보니 대학 사교 클럽이라 해도 집과 별반 다를 게 없었다.

나는 독립적인 삶을 살기 위해 집을 떠난 것이었기에 무슨 일이 있어도 부모님의 의견과 무관한 선택을 해야만 했다. 그래서 집으로 편지들을 보내어 그 문제에 대해 이야기할 때 카프카 뺨치는 주도면밀하게 광적인 방식을 취했다. 부모님은 너무도 어리석고 단순하게 보였을 게 분명한 나의 의견에 본능적으로 대응하지 않았다. 내 편지들에 겁을 먹은 부모님은 의류 사업을 하는 유대인 친구이자 몇 년 전 나와 비슷한 충동을 보인 딸을 둔 그린 부부에게 조언을 구했다. 부모님이 전화상으로 취한 방침은 현명하지 않다고 할 수 없었다. 부모님은 나를 "가장 행복하게" 만드는 결정을 내리기를 원한다고 말했다. 나와 다른 배경을 가진 학생들과 어울리는 게 더 행복할 것 같으면 당연히 세타 키를 선택해야겠지만, 결국 나도 마티 캐슬바움처럼 비슷한 배경의 학생들 틈에서 지내는 게 더 행복할 거라는 부모님과 그런 부부의 생각에 동의하게 된다면 SAM을 선택해야 한다는 것이었다. 어머니는—아버지보다 부드러운 어머니가 그쪽 대변인을 맡고 있었다—어떤 선택이든 나를 행복하게 해줄 수 있다면 자신들도 행복할 것이고 등등……의 이야기를 이어갔다.

만일 내가 세타 키에 유대인 신입 회원으로 들어갔다면, 한동안은 관습에 도전하는 것에 활기가 솟고 처음엔 그 미지의 공동체가 지닌 비밀들을 발견하는 것에서 진정한 인류학적 흥분을 느꼈을 것이다. 하지만 머지않아 나의 활발한 성격이, 익살스러운 조롱과 터무니없고 과장된 억측을 좋아하는 길거리 취향이, 내겐 좀 진부한 느낌을 주는 고리타분하고 따분한 시골 마을의 점잖음을 지닌 세타 키 식당에 맞지 않는다는 걸 발견했을 것이다. 그리하여 세타 키에서의 활동 기간은 새미로서의 그것보다도 더 짧았을 수도 있었다. 나는 명예로운 와스프*가 되고 싶은 유혹은 두렵지 않았으나 자기 검열로 이어질 수 있는 공동체 정신에 대해서는 잔뜩 경계하고 있었다. 기껏 집을 떠나와서 다른 사람의 생각에 갇혀 살고 싶진 않았으니까. 결국 나는 세타 키에

* WASP. 앵글로색슨계 백인 신교도.

들어가는 게 나와 비슷한 배경을 가진 학생들과 어울리는 겉으로 보기에 관습적인 선택을 하는 것보다 훨씬 더 순응적인 행위가 될 수도 있음을 깨닫게 되었다. 유대인 학생들이 내게 익숙한 삶의 방식을 갖고 있다는 이유만으로 나의 표현 욕구들을 억제할 힘을 행사하진 못할 것이기 때문이었다. 어쩌면 나와 비슷한 배경 출신이기에 그들 중 몇 명은 나와 같은 욕구들을 지니고 있을지도 몰랐다.

실제로 그런 학생이 몇 명—정확히 말하면 둘—있었는데 둘 다 영문과 2학년이었고, 하나는 볼티모어에서 온 피트 태시, 나머지 하나는 뉴욕 마운트버넌 출신 딕 민턴이었다. 나중에 영문학 교수가 된 피트는 매우 정교하게 조율된 인물로 책을 좋아하는 사람의 고상함이 두드러져서 사교 클럽의 보통 학생들과 구별이 되었으며, 그가 생활비를 벌기 위해 오후와 저녁 시간에 일하는 마을 아이들의 단골집 스위트숍에서 그에게 콜라와 감자튀김을 달라고 외치는 아이들과는 아예 차원이 달랐다. 그리고 결국 변호사가 된 딕은 피트보다 더 확고부동하고 허세라곤 찾아볼 수 없는 고지식한 성격이었으며, 머리가 아주 비상하고, 책을 읽지 않을 때는 베토벤 사중주를 들었다. 그의 뜨거운 문화적 열정을 공유할 수 있는 학생은 캠퍼스 전체에 여남은 명밖에 되지 않았고, 사교 클럽엔 거의 없었다. 내가 버크넬에 들어가서 1년 남짓 지난 1952년 겨울, 우리 셋은 시그마 알파 뮤에서 탈퇴하고 대신『엣 세트라』에 혼신을 바쳤다. 우리는 이 문예지의 창간을 돕고 그다음엔 운영까지 맡아서 1952년과 1953년에는 내가, 다음해에는 피트가 편집장을 지냈고, 딕은 편집자로 일했다.

사교 클럽은 크게 두 그룹으로 나뉘었는데, 기업 취업이나 법대 진학을 준비하는 상업과 금융 전공자들과 의대를 목표로 하는 학과 전공자들이었고, 그 외에 공학도 두어 명과 우리 셋을 제외하면 몇 안 되는 인문학도들이 있었다. 내가 문학에 흥미가 생겨서 피트 태시, 딕 민턴과 친해지기 전에 제일 즐겁게 어울렸던 새미는 상업과 금융 전공의 딕 덴홀츠였다. 딕 덴홀츠는 검은 턱수염을 기른 건장하고 자기주장이 강한 친구로, 나는 그의 유쾌한 박력이 뉴어크에 있는 우리 동네를 활기 넘치는 곳으로 만든 유대인의 에너지와 관련이 있다고 생각했다. 그는 뉴어크 교외 출신이었고, 우리가 짧고 강한 친밀감을 나눌 수 있었던 건 그의 가족이 미국에 내린 뿌리가 우리 가족이 뉴저지의 도시에서 내린 뿌리와 같았기 때문인지도 모른다. 우리 둘은 거칠고 아무런 제약도 받지 않는 연기자가 되어 저녁식사 후 거실에서 즉흥 풍자극을 펼칠 수 있었고, 모든 사교 클럽들이 참여하는 학기 중간의 축제에 올린 새미 뮤지컬 촌극—비현실적이게도 버크넬을 배경으로 한 〈아가씨와 건달들〉의 축약판—도 딕 덴홀츠와 내가 각본과 감독, 요란하게 노래를 부르는 배우 역할까지 도맡은 것이었다. 우리의 기백 넘치는 익살극—세타 키 사교 클럽에서는 아무도 호응해주지 않았을—은 SAM의 단 한 가지 명백한 특징인 '유대인다움'으로 이루어져 있었다. 내가 보기에 시그마 알파 뮤는, 우리처럼 외향적인 사람들은 세상을 조롱하고 나머지 사람들은 우리를 보고 재미있어하는 방식으로 유대인 사교 클럽의 정체성에 가장 가까워졌던 듯하다.

나는 개신교인이 대부분인 버크넬 학생들에게 유대인 사교 클럽이 어떻게 인식되었을지 알지 못한다. 버크넬 학생들 3분의 2가량이 펜실베이니아와 뉴저지의 작은 마을들에서 온 데 반해, 새미들은 다수가 뉴욕 출신으로—대부분 웨스트체스터 카운티와 롱아일랜드에서 왔고 뉴욕시에서 온 학생들도 조금 있었다. 물론 버크넬 여학생들 중에는 유대인과 사귀는 걸 부모님이 반대하고 그런 부모님의 뜻에 기꺼이 따르는 부류도 분명 있었겠지만, 캠퍼스에 유대인 여학생은 겨우 스무 명 정도이고 유대인 남학생은 여든 명이어서 새미 파티들에 파트너로 참석하는 여학생들은 대부분 비유대인이었고 그들 중 다수는 유대인이 전혀 없는 동네 출신이었다. 시그마 알파 뮤 회원들은 학업에 있어서는 가장 우수한 성적을 거둔 사교 클럽에게 수여되는 트로피를 따는 데 매진해 자주 목표를 달성해냈고, 비록 대학 스포츠 팀에서 활약하는 새미들이 별로 없어서(내가 몸담고 있을 땐 농구 선수 둘과 풋볼선수 둘이 전부였다) 운동선수의 기상은 찾아보기 힘들었지만, 1950년대 초에 선풍적인 인기를 끌었던 사교 행사는 바로 우리의 발명품이었다. 그 행사의 본질은 (축제 때 올렸던 뻔뻔한 〈아가씨와 건달들〉과 마찬가지로) 새미들 지도부의 주된 목적이 합리적인 동화주의자들처럼 전통적인 캠퍼스 사교 행사들을 따라가는 것이 아니었음을 시사한다. 그 목적은 아무 제약도 받지 않는 자유분방한 사교 클럽으로 주목받는 것이었다.

'모래 파티'라는 아이디어는 우리 지부에서 낸 것이 아니라 시러큐스나 코넬 같은 더 큰 대학의 사교 클럽에서 빌려온 것으로, 그런 대학들에서는 겨울의 실내 해변 파티라는 모티브가 캠퍼스에서 인기의 정상에 오를 만큼 대대적인 성공을 이끌어낸다고 여겨졌고, 바로 그것이 버크넬의 새미들이 바라는 바였다. 우리는 사교 클럽 회관 일층에 있는 양탄자, 가구, 트로피 장식장, 벽에 걸린 그림들을 모두 치우고 식당과 거실 두 개로 이루어진 일층 전체에 모래를 3인치 두께로 깐 다음 비치파라솔들을 꽂아야 했다. 바닥이 모래 무게를 지탱할 수 있도록 밑에서 떠받쳐야 했는데, 모래를 들여놓고 보니 불쾌할 정도로 축축했다. 습기는 모래 무게를 위험할 정도로 증가시키는 요인도 되었으므로 습기 제거를 위해 강력한 전등들을 동원해서 모래에 열을 가해야 했다. 파티 참석자들은 수영복을 입어야 했고(3월에), 버크넬의 모든 학생이 초대되었다. 우리는 캠퍼스 곳곳에 홍보 게시물을 붙였고, 하루는 오후에 작은 비행기를 캠퍼스 위로 낮게 날려 확성기로 초대의 말을 전하기까지 했다.

기획 단계에서 나는 그 파티가 엄청난 비용과 노력이 드는데다 회관의 물리적 구조 자체를 우스꽝스럽게 오용하는 것 같기도 해서 불편한 심기를 드러냈다. 우리 회관은 건축적 대표작이라고는 할 수 없었으나 둔중하고 튼튼한 1920년대의 완전성을 지니고 있었고, 어쨌거나 우리 모두의 보금자리 역할을 했다. 나는 형제들에게 나 자신도 우리의 친숙한 공간에서 외설적 장면을 연출해낼 생각을 하면 그 누구보다 짜릿하고, 버크넬의 모든 여학생들이 명예위원회(존경받는 여학생들로 이루어진 이 위원회에서는 학생들의 위반 행위에 대한 재판을 열고 여학생이 규정보다 1센티미터라도 짧은 버뮤다 반바지를 입고 캠퍼스를 활보하는 등의 행동을 하면 처벌했다)에서 강요하는 엄격한 복장 규정을 공공연히 위반하며 투피스 수영복을 입고 모래밭에 누워 있는 것에 당연히 매혹을 느낀다고 주장했다. 나는 나 역시 육체의 적이 아니라고 말한 뒤, 하지만 파티가 끝나고 회관이 무너지지 않고 다시 우리의 보금자리가 되었을 때 우리는 앞으로 몇 학기 동안 모래가 씹히는 매시트포테이토를 먹어야 한다는 사실을 형제들에게 상기시켰다. 그러나 거센 반발에 입을 다물 수밖에 없었다.

모래 파티 계획이 너무 과하게 유치하고 과시적이며 경솔하고 광적이라고 주장한 몇 안 되는 회원들 중에서도 태시와 민턴과 내가 거기에 가장 덜 현혹되어 있었다. 그때쯤 우리는 애디슨*과 스틸,** 해럴드 로스***의 영향을 받아 새 잡지를 연간 네 차례 발행하려고 애쓰는 중이었고, 마이크 토드****의 쇼에 등장하는 엑스트라들처럼 묻혀버리는 듯한 기분을 느꼈다.

학생들이 몰려와 지하실의 거대한 옷더미에 코트와 신발, 목도리를 벗어던지고 일층으로 올라가 거의 알몸으로 실내 해변에 흩어졌지만, 모래 파티는 함몰 사고도, 대학 경찰의 난입도 없이 무사히 끝났다. 파티가 난장판으로 발전할 기미가 보였다면 참석자의 90퍼센트가(그 이상이!) 당국의 개입 없이도 스핏(마을의 형편없는 영화관을 캠퍼스에선 그렇게 불렀다)으로 가버렸을 것이고, 나 역시 펜실베이니아 체스터 출신의 파트너와 함께 그

---

* Joseph Addison. 영국의 평론가, 시인.

** Richard Steele. 아일랜드 태생의 영국 저널리스트, 극작가, 정치가.

*** Harold Ross. 미국 저널리스트로 『뉴요커』를 창간했다.

**** Mike Todd. 할리우드의 제작자.

무리에 끼었을 것이다. 물론 그곳에선 여자들이 관례적으로 코사지를 달고 드레스를 휘감고 들어서는 호화로운 사교 클럽 연례 파티보다는 판타지가 덜 억압되었지만, 여전히 신입생 신고식과 의무적인 예배, 핀 의식,* '인사 운동'**이 있던 1950년대의 버크넬은 플레이토스 리트리트***의 공중정원은 말할 것도 없고 1968년의 버클리, 1970년의 우드스톡과도 거리가 멀었다.

10년 후 문화적, 정치적 괴짜들과 교묘히 무정부적인 사업가들—'시카고 7인'의 피고인들이었던 제리 루빈과 애비 호프먼, '시카고 7인'의 변호사 윌리엄 쿤스틀러, '퍼그'**** 시인이자 〈퍼큐/어 매거진 오브 디 아츠 Fuck You/A Magazine of the Arts〉 잡지의 주 기고자인 툴리 쿠퍼버그, 〈오! 캘커타〉의 제작자 힐러드 엘킨스, 〈스크루〉 잡지 발행인 앨 골드스타인까지 망라하는 다양한 말썽쟁이들, 앨런 긴즈버그, 벨라 앱저그, 레니 브루스, 노먼 메일러, 그리고 나는 말할 것도 없고—에게서 드러난 유대인의 다다이즘적 쇼맨십은 새미의 모래 파티에서 싹도 틔우지 못

---

* 좋아하는 여자에게 자신의 사교 클럽 장식 핀을 주는 의식.

** 캠퍼스에서 눈이 마주치면 모르는 사람이라도 먼저 인사하는 운동.

*** Plato's Retreat. 1970년대에 세계적인 명성을 떨친 뉴욕의 자유분방한 섹스 클럽.

**** Fug. 노먼 메일러의 소설에서 Fuck의 완곡어로 쓰인 것을 차용한 밴드 이름.

했다. 기이하기 짝이 없는 그 아이디어가 새미 사교 클럽 회의에서 진지하게 고려된 건 일말의 반항적인 뻔뻔스러움에서 기인한 것일 수도 있었지만, 결국 그 무모한 파티를 진행한 것은 미국의 질서 정연한 중산층 사회에서 안정적인 직업을 갖기 위해 준비하고 있는 관습적이고 준법정신 투철한 사교 클럽 학생들이었다. 그래서 그 모래 파티는—기저에 깔린 에로틱한 모티브가 같은 해에 더 늦게 발발한 캠퍼스 팬티 습격 사건에서보다 더 창의적으로, 더 장난스럽게 표출될 수도 있었건만—교외 컨트리클럽 풀장 분위기가 되고 말았다.

사실, 4월의 어느 날 밤 신입생과 2학년 남학생들이—잠옷 바람의 여학생들 숙소로 침입하여 그들의 속옷을 훔치려고—'힐'에서 우르르 몰려내려간 사건이 새미들의 사드적 시나리오보다 훨씬 더 난잡한 작품이 되었다. 사교적 경쟁력을 지닌 새미들이 기획하고 경비를 댄 모래 파티라는 과시적 행사는 공동체의 예절 기준에 대한 도전의 측면에서는 내가 루이스버그에 사는 동안 그곳에서 행해진 그 어떤 행사보다 대담했지만, 1960년대의 성적 봉기로 절정을 이룬 억눌린 갈망들과의 관련성을 놓고 보자면, 당시 내게 무의미하게만 보였던 난폭한 남성성이 낳은 즉흥적인 팬티 습격 사건에 미치지 못했다.

"잡지를 만들자…… 대담하게 음란한……" 조롱 섞인 영감이 담긴 이 시구는 E. E. 커밍스의 것이며, 나는 영문과의 젊은 미국 문학 강사였던 로버트 모러의 영향을 받아 그의 시를 읽고(친구들에게 낭송해주기) 시작했다. 로버트는 커밍스에 관한 박사 학위 논문을 쓰고 있었고, 그의 아내 샬럿은 『뉴요커』에서 윌리엄 숀의 비서로 일하다가 로버트와 결혼해 루이스버그로 오게 되었다고 했다. 몽클레어 주립대에서 석사 학위를 받고 위스콘신에서 박사과정을 마치지 않은 로버트는 우리 아버지가 우리 식구를 부양하기 위해 애쓰며 보험회사에서 받았던 월급의 반 정도밖에 받지 못했을 것이고, 내가 처음 모러 부부를 존경하게 된 이유들 중 하나가 그들의 가난이었다. 그들은 가난했기에 굳이 성가시게 1950년대의 보헤미안이 되지 않고도 관습에서 해방된 멋진 삶을 살 수 있는 듯했다. 우리의 보헤미안—혹은 루이스버그에서 보헤미안에 가장 가까운 인물—은 버크넬 대학 상주 예술가인 브루스 미첼로, 그는 학생들에게 그림을 가르치고, 비밥 음악을 좋아하고, 술을 좀 마시고, 긴 페전트스커트를 입는 아내와 살았다. 내 눈에 비친 모러 부부는 자유롭고(가장 크고 좋은 의미에서) 분별 있는 미국인들이었으며, 충분히 존경받을 만하지만 지위와 겉모습에는 무관심했다. 그들에겐 책과 레코드판, 오래된 차, 가구가 거의 없는 작은 벽돌집이 있었고, 밥은 팔꿈치에 장식 목적이 아닌 헝겊을 덧댄 축 늘어진 낡은 재킷을 입고 다녔지만—그들은 자신들이 갖지 못한 것들에 대해 아쉬워하지 않는 것 같았다. 그들의 가난이 너무도 편해 보여서 나는 나중에 그들을 본받아—밥처럼 영문과 교수가 되건, 너무 훌륭해서 돈이 안 되는 책만 쓰는 진지한 작가가 되건—가난하게 살기로 결심했다. 정육점 아들 로버트는 우리 동네가 있던 뉴저지 공업지구에서 우울증으로 연마된 도시 소년으로 자란 과거를 지니고 있었다. 하지만 너무도 홀쭉하고 머리가 작아서, 타원형 안경을 끼고 해진 옷을 입은 모습이 꼭 교육받은 촌뜨기, 셔우드 앤더슨의 소설 속에서 반半의식적으로 자유를 얻기 위해 몸부림치는 꺽다리 농장 소년 같았다. 그의 솔직한 태도 또한 탁 트인 공간에서 태어난 듯한 인상을 주었으며, 20년쯤 세월이 지나서 학생들을 가르치는 일에 신물이 난 그는 안티오크의 교수직을 버리고 『커런트 바이오그래피』와 『필드 앤드 스트림』에 글을 써서 먹고살았다. 그러다 결국 홀몸이 되어 평화 봉사단원으로 칠레 오지에 가서 아이들에게 야구를 가르치며 꽤 행복해 보이는 여생을 보냈다. 그리고 1983년에 심장마비를 일으켜 예순두 살의 나이로 세상을 떠났다. 내가 버크넬에 다닐 때 그곳에서 태어난 그의 아들 해리가 장례식에서 생전에 아버지가 가장 좋아했던 헤밍웨이의 「두 개의 심장을 가진 큰 강」의 일부를 낭독했다.

샬럿은 그녀 나름의 꾸밈없는 견실함을 지니고 있었으며 그 견실함이 희미한 플로리다 억양을 통해 매력적으로 새어나왔다. 그녀는 심리적으로 밥보다 섬세했고, 약간 더 부유한 가정 출신이었으며, 비인습적인 안티오크 대학 출신에 『뉴요커』에서 일했다는 점에서 내게 무척이나 세련된 인상을 주었다. 그녀는 턱이 살짝 튀어나오고 주근깨가 점점이 박힌 상큼한 얼굴이 말씨만큼이나 매력적이었지만, 내가 교수의 아내에게 홀딱 반하게 된 건 대학을 졸업한 뒤 메인주의 작은 섬 절벽 위에 있는 모러 부부의 원시적인 오두막에서 그들과 일주일을 보내며 그녀와 산책을 하면서였다. 열여덟 살 때, 나는 그들과 친해져서 이따금 토요일 밤에 그들 집에 초대 받아 E. E. 커밍스 시 낭송 음반을 들으며 갤로 와인을 마시거나, 밥이 1920년대와 1930년대에 뉴저지 로젤의 노동자 동네에서 비유대인으로 자란 이야기를 듣는 것만으로도 충분히 황홀했다.

나는 그들에게 내 어린 시절 이야기를 스스럼없이 했고, 우리 집은 어머니의 부모님이 결혼 전인 세기 초에 미국으로 이민와서 각자 자리를 잡았던 곳인 엘리자베스에 인접한 로젤의 밥 집에서 차로 20분 거리였다. 나는 영문과의 또다른 젊은 부부 잭과 조앤 휘트크로프트와도 곧 절친한 친구가 되었는데, 그들과 모러 부부는 내가 나의 유대인 동네와 내 가족, 그리고 친구들을 내부자의 시선으로 어떻게 바라보는지 들은 첫 비유대인들이었을 것이다. 테이블에서 벌떡 일어나 유대인의 다채로운 관계들을 표현하면서 나는 그들이 단순히 재미있어하기만 하는 것이 아니라 관심도 갖고 있음을 발견했고, 그들의 독려에 힘입어 나의 배경에 대한 더 많은 이야기들을 할 수 있었다. 그럼에도 나는 키네울프*에서 『댈러웨이 부인』까지 진지하게 읽고 있는 동안에는—그리고 5퍼센트를 차지하는 유대인 학생들이 주류 스타일에 아무런 흔적도 남기지 못하는 대학에 몸담고 있는 한은—그런 일화들과 관찰들이, 이야기되는 과정에서 이미 아무리 허구화되었다 해도, 문학으로 만들어질 수 있다는 생각을 할 수 없었다. 토머스 울프가 애슈빌을, 조이스가 더블린을 이용했다는 사실은 나 자신의 체험을 글로 쓰고자 하는 욕구에 집중하도록 만들어주지 못했다. 어떻게 예술이 시간과 공간, 혹은 선과 악, 혹은 외양과 실재의 수수께끼와 아무 관련이 없는 뉴어크 유대인 동네에 뿌리를 둘 수 있단 말인가?

나는 누군가의 수상한 삼촌인 마권업자와 누군가의 교활한 아들인 길거리의 봉고 연주자, 그리고 뉴어크 중심가에 있는 엠파이어 벌레스크에서 본 코미디언 스팅키와 쇼티의 흉내를 내서

* 8세기 앵글로색슨 영국 종교시인.

모러 부부와 휘트크로프트 부부를 즐겁게 해주었다. 그리고 우리의 거만하고 젠체하는 난쟁이 이웃 셀처 킹의 불륜 이야기와 140킬로그램이나 나가는 몸으로 인생을 즐기며 사는 우리 가족의 친구 애플 킹의—농담, 피클, 피너클 카드게임, 그리고 모든 것을 향한—경이로운 욕구에 대한 이야기를 했다. 반면, 내가 쓴 이야기들은 아무 곳도 배경으로 하지 않았으며, 거친 삶에 짓밟힌 예민한 아이들, 예민한 청소년들, 예민한 청년들에 관한 애절한 졸작들이었다. 그 이야기들은 '감동'을 노린 것이었고, 나는 무의식중에 내 소설을 통해 '세련'되어지기를, 그저 생계를 유지하고 가정을 꾸릴 생각만 하며 어쩌다 한 번씩 즐거운 시간을 보내는 레슬리 스트리트의 중하위층 유대인들이 알지 못하는 차원으로 올라가기를 원하고 있었다. 대학 시절에 쓴 초기작들이 내가 괜찮은 유대인 소년임을 증명하기 위한 것이었다 해도 충분히 끔찍했을 텐데, 괜찮은 소년임을 증명하는 이야기들이었으니 더 끔찍했다. 유대인은 어디에도 보이지 않았다. 그 이야기들 속에는 유대인이 없었다. 뉴어크도, 코미디도 없었다. 나는 절대로 문학 속에서 웃음을 전하고 싶지 않았다. 나는 자극적이고 신바람 나는 삶을 체험하고 있을 때조차도 삶을 슬프고 통렬하게 나타내고 싶었다. 내가 '동정적이고' 완전히 무해한 인간임을 입증하고 싶었다.

나의 대학 시절 초기작들은 샐린저에게서 지나치게 감상적인 유혹을, 젊은 카포티에게서 거미줄처럼 섬세한 취약성을 뽑아냈고, 나의 거인 토머스 울프를 잘못 흉내내어 자기연민에 빠진 자만의 극단에 이르렀다. 그 이야기들은 학생의 작품답게 순진했는데, 내가 속한 아주 작은 그룹에 반기를 들 지적 파벌이 없는 버크넬에 다닌 것이 그나마 다행이었다. 우리 그룹 구성원들은 내 소설에서 그저 아주 부드러운 풍자의 대상만을 발견했을 테니까. 하지만 그때 주위에 가치 있는 경쟁이 존재했더라면 나는 애초에 그런 무의식적인 사적 우화들을 써내지 않았을 것이다. 그것들은 무엇이었냐 하면 우화적 표현이었고, 내가 대학 시절에—더 나은 삶을 추구하는 야심찬 소수민족 출신의 중하위층 소년으로서 잠시 대학 교육이라는 이민자 후손의 로맨스를 펼쳤던 뉴어크 러트거스 시절은 말할 것도 없고 레슬리 스트리트에서 보낸 사춘기 시절보다도 훨씬 더—버크넬이라는 둥지 안의 뻐꾸기 신세임을 발견하면서 생긴 결과였다.

나는 단지 유대인이라는 이유만으로 버크넬에 어울리지 않는 존재가 된 기분을 느꼈다고는 할 수 없지만, 그렇다고 해서, 특히 버크넬에 갓 들어갔을 때, 이사회의 절반 이상이 침례교인이어야 하는 학칙이 있고, 1학년과 2학년 학생들은 의무적으로 예배에 참석해야 하며, 대부분의 버크넬인들이 가입한 듯한 특별

활동 조직이 기독교 학생회인 대학에서 내가 유대인으로 살고 있음을 의식하지 못한 건 아니었다. 하지만 SAM에 가입하고 얼마 지나지 않아서 내 사교 클럽 형제들이 기독교 학생회 친구들—나와 같은 기숙사에 살며, 저녁마다 내가 희생된 고상함에 관한 이야기들에 쓸 상징들을 만들어내고 있는 방 밖의 복도에서 터치풋볼 게임을 벌이는—보다 더 가깝게 느껴지지는 않는다는 걸 깨닫게 되었다. 초기 단편들에 등장하는 과보호당한 어린 희생자들처럼, 정신적 삶을 나타내는 그들처럼, 나 역시 지나치게 예민한 것으로 드러났는데, 그 예민함은 종교보다는 정신적 차이에 대한 것이었다. 버크넬에서는 상업과 금융을 공부하는 다수의 학부생들—전후의 호황을 누리고 있는 비즈니스 세계에서 평범한 일자리를 얻기 위해 준비하는 학생들이 지배적인 목소리를 내는 듯했지만, 나는 열네 살 때 뉴욕의 P.M. 신문을 구독하기 시작하면서부터 문학적 이상과 이윤 추구 동기에 대한 의구심을 품고 비즈니스 세계에 대항하게 되었던 것이다. 내가 매력을 느낀 강의들은 시장에서 무가치하게 여겨지는 모든 것들의 전형이라고 할 수 있었고, 나는 시장의 가장 열성적인 신봉자들—아이젠하워 시대의 동이 터올 무렵 미국의 반항적이지 않은 아들딸들—속에서도 삶에 의미를 부여하는 건 돈이 아닌 정신이라고 확신하며 한사코 문학 비평, 현대 사상, 고급 셰익스피어, 미학 공부에 매달렸다.

1952년 9월, 3학년이 된 나는 『엣 세트라』 편집장을 맡았고, 피트 태시가 부편집장 자리에 앉았으며, 모러 부부가 우리의 고문이 되어주었다. 밥은 공식적인 문학 고문 명단에 올랐고, 샬럿은 비공식 고문이 되었다. 『뉴요커』의 '장안의 화제' 코너를 잘 아는 독자라면, 샬럿이 『엣 세트라』의 앞부분에 영향을 미쳤다는 걸 알 수 있었다. 우리의 '장안의 화제'는 추정에 근거한 재치 있는 르포 기사들을 두 페이지에 모아놓은 것으로 '교통 노선'이라고 불렀는데, 공대생 하나가 늘 길에 나가서 망원경으로 보고 있는 버크넬 캠퍼스에 잘 어울리는 제목이라는 게 우리 의견이었다. 이야기들은 1인칭 복수형으로 시작되었고, 편집자가 세련된 스타일이라고 여기는 익살스럽고 통명스러운 어조를 고수했다. "우리는 기숙사의 새 점검 방침(힐에 사는 남학생들은 매주 ROTC에게 방 점검을 받게 될 것이다)에 대해 들었을 때 '군대 타도', '우리들 방에 파시스트들이 들어오지 못하게 막자!' 같은 외침이 담긴 표지판들이 캠퍼스에 늘어선 광경을 볼 준비가 되었으며……" "일전에 우리는 염색하지 않은 진짜 무통*을 5달러라는 말도 안 되게 싼 가격에 구입했는데……" "사회학 전공자

* 바다표범 가죽과 비슷하게 가공한 양가죽.

인 우리 친구 하나가 며칠 전 오후에 우리에게 이야기 하나를 들려줬는데, 관심 있으면 들으시라. 그 친구는 일요일 오후에 뉴욕을 떠나는 기차를 탔던 모양이다……" 어떤 이야기들은 능숙하고 읽기 쉬웠고 어떤 이야기들은 장난기가 줄줄 흘렀으나 잡지에 대한 커밍스의 처방인 '대담하게 음란한' 글은 없었다.

'우리'의 판단에 음란한 건 주간 학생 신문 버크넬리안이었고, 『엣 세트라』는 그 신문의 세련된 대안이 되고자 했다. 10여 년 후 반골 학생들은 자신들의 출판물에서 악취미와 불법 행위를 조장하는 방식으로 캠퍼스의 공인된 가치들에 대한 저항을 표현하게 되는데, 1950년대 초에는 '교통 노선'의 이야기들에서 우월한 기지와 퉁명스러운 매력을 보여주려고 애썼던 우리가 진짜 버크넬의 반골이었다. 우리가 뉴요커스러운 태도를 취한 건 버크넬의 목소리를 끌어내리기 위한 게 아니라 높이기 위한 것이었다고 알려져 있지만 말이다. 사실, 『엣 세트라』를 만든 우리들은 그 잡지가 버크넬 학생들의 집단적 감성과 우리의 감성의 차이를 분명하게 보여주는 것만을 기대했고, 우리의 감성은 우리를 총애하고 우리에게 '감성' 같은 단어를 사용하는 걸 즐기는 법을 가르쳐준 영문학 교수들의 영향 아래 빠르게 변하고 있었다. 어쨌거나 적어도 내겐 그 차이가 애들라이 스티븐슨에게 투표한 교양 있는 소수와 압도적인 표 차로 아이젠하워를 대통령으로 뽑은

속물적인 다수로 나뉜 국가적 분열을 반영하는 것으로 보였다.

스티븐슨이 패배한 다음날, 나는 해리 가빈 교수의 영어 257(셰익스피어: 소수의 희곡 작품들에 대한 집중 연구) 강의에서 『코리올라누스』의 군중에 대한 구절을 설명한다는 핑계로 자리에서 일어나 지적인 정치가 대신 전쟁 영웅을 선택한 미국의 대중을 (그리고 암묵적으로, 아이젠하워에게 확고한 지지를 보낸 버크넬 학생들을) 비판했다. 가빈 교수는 내가 제멋대로 행동하고 있다는 눈빛을 보내면서도, 어쩌면 자신도 비슷하게 실망해서인지 내 말을 끊지 않았고, 셰익스피어 수업을 듣는 다수의 학생들은 나의 장광설을 재미있어하거나 지루해했다. 내가 옳고 멍청한 미국이 우리의 운명임을 절대적으로 확신하고 있던 나는 그 강의를 듣는 학생들이 분명한 공감대를 형성하긴 했어도 바로 그들이 위험한 바보들이라는 생각을 하며 자리에 앉았다.

그렇게 강의실에서 감정을 표출하긴 했지만, 나는 대통령 선거운동이 한창이던 1952년 10월에 내 손으로 처음 『엣 세트라』를 내게 되었을 땐 사설란에 스티븐슨을 옹호하는 글을 쓸 생각은 하지 못했다. 그 잡지는 '더 높은' 목적인 문학적 목적을 갖고 있는데다, 당시 관습으로는 학생들의 출판물에서 공직에 출마한 후보를 지지할 수 없었기 때문이었다. 이듬해에 그 잡지엔 내가 여름방학 동안 쓴 한 페이지 분량의 '산문시'가 실렸는데, 너무

신중해서 매카시즘에 반대하는 발언을 하지 못하는 어느 겁쟁이의 모놀로그 형식으로 이루어진 그 시가 아무런 반응도 일으키지 못한 것으로 보아 『엣 세트라』에서 스티븐슨을 지지했다 한들 아무도 신경쓰지 않았을 것이다. 하지만 당시에 스티븐슨 지지 글을 쓸 생각을 했다고 해도 나는 그것이 대학 출판위원회의 방침을 위반한다고 여겼을 것이다. 어차피 출판위원회와는 곧 충돌하게 되었지만 말이다. 나는 공화당 지역인 루이스버그에서 여봐란듯 스티븐슨 배지를 달고 다녔고, 나중에 매카시 청문회 기간에는 점심시간에 모러 부부의 집에 가곤 했는데, 샬럿 모러의 회고에 따르면 찌푸린 얼굴로 거실을 서성이며 밥과 함께 라디오로 청문회 중계를 들었다고 한다.

아아, 내가 1952년 10월에 선보인 사설의 논조는 '시간의 행진'이 내 논쟁적인 스타일에 미친 영향을 보여준다. 돌이켜보면 "우리 세대가 너무 오래 기다리게 하지 말자"라는 문장으로 끝나는 그 사설은 케네디 연설문 작성자의 싹이라도 트고 있는 것처럼 보인다. 나의 동시대인들에게 "고교 시절의 가치들"과 "풋볼-옷-차-데이트-여드름-의식적 뇌"를 버릴 것을 촉구하는 비가적 애원 형식의 그 글은 사실 암암리에 거들먹거리고 있었고, 자신의 자리가 아닌 곳에 존재하는 것에 대한 내 우화들에서 억지웃음을 덜어낸 형태를 취하고 있었다. 그 사설은 내가 소설의 저자로서 자신의 남자다움과 결부지은 까다로운 민감함에서 진보한 강건하고 책임감 있는 성숙함을 순진하게나마 입증하고 있었다.

3학년 중간쯤에 발행된 『엣 세트라』 사설은 순하고, 유익한 정보를 담고 있으며, 매력적이고자 하는 의도를 지닌 글로—『엣 세트라』에 앞선 버크넬 문예지들의 1870년부터 시작된 부침의 역사를 담고 있었다. 그리고 간결한 마지막 문단에는 스콧 피츠제럴드의 말을 인용한 글이 들어 있었다. "스콧 피츠제럴드가 뭐라고 말했던가? '그래서 우리는 앞으로 나아간다. 배가 물살을 거슬러올라가듯. 끊임없이 과거로 밀려나면서.'" 나는 막 스무살이 되던 1953년 봄에 나온 세번째 호를 통해 악명—우등생 명단에 오른 학생이 때묻은 흰 사슴가죽 구두를 신어서* 얻을 수 있는 종류의—을 떨치게 되었고, 인기와 선망을 얻고 싶은 "고교시절의 가치들"을 여전히 은밀하게 간직한 소년이 아니라 대학의 위험한 적대자로 규정되었다(어쩌면 주로 내 마음 속에서만). 나와 『엣 세트라』 친구들에겐 버크넬리안이 우리 모두를 집어삼킨 캠퍼스의 저속한 열정들의 전형으로 보였기에, 나는 그동안

---

* 1930년대 중반부터 엘리트 학생들이 일부러 거드름을 피우고 난폭한 행동을 보인 것에 대한 상징적 표현. 이 현상은 흰 구두를 더럽혀서 신은 것이 발단이 되었다고 한다.

내 소외감을 억눌러온 자기방어적 집필 자세를 옆으로 밀쳐두고 그 주간신문과 뉴저지 스프링필드 출신의 무척 상냥하고 인기도 많은 젊은 여성이며 트라이 델트 여학생 사교 클럽 부회장이자 치어리더 대장이기도 한 그곳 편집장 바버라 로머의 범속함에 대해 매우 냉소적인 공격을 시작했다. 바로 전해에—아직 문학 패거리에 속하지 않았던 새미 시절에—내 귀에는 이국적으로만 들리는 평범한 미국 이름을 가진 예쁘고 깔끔한 여학생 두 명과 성공적이지 못한 데이트를 한 경험이 있고 공교롭게도 그 둘이 다 치어리더였으니, 바버라 로머에 대한 나의 적대감은 어느 정도 애넷 리틀필드나 팻 매콜의 마음을 얻지 못한 데서 기인했을 수도 있다.

공격 세례는 이렇게 시작되었다. "원숭이 천 마리를 수년간 타자기 천 대에 묶어놓으면 인류가 세상에 내놓은 위대한 문학 작품들을 모두 써낼 것이라는 이론이 있다. 만일 그 이론이 맞는다면, 버크넬리안의 생산을 방해하는 것은 무엇일까? 우리는 로머 양과 그 일당이 위대한 문학 작품을 내놓을 것이라는 기대는 하지 않지만, 그래도 그들은 원숭이가 아니므로 신문다운 신문을 만들어내야 한다고 생각한다." 그리고 센터폴드*에 버크넬리안

* 중앙의 접어 넣은 페이지.

에 대한 풍자적 조롱으로 그 신문의 사설과 뉴스 없는 보도기사들을 희화화한 1면 복사본을 넣었는데, 그것은 모욕적이고 문법에도 맞지 않는 글을 쓰는 『엣 세트라』 편집장보다 더 교묘한 공격적 기술들을 타고난 것처럼 보이는 사람의 작품이었다. 나는 별생각 없이 내 모방 취향에서 사춘기의 정당한 경멸에 대한 애호보다 더 멋지게 전투적인 수사적 위장을 추출해냈고, 분노를 실행에 옮긴 그 복사본에선 희극적인 파괴의 재능이 번득였다.

나는 버크넬의 악의 없는 단체에 그런 신나는 원투 펀치를 날린 결과로 학생처장 맬 머서에게 훈계를 들었고, 문책을 받으러 출판위원회에도 불려갔다. 게다가 버크넬리안 부편집장 레드 매컬리까지 찾아와 내 기숙사 방문을 두드리더니 주먹 쥔 두 손을 양 허벅지에 붙이고서 내가 바비 로머에게 한 짓에 대해 대가를 치러야만 한다고 말했다. 우리는 문간에서 심한 말다툼을 벌였지만, 매컬리가 대체로 기사도 정신에 따라 행동에 나선 것이고 사실 나보다 몸싸움을 좋아하는 성격도 아니어서 내가 아드레날린을 뿜어내며 대비한 주먹다짐은 일어나지 않았다. 학생처장 머서는 내게 '전통'이라는 단어의 의미에 대해 이야기하며 '버크넬 정신'을 들먹였지만, 나는 그가 공적인 자리에서 그 주제들에 대해 말하는 걸 숱하게 들어온 터라 그의 질책에 별다른 상처를 받지 않을 수 있었다. 학생들과 교수들로 이루어진 출판위원회에 불려가서는 훨씬 더 힘들었던 게 분명한데, 그 일에 대해선 까맣게 잊고 있다가 최근에 나의 은사이신 밀드레드 마틴—그 학기에 들은 그분의 글쓰기 강좌와 나중에 들은 4학년 우등 과정 세미나는 내 학부 교육의 근간이 되었다—교수님 덕에 기억을 되찾게 되었다. 몇 달 전, 이제 여든세 살이 되신 밀드레드 마틴 교수님은 내 부탁에 따라 1953년과 1954년에 쓴 자신의 일기 중에서 4학년 세미나에 대한 부분과 '기억들'이라는 제목이 붙은 몇 가지 메모들을 보내주었다. 그중 한 메모의 내용은 이렇다. "로스는 『엣 세트라』에서 버크넬리안을 풍자한 일로 질책을 받으러 불려갔다가 괴로워서 나를 찾아왔다. 나는 로스에게 미국의 풍자가는 누구나 비판의 대상이 된다고 말했다." 그걸 읽고 나는 34년 만에 코네티컷에 있는 내 작업실에서 루이스버그에 계신 밀드레드 마틴 교수님께 전화를 걸어 출판위원회에서 질책을 받은 기억도, 그녀에게 위로를 받으러 달려간 기억도 없다고 말했다. 그러자 그녀가 수화기 너머에서 말했다. "오, 그래, 우리 집에 왔을 때 넌 울음을 터뜨리기 직전이었어."

나는 2학년 첫 방학 때 아버지의 셰비 자동차 뒷유리에 붙인 스티커들—새로 들어간 대학 이름이 들어간 것과 나의 사교 클럽 그리스어 머리글자가 들어간 것—을 다음해에 면도칼로 긁어냈다. 세탁소를 운영하던 냉소적인 삼촌이 그 스티커들을 보고 나를 '조 칼리지'*라고 부르기 시작했는데, 삼촌은 스티커들을 뗀 걸 몰랐는지 줄곧 그 호칭을 쓰다가 내가 1956년에 육군에서 제대해 시카고 대학에서 신입생들에게 작문을 가르치게 되었을 때에야 '교수'로 바꿨다. 하지만 내가 교수가 될 생각을 하기 시작한 건 스무 살의 나이로 4학년에 올라가던 1953년 9월이었다. 그때쯤 나는 나를 제외한 거의 모든 사람들이 호감을 갖는 듯한 대상의 공공연한 적으로 스스로를 규정하던 다사다난했던 학기들을 넘어 '세미나'의 열정적인 학생이 되어 있었다. '세미나'는 두 학기짜리 엘리트 우등 과정으로 총 이수 시간이 18시간이었으며, 밀드레드 마틴 교수의 지도 아래 '시초부터 현재까지의 영문학 독자적 읽기'를 수행하는 강좌였다. 독서 목록은 야심 차서 일주일에 최소 두 권을 읽어야 했고, 앨버트 보의 『영국 문학사』의 자세한 해설까지 50페이지씩 독파해야 했다. 또 매주 긴 비평을 써야 했고, 우리의 모든 말—수업중에 발표한 것이든 글로 쓴 것이든—은 마틴 교수에게 정확성과 상식성에 대한 면밀한 평가를 받았다. 마틴 교수는 짧은 은발에 무테 안경을 낀 직설적이고 실제적인 중서부인으로, 탄탄한 학식에 시원시원한 웃음, 잔

* 남자 대학생을 의미하는 호칭.

소리를 안 하는 성격까지 겸비하고 있어서 내가 선망하는 인간적이고 지적이며 엄격한 스승의 모습 그대로였다. 세미나 수업을 듣는 학생은 가장 많았을 때가 남학생 넷, 여학생 넷으로 총 여덟 명이었는데, 토론은 『엣 세트라』 편집진 피트 태시, 딕 민턴, 그리고 내가—가끔은 뻔뻔할 정도로—주도했다.

그 가을에 세미나 수업은 매주 목요일 오후 1시 반부터 4시 반까지 강 근처 사우스프런트 스트리트에 있는, 밀드레드가 그녀의 교수 친구들인 해럴드, 글래디스 쿡과 함께 사는 집 거실에서 이루어졌다. 검은 덧문들이 달리고 앞쪽에 작은 생울타리가 있는 그 18세기식 흰 미늘벽판자집 거실에는 멋진 옛날 벽난로가 있었고, 낡은 마룻바닥에는 닳아빠진 동양풍 카펫이 깔려 있었으며, 책장들이 즐비했다. 나는 『유령 작가』* 속에서 작가 E. I. 런오프의 뉴잉글랜드 농장 거실을 바라보는 젊은 네이선 주커먼처럼, 그 어두워져가는 오후들에 거기 앉아—피트, 딕과 함께 '통찰력' 경쟁을 벌이며—마음속으로 이렇게 되뇌었다. "나는 이렇게 살 거야." 나는 박사 학위를 딴 뒤 교수가 되어 바로 그런 집에서 수업을 하고, 책들을 읽고, 그 책들에 대한 글을 쓰며 살 작정이었다. 정년이 보장된 영문학 교수가 되는 것이 소설가가

* The Ghost Writer. 1979년에 출간된 필립 로스의 소설.

되는 것보다 더 현실적인 미래로 다가왔다. 나는 문학의 성직자로, 아이젠하워의 풍요로운 돼지들의 천국에서 지적 레지스탕스의 일원으로, 가난하고 순수하게 살 작정이었다.

여기 밀드레드 마틴이 그해에 쓴 일기와 메모 몇 개를 소개해 보겠다.

1953년 12월 21일. 로스, 민턴과 비교하면 스물한 살 때의 나는 어린애였다. 이 두 학생은 나를 흡족하게 해주고, 틸턴도 잘하고 있다. 수지 크리스는 벌써 3주째 세미나에 나오지 않고 있고, 벤더 부인은 중도 포기했다. 벤더 부인은 로스가 핀스버그 전투에 대해 쓴 글을 듣고는 울음을 터뜨리며 자신은 경쟁이 안 된다고 말했다. 그녀는 부엌의 식당으로 도망쳐 거기서 수업을 들었다. 그러다가 돌아와서, "제가 그 질문에 대한 답을 알아요"라고 말하고 정답을 말한 뒤 사라졌다.

1954년 4월 23일. 세미나가 일찍 끝나서 여학생들은 바로 갔는데, 남학생 넷은 계속 앉아 있었고, 우리는 아주 즐거운 시간을 보냈다. 우리는 4시 반까지 함께 있었고, 로스가 자신의 피 베타 카파* 연설에 대해 이야기하기 시작했다. 책 세일즈맨이 와서 학생들은 돌아갔고, 세일즈맨이 떠나자 로스와 민턴이 다시 왔다.

기억들. 문학 도서관(두번째 학기 수업 장소였던)에서 「비잔티움으로의 항해」**가 끝날 무렵 '황금새'에 대한 격론이 벌어졌다. 로스와 민턴이 그것의 적절성에 대해 이견을 보였다. 그들은 일어서서 주먹을 흔들어대기 시작했다. 태시가 신이 나서 그들을 부추겼다. 결국 내가 나서서 그들에게 자리에 앉으라고 말해야 했다. 특별한 경험이었다.

강의실이 나의 무대가 되면서, 자기 창조의 실험실이었던 잡지와 내가 〈오이디푸스 왕〉 〈스캔들 학교〉 〈세일즈맨의 죽음〉 같은 야심찬 작품들에서 조연을 맡았던 학생 극단 '캡 & 대거'의 자리를 빼앗아버렸다. 나는 다른 무엇보다 뻔뻔함으로 연기를 하다보니, 4학년쯤 되자 배우가 되는 것에 대해 토머스 울프 같은 작가가 되는 것보다 더 환상이 없었다. 캡 & 대거는 『엣 세트라』와 더불어, 내가 탈퇴한 주류 사교 클럽을 대신할 가족 대용품이 되어주었다. 캡 & 대거는 캠퍼스의 가장 인기 있는 교수들이 고

* 최우등 졸업생에게 주는 상.

** Sailing to Byzantium, 아일랜드 시인 윌리엄 버틀러 예이츠의 시.

문을 맡고 있는 훌륭한 단체였고 대부분의 학생 배우들이 즐거운 시간을 보내러 온 외향적 성격의 평범한 아이들이었지만, 즐거운 시간을 보내러 온 약간 일탈적인 타입들은 물론 캠퍼스 부적응자들과 예술적 영혼의 소유자들도 몇 명 있어서, 나는 가끔 그들과 어울려 루이스버그 중심가로 맥주를 마시러 가거나 남학생 식당에서 식사를 했다.

내가 여자친구 폴라 베이츠를 만난 곳도 캡&대거였다. 폴리라고 알려진 그녀는 저녁때 리허설을 보거나, 대본을 들고 있다가 배우가 대사를 잊으면 알려주거나, 감독의 조수 노릇을 하러 버크넬 홀에 왔다. 그녀는 내가 3학년 때 3학년으로 들어온 편입생이었다. 내가 보기에 그녀와 프렌치 하우스에서 함께 사는 그녀의 친구 마고 핸드는 버크넬 캠퍼스에서 가장 세련된 여학생들이었고, 폴리의 시니컬함은 여학생들 중 단연 으뜸이었다. 폴리는 퇴역 해군 장교의 잘 자란 딸이었지만 줄담배를 피우고 마티니를 마셨다. 나는 그녀와 처음 만났을 때 그녀가 마티니를 마시는 걸 보고 깊은 감명을 받으며 그녀가 세상 물정에 밝은 여자일 거라고 생각했다. 그녀는 연약한 체구에다 금발이었고, 약간 그늘진 표정 때문에 전통적인 미인상이라고는 할 수 없었는데, 그 표정에는 몇 개월 동안 나의 감정 표현과 집요한 성적 요구를 이해할 수 없는 성가신 일로 취급한("감상적으로 굴지 좀 마")

독립적이고 현실적인 분별력과, 부모의 이혼과 아버지의 고통스러운 죽음으로 인해 우리의 연애가 불붙인 격정에 놀라울 정도로 민감한 섬세하고 친절하며 열정적인 소녀가 들쭉날쭉하게 겹쳐져 있는 듯했다.

나는 결국 폴리의 냉소적인 회의주의라는 시련을 극복해냈지만 사랑을 나눌 장소를 찾는 데 어려움을 겪었다. 우리는 모러 부부와 휘트크로프트 부부의 베이비시터 노릇을 하고 그들의 침대를 이용했다. 기숙사 세탁실 문을 막아놓고 차가운 바닥에 눕기도 했다. 방학이 되어 뉴저지에 돌아와서는—폴리는 어머니와 스카치 플레인스에 살았다—아버지 차를 빌려 어둡고 외진 길에 차를 세웠다. 어느 부활절에는 누가 뉴욕에 있는 아파트를 오후 동안 빌려줘서 대도시의 비밀스러운 은신처에서 자유롭고 도망자가 된 듯한 기분을 느낄 수 있었을 뿐 아니라 햇살이 가득한 방에서 둘이 옷을 벗고 있는 호사도 누릴 수 있었다. 1953년 여름에는 내가 전해에 일했던 포코노스의 유대인 캠프에서 상담원으로 함께 일하면서 밤이면 숲으로 들어갔다. 그렇듯 번번이 열정의 장애물들을 넘어야 하다보니, 우리의 성생활은 새로움이 주는 순전한 전율과 함께 간통의 비밀스러운 짜릿함까지 갖게 되었다. 우리는 그 은폐와 비밀의 드라마를 통해 연인을 넘어서서 가장 가까운 동지이자 가장 헌신적인 친구로 발전할 수 있었다.

나는 4학년 때 마을에 있는 늙은 과부 넬렌백 부인의 집에 세 들어 살았는데, 넬렌백 부인은 백발에 인자한 얼굴을 한 무척이나 강인한 기독교인으로, 내 기억이 정확하다면, DAR 소속이었다. 버크넬 여학생관에서 멀지 않은 길모퉁이에 위치한 넬렌백 부인의 소박한 흰색 미늘벽판자집에는 낡은 카펫들이 잔뜩 깔려 있었고 천 소파 등받이와 팔걸이에 장식 달린 덮개가 씌워져 있었다. 그 집은 어둡고 조용했으며, 사방에 안전하게 울을 쳐놓아서 환기가 잘 되지 않는 듯한 냄새가 났지만 불쾌한 냄새는 아니었다. 내가 쓰게 된 방은 좁은 싱글침대가 있는 학자의 외딴 방 같아서 폴리와 내가 밀회 장소로 사용하기에 안성맞춤이었다. 세를 얻는 날 넬렌백 부인은 여자는 일요일에만 데려올 수 있고, 약혼자를 불러 차 대접을 하려면 방문을 열어놓아야만 한다고 통고했다. 원래 앞 응접실로 사용되었던 그 방은 일층 현관과 가까웠고, 양쪽 창문을 열면 조용한 거리로 내려갈 수 있는 작은 계단이 있는 여름용 현관이 나왔다. 넬렌백 부인은 집 뒤쪽에 있는 방에서 잤고—늘 웃는 얼굴로 아기 같은 노래들을 부르면서 깃털로 만든 먼지떨이를 들고 절뚝거리며 돌아다니는 어수룩한 가정부도 마찬가지였으며—다른 두 세입자(그중 하나가 피트 태시였다)는 위층을 썼으므로 폴리가 몰래 드나들 기회는 많을 듯했다. 넬렌백 부인이 내게 집을 보여준 다음 혹시 아르메니

아인이냐고 물어서 나는 아니라고 대답했다. 그 집으로 이사하고 며칠 후 도서관에서 공부하고 밤에 들어갔더니 책상 위에 사과와 쿠키가 든 접시가 놓여 있었다. 그리고 계속해서 사과와 쿠키가 보이자 나는 난처한 입장이 되었음을 깨달았다. 넬렌백 부인에게 내 방에 들어오지 말아달라고 부탁하면 그녀의 호의를 고마워할 줄 모르는 인간으로 보이는 것은 물론 의심까지 사게 될 것이기 때문이었다. 그리고 일층 불이 다 꺼지면 여름용 현관을 통해 몰래 폴리를 들이고 있었는데 그걸 어떻게 중단한단 말인가?

이사를 오고 몇 달 뒤 어느 날 넬렌백 부인이 방으로 향하는 나를 한쪽으로 데려가더니 이렇게 말했다. "1939년에 여기 유대인 남학생이 세 들어 살았지." 나는 뭐라고 대답해야 할지 몰라서 "오래전이네요"라고 말했다. "아서 슈워츠,"—아마 그런 이름이었을 것이다—"정말 착한 학생이었어." 나는 방에 들어와 문을 닫고 생각했다. 그녀가 아는구나. 내가 유대인이라는 사실을 안다는 게 아니라, 『엣 세트라』를 읽지 않은 그녀였지만, 내가 아무 말썽도 부리지 않는 학생은 아님을 안다는 뜻이었다.

우리는 두번째 학기가 시작되고 몇 주 안 되어서 꼬리를 잡히고 말았다. 어느 일요일 저녁, 나는 넬렌백 부인이 평소에 자주 그러는 것처럼 10마일 거리에 있는 미플린버그로 가족들을 만나러 간 줄 알았는데, 그냥 가까운 데 다녀왔는지 아들 차를 타고 나간 지 한 시간 남짓 되어 집에 돌아왔다. 나는 커튼을 내리고 어두운 방에서(안에서 문을 걸어 잠그고) 폴리와 함께 침대에 있었다. 놀랍게도 밖에 차가 와서 서고 넬렌백 부인이 집으로 들어와 내 방 바깥 복도를 지나가자 우리는 일어나서 어둠 속에서 말없이 더듬더듬 옷을 입었다. 버크넬에서 가장 약아빠진 커플이었던 우리는 평생 유니언 카운티 밖으로 나가본 적 없는 늙은 과부를 속여넘기기 위해 최선을 다했다. 나는 폴리에게 침대 밑에 숨어서 내가 무사하다는 신호를 보낼 때까지 기다리라고 몸짓으로 말했다. 그러고는 외투를 입고 책 한 권을 집어들고서 문을 열고 복도로 나갔다. 내 계획은 주위에 아무도 없는 걸 확인한 다음 현관문으로 나가서 여름용 현관으로 올라가 조용히 창문을 열고 폴리를 도피시키는 것이었다. 그런데 복도로 나갔더니 넬렌백 부인이 아직 외투를 입고 모자를 쓴 채로 코앞에 서 있었다. 나는 소스라치게 놀랐고 그녀는 근엄했다. "다녀오셨어요?" 나는 쾌활하게 인사한 뒤 등뒤로 방문을 닫았다. 나는 모든 걸 털어놓지 않고는 문을 잠글 수 없었고 넬렌백 부인이 움직일 기미를 안 보여서 책을 손에 든 채로 현관문으로 나가서 원래부터 그럴 계획이었던 것처럼 캠퍼스를 향해 걸어갔다.

몇 분 뒤—정처 없이 방황하느라 이미 조금 정신이 나간 상태에서—나는 폴리가 프렌치 하우스를 향해 달려오는 걸 보았다. 그녀는 우느라 말도 제대로 못했다. 넬렌백 부인은 내가 시야에서 사라질 때까지 기다렸다가 내 방 문을 열고 불을 켠 다음 곧장 침대로 향했다고 했다. 그러고는 발로 침대 밑을 쑤시며 "나와, 이 더러운 것"이라고 말했고, 폴리는 두 손으로 얼굴을 감싼 채 침대 밑에서 기어나와 밖으로 도망쳤다는 것이다. 넬렌백 부인은 여름용 현관으로 따라나와 나를 학교에서 퇴학시키겠다고 협박했다.

때는 1954년이었고 그곳은 펜실베이니아 중부였다. 넬렌백 부인은 그런 짓을 할 수도 있었다. 폴리를 프렌치 하우스까지 데려다주고 집으로 달려오니 넬렌백 부인이 현관 전화기 다이얼을 돌리고 있었다. 나는 그녀가 학생처장에게 전화하는 거라고 확신했고, 학생처장은 내가 버크넬리안을 공격한 이후로 나와 사이가 좋지 않았다. 내가 이야기 좀 하자고 하자 넬렌백 부인은 수화기를 내려놓으며 말했다. "난 이 일로 학생을 퇴학시킬 수도 있어." 그래서 내가 큰 소리로 대답했다. "하지만 그 여학생에게 그런 식으로 겁을 줄 권리는 없었죠!" 나는 허세를 부리고 있었지만 그녀에게 겁을 주는 것 말고는 달리 방법이 떠오르지 않았다. 그러는 동안 나는 파괴된 내 삶을 보았다. 폴리의 삶도. 나는 그날 내 방에 있었던 여학생이 폴리였다는 걸 부인할 작정이었지만, 학교측에서 폴리를 불러다 넬렌백 부인과 대질을 시킬 게 분명했다. 나는 그 일로 인해 내 미래뿐 아니라 나처럼 9월에 대학원에 진학할 계획인 불문과의 총아 폴리의 미래까지 망치게 될 터였다.

나는 1960년대 중반이 되어서야 그 고통스럽고 우스꽝스러운 사건을 나의 소설 『그녀가 아름다웠을 때When She Was Good』에 가져다 쓸 수 있었다. 그 소설 속 젊은 커플 로이 바사트와 루시 넬슨은 폴리와 나와는 아무 공통점이 없는 지극히 시골스러운 소도시의 아이들이다. 주정뱅이의 딸로 태어난 증오심에 찬 중서부 출신의 루시는 뉴저지 스카치 플레인스 출신의 마티니를 마시는 세련된 폴리보다 훨씬 더 단호한 분노를 품고 자신의 수치심과 싸운다. 태평하고 산만하며 부주의한 로이로 말할 것 같으면, 잃고 싶지 않은 미래도 없다. 하지만 우리는 그들과 경우가 달랐다. 지적이고 희망에 찬 젊은 커플인 우리는 성공적인 대학생활로 우리가 원하는 모든 걸 갖게 되었으나 성생활에 대한 규정을 위반하면서 뜻밖의 권력 앞에서 로이와 루시처럼 무력한 처지가 되어버린 것이다.

나는 며칠 동안 모러 부부의 집에서 지내며 학생처장에게 불려가 결국 학위도 없이 뉴어크의 집으로 보내지기를(아버지가 늘 우려했던 바로 그 이유로) 기다렸다. 그러다 아무 소식이 없자 밥 모러의 조언에 따라 조용히 넬렌백 부인의 집에 있는 내 방으로 돌아갔다. 넬렌백 부인과 나는 그 사건에 대해 침묵했고, 나는 다시는 폴리를, 약혼자에게 차를 대접한다는 핑계로도 방에 들이지 않았다. 나는 결국 넬렌백 부인이 협박을 실행에 옮기기 않은 이유를 알아내지 못했는데—그건 그녀가 방을 비워놓고 싶지 않은데 학기 중간이라 새로 방을 놓는 게 사실상 불가능함을 알았기 때문이거나, 선량한 기독교인으로서 자비를 베푼 것이거나, 1939년에 버크넬에 다녔던 유대인 아서 슈워츠 덕이었을 터였다.

우리는 그해 초봄에 6주 가까이 폴리가 임신을 했다고 생각했다. 만일 임신이 맞는다면 우리는 대학원 계획을 포기하고 결혼해서 버크넬에 머물면서 조교로 일할 도리밖에 없었다. 우리는 서로 사랑하고 있었고, 교수들의 총애를 받고 있었으며, 루이스버그에서는 알뜰하고 소박한 삶이 가능했고, 우리 둘 다 버크넬에서 두번째 학위를 받는 건 생각도 안 하고 있었지만 어쨌거나 거기서 석사과정을 밟을 수도 있었다. 나는 풀브라이트나 마셜 장학금을 받고 옥스퍼드나 케임브리지 대학에 진학하기 위해 지원을 해놓았고, 두 장학금을 다 놓칠 경우—우리 과에서 성적이 수석에 가까웠으니 그렇게 될 것 같진 않았지만—에 대비해 미국 대학 세 군데에도 장학금 신청을 해두었으며, 그중 하나가 폴리가 박사과정을 밟을 펜실베이니아 대학이었다. 우리는 영원히 버크넬을 떠나지 못하고 외진 대학촌 버크넬 빌리지에서 대머리가 되어가는 고참 교수들과 그 아내들, 아이들—그리고 우리 아이—와 함께 살 생각에 몇 달 전 부도덕한 행위로 퇴학당할 위기에 처했을 때처럼 망연자실했다.

우리는 여학생 사교 클럽에 들지 않은 많은 여학생들이 함께 이용하는 남학생 식당에서 정기적으로 만나 저녁을 먹었는데, 대개 폴리가 먼저 도착해서 문가에서 나를 기다리다가, 내가 나타나면 고개를 저어 오늘도 월경이 시작되지 않았음을 알렸다. 우리는 그레이비소스를 뿌린 스위스 스테이크와 감자를 먹으며 예기치 못한 결혼을 해서 돈 없이 아이를 키우는 새로운 미래를 맞게 될 서로를 격려했다. 나는 아버지가 되면 군대에 가지 않아도 되니까 대학원을 졸업한 뒤 보병대 사병으로 2년을 낭비할 필요가 없음을 상기했다. (나는 군사학과를 이끌고 있는 대령과 관계가 좋았고 그에게 한국전쟁 이후의 육군 수송대에 장교로 지원하라는 권유를 받았지만, 캠퍼스 내 군사훈련에 반대하여 ROTC를 그만둔 상태였다.) 우리는 함께 어울리고 싶은 교수들의 작고 활기찬 사교 모임을 생각하며 위안을 얻으려 했고, 특히 모러 부부와 휘트크로프트 부부는 우리보다 나이가 아주 많지도 않거니와 어린 자녀들까지 있어서 우리에게 유익하고 훌륭한 친구가 되어주고 있었다. 그 상황이 가슴 아프고 덫에 걸린 기분도 들었지만, 우리는 성숙함을 시험받게 된 듯했고 결코 꺾일 수 없었다. 우리 둘 다 다른 길도 있다는 말은, 적어도 그렇게 이른 단계에서는, 꺼내지도 않았다.

폴리가 임신한 게 아니었음이 밝혀지자 그 학기 들어 두번째로 죄를 사면받은 우리는 이루 말할 수 없는 안도감에 휩싸였다. 그리고 나는 그 연애에서 마음이 식기 시작했다. 너무 일찍 가정을 갖고 부담스러운 책임을 질 뻔했다가 가까스로 모면하자 나 혼자서는 이룰 수 없는 성적 모험들에 대한 꿈을 접게 된 것이다. 열여덟 살에는 아버지의 구속에서, 열아홉에는 무의미한 유대인 사교 클럽 활동에서, 스물에는 우호적인 동아리의 편안한 범상성에서 거리를 두는 데 성공했던 나는 나 자신의 도덕론에서조차 벗어나기 시작했다. 스물한 살이 된 나는 일부일처제적 사랑의 배타성에서 해방되고 싶었다. 가장 쉬운 탈출 방법은 영국 대학에서 문학 공부를 할 수 있는 장학금을 받는 것이었고 폴리도 내가 그걸 포기할 수 없다는 데 동의했지만, 풀브라이트 장학금은 버크넬의 다른 두 학생에게 돌아갔고 나머지 장학금도 놓치고 말았다. 하지만 폴리가 진학하려고 하는 펜실베이니아 대학에서 전액 장학금을 주겠다는 연락이 왔다. 그리고 시카고 대학에서도 장학금을 받게 되었다. 나는 마음을 모질게 먹고 시카고 대학을 선택해 폴리를 경악하게 했고, 그건 나 자신에게도 얼마간은 놀라운 일이었다.

여름에 버크넬 대학을 졸업한 우리는 어느 날 뉴욕에서 만나 점심을 먹고 펜역에서 말다툼을 벌이게 되었는데, 그때 나는 버크넬리안을 공격할 때의 수완을 발휘해 그녀에게 진실—시카고로 떠나기 전에 일하게 된 뉴어크 일일 캠프에서 만난 여자와 뜨거운 관계가 되었다는—을 털어놓았다. 그후 나는 폴리를 딱 한 번 만났는데, 2년 후 우연히 같은 시기에 메인에 있는 모러 부부의 집에 놀러가게 되었던 것이다. 그때 폴리는 펜 출신의 신사적이고 잘생긴 지질학 교수인 예비 신랑 제프리 린드퀴스트와 함께 왔고, 이듬해에 그와 결혼했으며, 결국 뉴욕 대학 불문학 교수가 되었다. 그리고 1979년에 암에 걸려 마흔일곱 살의 나이로 세상을 떠났는데, 내가 명예 학위를 받으러 버크넬에 다녀오고 몇 개월 지나지 않았을 때의 일이었다. 나는 루이스버그에 이틀 동안 머물면서—명예교수 밀드레드 마틴이 자신의 집에서 묵게 해주었고 학위 수여식 때는 가운을 갖춰 입고 단상까지 나와 함께 걸어가주었다—넬렌백 부인의 집까지 걸어가 내가 썼던 일층 방으로 이어지는 여름용 현관 창문들을 바라보았다. 물론, 그 창문들은 내가 기억했던 것보다 수도 적고 크기도 작았다. 거기로 드나들기가 쉽지 않았을 것이다.

꿈의 여인

나는 어느 저녁 시카고의 한 거리에서 이미 오래전부터 눈여겨보아온 여자에게 다가가 내 소개를 하고, 그녀 집에서 몇 블록밖에 안 떨어진 대학생들의 단골집 스타인웨이 드러그스토어에 가서 커피를 마시자고 권유했다. 수줍음 때문인지 사교적 수완 때문인지 평생 노골적으로 여자를 유혹해본 적이 없었는데, 그때 그런 시도를 했던 건 운명이 시켜서라기보다는 하나의 원형의 구현체처럼 보이는 그 여인과 모험을 떠나보기로 결심했기 때문이었으며, 그건 문화적 취향에 따른 심리적 결단이었다.

1956년 10월에 나는 스물네 살을 앞두고 있었고, 군복무를 마쳤으며, 두번째로 발표한 단편이 작은 문학잡지에 실렸다가 마사 폴리의 〈1956년 미국 최고의 단편소설들〉에 뽑힌 상태였다.

나는 시카고 대학 강사로 박사과정을 밟고 있었고, 작문 강의 때 입으려고 전역 수당으로 산 황갈색 글렌체크 브룩스브라더스 유니버시티숍 양복을 입고 있었으며, 쿼드랭글 클럽에서 열린 신입 교수들을 위한 칵테일파티에 다녀오는 길이라 격정의 불을 지피는 버번위스키 4~5온스가량의 취기가 남아 있었다. 자신만만하고 거리낄 게 아무것도 없었던("……그들은 술에 취해 있었고 스무 살 젊은 나이였으며…… 자신들이 불멸의 존재임을 알았다." 토머스 울프)* 나는 우드워스 서점 문간에서 그녀를 붙잡고 이런 식의 말을 했다. "나랑 커피 한잔 합시다—난 당신에 대해 다 알아요." "그래요? 뭘 안다는 거죠?" "당신은 고든스에서 웨이트리스로 일했어요." 고든스는 우드워스 서점 바로 옆에 있는 레스토랑으로 역시 대학생들 단골집이었다. "내가 그랬나요?" 그녀가 대꾸했다. "당신은 아이가 둘 있어요." "그런가요?" "당신은 미시간 출신이에요." "그걸 어떻게 알죠?" "물어봤죠. 고든스에서 당신이 아이들과 함께 있는 걸 봤어요. 아들과 딸이죠. 여덟 살, 여섯 살쯤 된." "왜 그걸 다 기억하고 있죠?" "그만한 아이들이 있기엔 어려 보였으니까요. 그래서 사람들한

* 토머스 울프의 자전적 소설 『시간과 강에 대하여Of Time and the River』에서 인용.

테 물었더니 당신이 이혼했다고 말해주더군요. 이 학교 학생이었다는 얘기도 해줬고요." "오래 다니지도 않았는걸요." "당신 이름도 들었어요. 조시. 난 1954년에 여기 대학원에 들어왔어요." 나는 계속해서 말했다. "고든스에서 점심을 먹곤 했죠. 당신이 나와 친구들 테이블 시중을 들어줬고요." "미안하지만 난 기억력이 그리 좋지 못해요." 그녀가 말했다. "난 기억력이 좋아요." 내가 대꾸했다. 나는 끈덕진 재치와 끈덕진 영리함, 그리고 내가 확고부동한 존재라는 끈덕진 믿음으로 마침내 그녀를 설복해—차후엔 그녀를 그렇게 만든 일이 거의 없었지만—한 블록을 걸어내려가서 스타인웨이 드러그스토어 창가 칸막이 좌석에 나와 함께 앉도록 만들었다. 작품을 발표한 작가이자 젊은 강사인 나는 그곳에서 깃털을 활짝 펼쳐 보였고, 조시는 어리둥절하면서도 재미있기도 하고 우쭐하기도 해서는—격정을 불러일으키는 자신의 힘에 대한 반어적 암시로—내가 무엇 때문에 그토록 열렬한 감정을 품게 되었는지 알 수가 없다고 말했다.

하지만 당시 나는 거의 모든 것에 대해 열렬했고, 그날 저녁에는 교수 클럽 파티에서 가장 젊고 가장 행복한 신입 교수로서 물을 타지 않은 버번위스키를 마셔서 열정이 극에 달해 있었다. 그녀가 자신을 향한 내 열정을 이해할 수 없었다면, 그건 내가 스물세 살의 나이에 매력적인 원형의 힘으로 본 것을 스물일곱 살의 그녀는 자신의 모든 장애물들의 총합으로 여겼기 때문이었다. 그녀의 이국적 매력은 단지 원형적인 파란 눈과 금발에서만 나온 게 아니었고(그녀는 파란 눈과 진짜 금발을 갖고 있었고, 격전을 치르며 살아오느라 지쳤을망정 모직 스키 모자를 쓴 네모지고 대칭적인 얼굴에는 여전히 아이 같고 말괄량이 같은 모습이 남아 있었지만 말이다), 원형적인 비유대인의 모습에 들어 있지도 않았으며(그녀는 세련되게 마티니를 마시고 냉소적인 면모를 보였던 똑똑한 폴리의 쾌활한 태도를 전혀 닮지 않은 볼키시* 방식의 비유대인의 모습을 하고 있었지만 말이다), 미국인다움에 들어 있지도 않았다(그녀의 말씨와 옷차림, 태도를 보면 미국의 심장부에 대한 유쾌한 영화들에 앤디 하디의 친구로, 칼턴 카펜터의 고물차를 타고 졸업 파티에 가는 준 앨리슨의 급우로 등장하는 야무지고 에너지 넘치는 소녀를 꼭 닮았지만 말이다). 이것 때문에 그녀의 미국인다움이 덜해진 건 아니지만, 사실 그녀는 작은 마을 술주정뱅이의 분노에 찬 딸이었다. 그녀는 젊은 나이에 이미 섹스와 관련된 어두운 기억들에 시달리고 있었고, 자신의 불우한 출신 환경에 대한 억제할 수 없는 분노에 짓눌려 있었으며, 인생의 굽이마다 과거의 실수들에 발목이 잡혀 필사

* volkish. 나치 용어로 인종주의 이데올로기에 입각한 민족주의를 의미함.

적으로 우회하고자 하는 무시무시한 욕구에 이끌렸다. 그녀는 MGM 영화사의 밝은 판타지물보다는 잉마르 베리만의 깐깐한 시선에 더 적합한 금발 여주인공이었다.

당시 내게 이국적인 매력으로 다가온 건 아리안족 비유대인 미국 여성의 원형적 구현이 아니라—버크넬에서 그녀 못지않게 원형적인 수백 명의 젊은 여성들이 나의 흥미를 끄는 데 실패했으니까—그녀가 어린아이 둘을 데리고 갓 이혼한 웨이트리스였고 내가 시카고 대학교 대학원생이었을 때 고든스 레스토랑에서 이미 느꼈듯이, 그녀가 그 세계의 희생물, 구시대와 신시대를 아우르는 인종적 통념에 따라 우리 유대인들을 열등하진 않다 하더라도 덜 중요한 종족으로 여기는 사회생물학적 배경에서 도망친 무일푼의 난민이라는 점이었다. 그녀의 아버지가 메트로폴리탄생명에서 일했다면 지점들을 관리하는 자리까지는 넘볼 수 있었을 것이고 심지어 사장 자리까지도 꿈꿀 수 있었겠지만, 우리 아버지는 창업에 미래를 걸어야만 한다고 생각했고—불운하게도 그 사업은 망하고 말았다—그건 정직의 빛이 영원히 꺼지지 않는다는 그 세계 최대의 금융기관에서 우리 아버지처럼 유대교를 믿는 사람들은 낮은 직급에나 적합한 것으로 여겨졌기 때문이었다. 그런데 실상은, 인물이 훤하고 고등학교 시절에 운동선수까지 했던 그녀의 아버지 스모키 젠슨은 직장생활도 제대로 못하고 술도 끊지 못하다가 종내 절도죄로 플로리다 교도소에 간 반면, 유대인인데다 가방끈도 짧았던 우리 아버지는 노예와도 같은 에너지와 불굴의 야심 덕에 메트로폴리탄생명의 서열 사다리에서 지점장 자리에까지 오를 수 있었다. 그 자리는 회사 조직 전체를 놓고 보면 별것 아닐 수도 있었지만 조직의 편견에 대한 개인 의지의 진정한 승리를 나타냈다. 스모키 젠슨이 아버지로서, 노동자로서, 남편으로서, 시민으로서 남긴 기록은 조시로 하여금 가족에 대한 자부심이라는 자양분도, 자신이 자란 곳에 대한 애착도 갖지 못하도록 만들었다. 그녀는 미시간에서의 어린 시절로부터 분연히 멀어진 것은 물론 아내이자 엄마라는 당면한 시련으로부터도 거칠고 애매하게 단절된 상태로 표류하고 있었다. 빚을 진데다 시카고 대학을 한 학기 반 다닌 경력으로는 변변한 일자리를 구할 수도 없어서 이혼 후 줄곧 혼자 사는 삶의 미래에 대해 걱정하고 있었다. 게르만계 미국인의 뿌리가 생생히 구현된 그녀 안에는 과거에 대한 증오와 미래에 대한 두려움이 깊이 뿌리를 내리고 있었다.

그녀와 나의 대조적인 가족적 유산은 구시대의 인종적 통념에는 맞지 않을 수도 있으나, 이디시어를 쓰던 내 조부모의 믿음이 체로 걸러져 나의 인간 분류 기준이 된, 유대인의 내적 역량과 비유대인의 부패한 악덕에 관한 단순화된 이론에는 잘 맞았다. 나의 조부모는 조상들과 그들 자신이 러시아와 폴란드 소농들 틈에 살면서 겪은 폭력과 술주정, 비도덕적 만행을 통해 교훈을 얻은 정통파 유대인 이민자들이었고, 그들은 저속한 비유대인 혈통의 진짜 여성 표본이 알코올중독과 경범죄뿐 아니라—조시가 마침내 증언한 바에 따르면—아동 성추행 미수에까지 이른 무책임한 양육에 의해 철저히 병들 수 있다는 사실을, 고등교육을 받은 미국인 손자처럼 대단한 문화적 발견으로 받아들이지 않았을 것이다. 그들에게 그건 당연한 일이었을 것이다. 또, 이혼한 여자의 어린 아들과 딸 역시 엄마 못지않게 혹독한 어린 시절을 보내게 된 것에 인류학적 호기심을 느끼지도 않았을 것이다. 조시의 비유대인 남편(조시의 매우 미심쩍은 증언에 의하면, 대학에 갓 입학한 여학생을 "무책임하게" 임신시켜 첫아이를 갖게 한 것처럼 둘째 아이 또한 "강제로" 임신시킨)이 두 비유대인 아이들을 비유대인 엄마에게서 "훔쳐" 천 마일 넘게 떨어진 애리조나 피닉스에서 남의 손에 자라게 만든 이야기도, 나의 조부모에겐 그저 비유대인 가족의 야만성에 대한 그들의 믿음을 뒷받침해주는 역할밖에 하지 않았을 것이다. 무자비한 샤기츠*의 손에 끔찍하게 희생당했다는 조시의 고백에도 불구하고, 나의 조

* shagitz. 이디시어로 비유대인 남성을 뜻함.

부모님은 그녀가 감정적으로 누군가의 엄마 노릇을 할 수 없음을 깨닫고 사실상 두 아이들을 보낸 것이리라 넘겨짚었을 것이다. 그들에게 조시는 무방비 상태의 유대인들이 존중하는 인간의 모든 미덕을 파괴할 운명을 지닌 짐승의 피를 물려받은 고국의 전설 속 비유대인 마녀로밖에 보이지 않았을 것이다.

속으로는 미쳐 날뛰고 겉으로는 무신경한 금발인 조시는—나의 조부모에게 미국인의 원형이 아니라 그들의 가장 끔찍한 악몽의 구현으로 보였을 것이다. 그리고 바로 그런 이유로, 그들의 미국인 손자는 마치 사라진 세계의 공포들에 시달리는 풋내기처럼 겁을 잔뜩 집어먹고 살기 위해 반사적으로 도망치고 싶지 않았다. 오히려 나는 미국의 현실과 슈테틀*의 전설을 내 손으로 직접 구분하여 나의 일족의 본능적 반감을 극복하고 내가 전통적인 미신—다인종으로 이루어진 미합중국에 사는 나처럼 깨어 있고 민주적인 정신의 소유자에겐 더이상 필요치 않은—보다 우위에 있음을 입증할 기회를 갖게 된 것에 전율했다. 나는 유대인 청년이 성性의 전쟁터에서 재수 없게 만날 수 있는 가장 무시무시한 여자를 길들임으로써 유대인들의 두려움을 넘어선 나 자신을 입증할 수 있었다. 게토의 사고방식으로는 위험한 위협으

* shtetl. 과거 동유럽에 있던 유대인촌.

로 보이는 것이 영문학 석사 학위가 있고 새 스리피스 양복을 입은 내게는 활기를 돋우는 미국인의 성적 모험으로 다가왔다. 게다가 지적 실험에 어울리는 안전하고 학구적인 환경인 시카고 하이드파크는 유대인들이 살던 갈리치아의 공포들이 닿기엔 너무 멀었다.

조시는 사회학과 비서로 일할 때 그 일을 좋아했고 프랑크푸르트학파 사회학자 막스 호르크하이머 같은 저명한 방문객들을 만날 수 있었다. 막스 호르크하이머는 그녀와 어울리는 걸 좋아해서 가끔 점심도 사주고 교수 클럽에서 술도 사주었다. 조시는 학과장 보좌관 루스 데니 같은 성공한 여자와도 교류했는데, 자신보다 겨우 열 살 정도 많은 그녀의 직업적 성취를 무척이나 부러워하며 자신은 그녀를 따라가기엔 너무 멀리 뒤처졌다는 깨달음에 약간은 씁쓸함을 느꼈다. 아이들을 잃고 신경쇠약으로 무너지기 직전까지 갔던 조시는 그 일을 하면서 새 삶에 적응할 힘을 얻게 되었다. 우리가 만나서 연인이 된 건 10년 전 시카고 대학을 중퇴한 후로 조시가 인생에서 가장 희망에 찬 시기에 접어들기 시작했던 바로 그때였고, 그녀는 자신이 미시간 포트세이프홀드와 그녀를 파괴하려고 위협하는 모든 것들로부터 벗어났다고 믿었다.

시카고로 돌아온 나는 처음엔 신학교 생활관에서 살다가 그다음엔 대학에서 몇 블록 떨어진 작은 아파트—방 하나에 부엌이 하나인—로 들어갔다. 평일에는 매일 집에서 8시 반에서 11시 반 사이에 출발해 작문을 가르쳤고, 일주일에 이틀씩 오후에 영문과 대학원에서 박사과정 강의를 들었다. 강의가 없는 날 오후에는 나의 콧구멍만한 아파트에서 볕이 제일 잘 드는 부엌 식탁에 앉아 휴대용 올리베티 타자기로 단편소설을 썼다. 저녁이면 일리노이 센트럴 철도 근처 낡은 건물에 있는 조시의 꽤 큰 싸구려 아파트까지 걸어갔고, 식사가 끝나면 조시가 벽난로의 소나무 장식선반을 켜켜이 덮은 페인트를 긁어내는 동안, 거기까지 들고 간 신입생들의 에세이 뭉치를 꺼내놓고 거실에서 채점을 했다. 나는 조시가 퇴근하고 집에 와서 부엌에 리놀륨을 새로 깔거나 화장실 벽지를 뜯어내는 게 그녀에겐 오락 같은 것이라고 생각했고, 뒷방에 세를 놓아—세입자는 시카고 대학을 중퇴한 태평한 히피(시대를 일찍 타고난)로, 불행히도 방세를 꼬박꼬박 낼 수 있는 형편이 못 되었지만—아파트 세를 충당하겠다는 진취적인 생각을 한 것에 감탄했다. 그녀는 애리조나에 있는 아이들이 방학 때 와서 지낼 수 있으려면 아파트가 커야 한다고 말했다. 내가 보기에 조시는 아파트와 그곳에 대한 그녀의 야망 덕에 하이드파크 저소득층의 삶 중심부에 자리하게 된 듯했는데, 그 동네 특유의 남의 눈을 의식하지 않는 약간은 무질서한 자유분방함과 편안히 앉아 음악을 듣거나 책을 읽거나 친구들과 싸구려 와인을 마실 수 있는 매력적인 가정에 대한 평범한 부르주아적 취향이 섞인 그 생활 방식은 내게 아주 잘 맞았다. 그 시절에 우리가 아는 사람들 중에는 텔레비전을 갖고 싶어하는 이가 아무도 없었던 반면 내가 만난 사람들의 절반가량은 녹음기를 듣는 듯했다.

조시의 아파트에서 보낸 저녁들은 내가 열여덟 살에 뉴어크를 떠나 버크넬로 가도록 만든 열망이 스물세 살에(아직 학생이고, 군복무 기간을 제외하면 다섯 살 이후로 줄곧 학생이었음에도) 당당히 실현되었음을, 마침내 어른이 되었음을 내게 보여주었다. 내가 강의실에 앉아 질문에 답하고 집에 가서 아직 더 남은 시험을 위해 공부하는 걸 갑자기 견딜 수 없어서 한 학기를 반 조금 넘게 채우고 박사과정을 포기하게 된 건, 소설 쓰는 일에 장기적인 미래를 걸겠다는 결심—마사 폴리의 〈1956년 미국 최고의 단편소설들〉에 내 작품이 실린 것의 영향이 컸다—때문만은 아니고 늘 교육의 목적으로 삼아온 성인에 이르렀기 때문이기도 했다. 나는 여전히 한 달에 두어 번 집에 전화를 걸고, 가끔 편지도 보내고, 크리스마스엔 가족을 만나러 동쪽으로 이동했지만, 이제 가족으로부터 독립한 상태였다. 나는 많은 중고서점과 지식인들이 있는 도시지역에 위치한 명문 대학에서 학생들을 가르치는 지루하지만 바람직한 일자리를 갖고 있었고, 무엇보다, 부모님이 근처에 살고 있지 않은 곳에서—그곳에서도 부모님의 유령 같은 존재는 거대했지만—나보다 더 독립적인 여자와 처음으로 반쯤 길들여진 사랑을 하고 있었다. 그녀가 나보다 네 살 연상이라는 사실은 내가 어른이라는 더 확실한 증거일 뿐이었고, 외견상 상극인 우리의 배경은 내가 관습의 압박에서, 성인이 되기 전의 나를 보호해주던 속박의 경계에서 완전히 해방되었음을 증명했다. 나는 그냥 어른이기만 한 게 아니라 자유로운 어른이었다.

당시 나는 자유를 만끽하기에 시카고 대학보다 더 신나는 지적 무대를 찾을 수 없다고 생각했다. 나는 8월에 군에서 제대한 후 일자리를 찾으러 뉴욕으로 갔었다. 샬럿 모러가 『뉴요커』에서 면접을 볼 수 있도록 도와주었고, 형이 디자이너로 일하고 있던 J. 월터 톰슨 광고회사에서 광고 카피를 쓰던 소설가 찰스 잭슨의 소개로 그의 출판인 로저 스트라우스를 만나게 되었으며, 로저 스트라우스는 20년 후 나의 출판인이 된다. 면접을 보고 며칠이 지난 후, 나는 패러, 스트라우스, 커더히 출판사의 편집자 자리와 『뉴요커』 팩트체커* 자리 두 군데에 합격한 걸 알고 무척

* 기사의 내용을 검증하고 확인하는 사람.

이나 기뻤다. 하지만 둘 중 하나를 고르기도 전에 나의 은사이자 시카고 대학 인문대 학장인 네이피어 윌트로부터 뜻밖의 전보를 받았다. 신입생들에게 작문을 가르치는 강사 자리가 급하게 하나 났는데 혹시 9월부터 시카고 대학 교수진에 강사로 합류할 의사가 있는지 묻는 내용이었다.

대학에서 학생들을 가르치는 일은 보람되고 흥미로워 보였을 뿐만 아니라, 세 가지 일자리 중에 소설을 쓰기에 가장 좋을 것 같기도 했다. 일주일에 다섯 시간씩 하는 작문 강의 세 개를 맡아도 반나절은 내 시간을 가질 수 있는데다 분기 방학, 공휴일, 여름방학까지 있었기 때문이다. 그 자유 시간에 특히 마음이 끌렸던 건 군대에서 밀실공포증에 걸릴 듯한 시기를 겪은 후였기 때문이다. 나는 포트 딕스에서 기초 훈련을 받은 후 워싱턴 월터 리드 육군 병원 공보장교 밑에서 유인물을 쓰는 사병으로 복무하게 되었다. (나는 딕스에서 허리 부상을 당한 게 낫지 않아 결국 그 병원 환자가 되었고 거기 두 달간 입원해 있다 의병제대를 했다.) 공보관실에서 일한 반년 남짓한 기간은 아침 9시부터 저녁 5시까지 근무하는 직업의 지루함을 알게 해주었고, 일 자체는 힘들지 않았지만 여덟 시간씩 사무실에 갇혀서 아무 생각 없이 타자기를 두드려대고 있다보면 미쳐버릴 것 같았다. 그래서 군대의 울타리에서 벗어나게 되자, 대학원생에서 대학 강사로 신분이 상승하고 시카고로 돌아가 다시 책에 대해 논쟁하고 실컷 문학을 논하고, 더 나아가 당시 대학 주변에서는 가능했던 가진 게 없어도(그 일의 벌이가 그랬다) 가난뱅이의 기분을 느끼지 않으며 살 기회를 잡은 것이다. 1956년, 시카고 대학은 스물세 살의 내게, 최대한 개인적 자유를 누리고 지적 활력을 찾고 꼭 저항적인 반대의 입장에서가 아니더라도 소비재와 TV 시청에 몰두해 있는 번영하는 사회와 적절한 거리를 유지하는 데 있어, 미국에서 최적의 장소였다.

나는 버크넬을 졸업하던 여름 이후 북北저지 교외 지역 출신의 대학생 사진을 지갑에 넣고 다녔는데, 조시와는 대조적인 가족사와 개인적 전망을 가진 그 유대인 아가씨는 두뇌 회전이 빠르고, 지적이고, 명랑하고, 꽤 예쁜데다, 남자답고 믿음직스럽고 성공적인 아버지의 사랑을 태어나면서부터 듬뿍 받고 자란 젊은 여자들이 흔히 보이는 자신감까지 갖추고 있었다. 게일의 아버지 해리 밀먼은 자신의 네 자녀에 대한 뜨거운 긍지를 조금도 숨기려 하지 않았고, 언제나 그들에게 다정하고 관대했다. 그는 정력적이고 거친 사업가였고, 우리 아버지처럼 뉴어크의 유대인 이민자 가정 출신이었으며, 게일이 아직 그의 사랑스럽고 의존적인 딸이던 그 시절에 인상적인 보호자로서 그녀의 배경에 거대하게 존재했다. 게일의 어머니는 오십대 초반의 빼어난 미인이었는데, 열여덟, 열아홉 살의 모험적인 소녀에겐 어머니의 관심이 짜증스럽게 여겨지기 시작하는 시기여서 모녀 관계가 가끔 불편해질 때도 있었지만, 그렇다고 해서 수습할 수 없을 정도로 고통스럽게 변질될 위기에 이른 적은 결단코 없었다. 그 가족의 특징은 결속과 신뢰였다. 조시가 분노에 찬 반항심이라는 무장을 풀고 밀먼의 교외 저택 전망창에 코를 대고 안을 들여다본다면 부러워서 울음을 터뜨리며 게일로 변신하고 싶다는 간절한 소망을 품게 될 터였다. 결국 그녀는 모든 합당한 저항에도 불구하고 나와 결혼하는 것을, 거기다 유대인이 될 결심까지 하면서 그 불가능해 보이는 변신 비슷한 걸 추구하게 되었다.

『남자로서의 나의 삶 My Life as a Man』에서 피터 타르노폴은 자신이 분노에 찬 네메시스*를 위해 버린 세라 로런스 대학 4학년생을 그리워하며 이렇게 외친다. "아, 나는 왜 모린을 위해 디나 돈부시를 버렸던가!" 나는 왜 조세핀 젠슨을 위해 게일을 버렸을까? 내가 대학원에 다니고 군복무를 하던 2년 정도의 기간 동안 게일과 나는 서로에 대한 강박적 열정에 사로잡혀 있었지

* nemesis. 필립 로스의 주된 소설적 모티브로 운명, 불운, 어떤 이를 골라 희생자로 만드는 극복할 수 없는 힘을 의미한다.

만, 1956년 9월 시카고로 돌아온 나는 그 연애가 더이상 내 항해—나를 어디로 데려가든—를 가로막아선 안 된다고 생각했다. 그 연애는 필연적으로 나를 뉴저지 유대인의 안전한 영역과 연결시킬 결혼으로 귀착될 것이었기 때문이다. 나는 더 혹독한 시험을, 더 힘든 조건 속에서의 삶을 원했다.

게일은 그녀 자신의 수수께끼 같은 모험을 감행하여 나를 우스운 꼴로 만들었다. 그녀는 대학 졸업 후 아버지의 온실이라는 안식처에서 싹튼 열정과 자신감으로 유럽에서 10년 넘게 혼자 살았는데, 유럽으로 말할 것 같으면 그녀가 전통적인 가정교육을 통해 배운 것과 거의 공통점이 없는 즐거움들이 있는 곳이었다. 그녀와 내가 함께 아는 친구들이 전해준 이야기들에 따르면 해리 밀먼의 딸은 베를린 장벽과 영국 해협 사이에 있는 모든 국가들에서 가장 매력적인 여자가 된 듯했고, 반면에, 소중한 독립성에 방해가 될까봐 자신이 떠나온 편협한 세계와 연결될 위험까지도 차단했던 바깥세계를 향한 항해자는 가장 터무니없고 인간적으로 무의미한 책임들로 가득한 재미없는 삶에 스스로를 가둬버렸다.

나는 모든 걸 거꾸로 안 것이었다. 혼돈의 역사를 지닌 조시는 그런 끔찍한 배경에서 살아남았기에 용기와 힘을 지닌 여자로 보였다. 한편, 게일은 아버지의 극진한 사랑을 받으며 가족이라는 든든한 울타리 안에서 곱게 컸기에 영원히 소녀로 남아 있을 것 같았다. 게일은 훌륭한 배경에서 자랐기에 의존적이고, 조시는 형편없는 배경에서 자랐기에 독립적일 거라고 생각했다! 어쩌면 그렇게 순진한 생각을 할 수 있었을까? 그건 노이로제가 아니라 순진한 것이다. 우리는 아주 똑똑해도, 그리고 어리지 않아도 순진할 수 있으니까.

시카고로 돌아와서 처음 몇 개월 동안 나는 대학에서 친한 친구 셋을 사귀게 되었는데, 소설가인 리처드 스턴과 토머스 로저스, 그리고 비평가이자 편집자인 테드 솔로타로프가 그들이었다. 셋 다 나보다 네다섯 살 많은데다 이미 결혼한 몸이었지만—딕*과 테드는 어린 자녀가 둘씩 있었다—우리 모두 아직 이십대였고 작가가 되고 싶어했다. 딕과 탐은 시카고 대학 교수진에 새로 합류한 사람들이었고, 테드는 게리에 있는 인디애나 대학 사회교육원에서 야간 강의를 하면서 나처럼 시카고 대학 박사과정을 밟고 있었다. 조시와 나는 스턴 부부나 로저스 부부, 솔로타로프 부부와 어울려 저녁을 먹거나 포커 게임을 하거나 맥주를 마시는 일이 많다보니 우리도 결혼한 부부처럼 느끼게

* 리처드의 애칭.

되었다. 나는 테드가 가족 때문에 글을 쓰고 박사 공부에 매달릴 시간이 부족해서 힘들어하고 생활고에 시달리는 걸 보면서, 경제적인 이유에서만이라도 작가의 야심을 키우려면 나 하나만 책임지는 삶이 최선이란 걸 그 어느 때보다 절실히 깨닫게 되었지만 말이다. 나는 연봉이 2,800달러였지만 유럽 여행이 작가 수업에 꼭 필요하다는 생각으로 여행 경비를 모으고 있었다. 당시 나는 고향이나 다름없는 문학 계간지들 외에 발행 부수가 많은 잡지들에도 작품을 싣게 되었지만, 작가로 생계를 유지하기는 어려울 것임을 거의 확신하고 있었다. 글을 써서 돈을 벌 기대를 품지 않는 건(적어도 시카고 대학에서는) 당연한 일이었다. 나는 돈을 위해 글을 써야 한다는 압박을 받으면 아예 글을 쓸 수 없으리라고 생각했다.

조시와 사귀고 처음 몇 개월 동안은 글에 대한 이야기를 많이 했고, 내가 좋아하는 문고본 책들을 그녀에게 사주었으며, 모던 라이브러리에서 나온 밑줄이 많이 쳐진 고전들을 빌려주었고, 내가 흠모하는 소설가들의 작품을 읽어주었고, 얼마 후에는 내가 쓰고 있던 소설 원고를 보여주기 시작했다. 『뉴 리퍼블릭』에 회당 25달러씩 받고 영화평을 싣게 되었을 때는(그 일을 맡게 된 건 아이젠하워의 저녁 기도에 대한 짧은 풍자 글 덕분이었는데 그 글은 『시카고 리뷰』에 선을 보였다가 『뉴 리퍼블릭』에 다시 실렸다), 둘이 같이 영화를 보러 갔다가 집으로 돌아오는 길에 영화 이야기를 나눴다. 우리는 저녁을 먹으며 우리가 나고 자란 상이한 미국의 장소들에 대해 서로에게 알려줬는데, 그녀는 심하게 지체되고 취약한—그리고 이제야 겨우 자유로워져서 씩씩하게 평정을 되찾고 독립적인 여성으로서의 새 삶을 살아가려고 노력하고 있는—상태였고, 나는, 겉으로 보이기에는, 공고하고 아무런 상처도 없는 상태로 문학적 명성을 갈구하고 있었다. 내가 어머니의 천재적인 살림 솜씨와 경제적으로 쪼들리던 시기에도 굳건하던 부모님의 충실한 인내심 덕으로 돌린 안정적이고 평안한 환경에 무척이나 감질이 난 조시에게, 안전한 보호를 받던 나의 어린 시절 이야기는 어깨 밑에 머리가 붙은 사람들에 대한 오셀로의 이야기처럼 들렸을 것이다. 나는 『보바리 부인』의 관능적 정밀성에 대해 설명할 때와 똑같은 열성으로, 우리 어머니가 주방에서 보인 예술적 기교에 대해 이야기했다. 집에서 가까운 초등학교와 고등학교에 다닌 덕에 날마다 집에 가서 점심을 먹을 수 있었고, 그 결과, 지금도 오전 강의를 마치고 집에 돌아와서 새 양복을 글을 쓸 때 입는 헌옷으로 갈아입고 나의 작은 시카고 아파트 주방에서 데워지고 있는 캠벨 토마토수프의 냄새를 맡을 때면 만족스러운 성취를 코앞에 둔 더할 수 없이 친밀한 기대감을 느낄 수 있으며, 그 기대감은 내가 최근에야 '프루스트적' 전율임을 알게 된 감정으로 이어진다고(비록 여름마다 시도를 해도 「스완네 집 쪽으로」*의 60페이지 이상을 넘어갈 수 없었지만), 나는 조시에게 말했다.

내가 과장을 하진 않았을까? 이상화시키진 않았을까? 모르겠다—오셀로도 그랬을까? 이야기로 여자의 마음을 사려는 남자는 어느 영국인이 "커스터드에 계란을 너무 많이 푼다"고 표현한 것에 대해 걱정하지 않는다. 지금 생각해보면, 내 어린 시절의 기억을 그토록 애정을 담아 자세히 늘어놓을 수 있었던 건—당당하게 잘 자랐고 자신의 출신에 대한 믿음이 확고하던 폴리 베이츠에게 구애할 때는 써먹을 생각조차 안 했고, 자식들에게 우리집보다 훨씬 더 무릉도원 같은 환경을 제공한 유대인 가정의 딸 게일 밀먼에게는 전혀 중요하지 않았을 그 기억을 말이다—극적인 병렬에 대한 타고난 취향과 이질적인 관점들을 결합시키고 싶은 열망 때문이었던 듯하다. 나는 모헬**의 손에서부터 밀드레드 마틴 교수에게까지 끊이지 않고 이어져온 나의 진전이, 나무랄 데 없는 유대인 가정에서 과도한 헌신과 과도한 보호와 과도한 감시를 물리도록 받으며 자란 나의 이력이, 조시의

* 마르셀 프루스트의 연작소설 『잃어버린 시간을 찾아서』의 제1편.

** 유대교에서 사내아이에게 할례 의식을 행하는 사람.

인생담과 번갈아 이야기되며, 성취의 가능성에 대한 그녀의 믿음을 오염시키고 있던 독성 잔여물을 말끔히 씻어내는 도덕적 해독제 역할을 했다고 생각한다. 나는 그녀에게 구애하고, 그녀를 열광시키고, 그녀를 강하게 매료시키고 있었다. 이기적인 젊은 연인답게, 나는 친밀함과 진실함에 탐닉하며 그녀에게 나 자신이 누구라고 생각하는지, 내가 무엇으로 이루어졌다고 믿는지 이야기했을 뿐 아니라 강력한 형태의 화답에도 열중했다. 나는 짓밟힌 순수에 대한 그녀의 사연—인고의 삶을 살아가는 어머니와 반백수 아버지의 절대적인 환영을 받지 못하는 손님 같은 외동딸로 태어나 할아버지 허버트와 새할머니 집에서 자라 고등학교 때 만난 남자와 결혼했지만 영원히 그를 경멸하게 된—에서 비롯된 인간 본성에 대한 충격적인 견해에 순진하게 도전하는 반대의 목소리이자 주제였다.

그녀는 그를 영원히 경멸할 것이다. 조시는 깔끔하게 다린 잠옷과 따끈한 토마토수프와 입마개를 벗긴 남성성의 길들임(여성화까지는 아니더라도)에 대한 약속이 있는 나의 유대인적 목가에 매혹되고 환상에 젖었으며, 나는 그녀가 자신을 학대하고 무너뜨리려 했던 심각한 결함을 지닌 모든 비유대인 남자들에 대해 품고 있는 용서 없는 증오에 홀려 남자다운 영웅심 넘치는 기사도적 환상에 빠져들었다. 그녀가 그들의 무책임하고 파렴치한 행동의 예를 들면 들수록, 그 부당함들을 견디고 용감하게 살아남은 그녀에 대한 나의 연민과 존경심은 커져만 갔다. 그녀가 '사악한'이라는 아주 강력한 형용사로 그들을 욕할 때면—그때까지 나는 그 형용사를 뉘렌베르크 재판*의 피고인들과 주로 관련지었지만—더이상 피하고 싶지도 않았고, 내가 하려는 일에 종사하려면 어느 정도는 알고 있어야 할 하나의 세계에 더 가까이 끌어당겨지는 기분을 느꼈다. 그때까지 그 미개한 삶의 위협적인 영역에 대해 아는 건 셔우드 앤더슨과 시어도어 드라이저의 소설들에서 읽은 게 다였다. 조시는 나의 가족이 소중하게 여기는 모든 가치들에 대한 그들의 미숙한 파괴 행위를 상세히 이야기했고, 나는 그때마다 그들을 경멸하며 우리 가족의 모범적이고 무해한 역사를 말해주는 감동적인 예를 제시했다. 나는 반명예훼손연맹에라도 들 기세였는데—다만, 소수민족인 유대인의 명예와 민주적 권리를 침해하는 반反유대적 공격에 방어하기 위해서가 아니라 흉악한 비유대인 용龍들의 손아귀에서 한 비유대인을 구하러 나선 완벽한 유대인 기사 노릇을 하기 위해서였다.

조시는 나와 만나기 시작한 지 4개월이 되었을 때 임신 사실

---

* 1945년 독일 뉘렌베르크에서 열린 나치 독일 전범들과 유대인 대학살 관여자들에 대한 재판.

을 알게 되었다. 나는 그녀가 안전한 시기라 피임을 할 필요가 없다고 주장할 때조차도 그녀에게 페서리를 사용하게 했기 때문에, 어떻게 임신이 된 건지 납득할 수가 없었다. 우리 둘 다 기가 막혔지만, 그동안 저렴하게 조시를 치료해온 젊고 이상주의적인 동네 일반의가 그녀의 아파트에 들러 임신 사실을 확인해주었다. 나는 그와 함께 부엌에 앉아 침울하게 커피를 마시며 아기를 지울 방법이 없는지 물었다. 그는 자신이 할 수 있는 건 이 단계에 가끔 과다출혈을 일으키는 약을 쓴 뒤 병원에 가서 소파수술을 받게 하는 방법뿐이라고 말했다. 그 방법은 성공 가능성이 적었지만—놀랍게도 약을 먹고 며칠 있다가 조시가 출혈을 하기 시작했고 나는 그녀를 병원으로 데려갔다. 그날 그녀가 수술을 받고 병실에 돌아왔을 때 나는 꽃다발과 국산 샴페인을 들고 다시 찾아갔다. 그녀는 침대에서 완벽한 아기를 출산한 산모처럼 만족스러운 얼굴로 중년 남자와 밝게 이야기를 나누고 있었는데, 알고 보니 그 남자는 의료진이 아니라 병원 사제로 일하는 랍비였다. 랍비는 나와 의례적인 인사말을 나눈 후 우리가 둘만의 시간을 보낼 수 있도록 병실에서 나갔다. 나는 랍비의 방문이 의아해서 조시에게 물었다. "랍비가 여기 왜 온 거지?" 그러자 조시가 순진무구한 태도로 대답했다. "나 만나러 왔지." "왜?" "입원 서류 종교란에 '유대교'라고 썼거든." "자기는 유대교가 아니잖아." 조시는 어깨를 으쓱했고, 그 상황에서 나는 할말이 없었다. 꿈과 계산이 묘하게 섞인 그녀의 태도가 당혹스러웠지만, 우리가 곤경에서 벗어난 게 너무 다행스러워서 심문을 중단하고 잔을 가져와 우리의 커다란 행운에 축배를 들었다.

2년 후 그녀는 또 임신을 했다. 그때쯤 우리는 더이상 연애라는 걸 하지 못하고 다투기만 했는데, 우리의 다툼은 늘 나의 성격적 결함들에 초점이 맞추어져 있었고, 아무리 멀리 달아나도 나는 그런 관계에서 벗어날 수가 없었다. 나는 1958년 여름은 혼자 유럽을 여행하며 보냈고, 그후 시카고로 돌아가지 않고 강사직을 그만두고 맨해튼으로 이사했다. 로어 이스트사이드에 있는 저렴한 지하 아파트에 들어가, 호턴 미플린 출판사에서 1959년 봄에 출간할 예정인 『굿바이, 콜럼버스』에 대한 창작 지원금으로 받은 7,500달러로 생활했다. 조시와의 신뢰가 깨지면서 1년간 사람 진을 빼놓는 당황스러운 싸움들이 이어진 후 5월에 시카고를 완전히 떠나버린 것이다. 그녀의 형용사 '사악한'도 나를 묘사하는 단어가 되기 시작하자 그리 매혹적으로 들리지 않았다. 대학가에서 우연히 마주친 걸 제외하면 그 1년의 절반 동안 우리는 아예 만나지도 않았고, 그녀와 완전히 갈라선 후 나는 노스쇼어의 부유한 가정에서 살면서 시카고 대학원에서 영문학을 전공하고 있는 세련된 래드클리프 대학 졸업생 수전 글래스먼에게 한동안 마음을 빼앗기기도 했다. 수전은 아름다웠고, 확실하게 그녀의 관심을 끌지 못하는 것이 썩 기분 좋진 않았지만 그녀가 호락호락하지 않아서 더 그녀에게 끌렸다. 어느 오후, 나는 그녀에게 결정타를 날리기 위해 힐렐 하우스에서 열리는 솔 벨로 강연에 같이 가자고 했다. 그런데 당황스럽게도 마침 조시도 그날 오후에 직장에서 일찍 나와 청중으로 와 있었다. 솔 벨로는 원래 내가 좋아하는 작가였고 내 영향으로 조시도 그를 좋아하게 되었기에 우리 둘 다 그곳에서 서로를 봤다고 해서 놀랄 일은 아니었다. 강연이 끝나고 수전은 솔 벨로를 만나러 갔다. 두 사람은 바드에서 서로 아는 친구들을 통해 한 번 만난 적이 있었고, 결국 그날 몇 분간의 해후가 인연이 되어 수전은 몇 년 뒤 솔 벨로의 세번째 부인이 된다. 혼자 힐렐 하우스에 왔던 조시는 수전이 서서 솔 벨로와 이야기를 나누는 동안 거만하게 내 쪽을 보았고, 내가 다가가 인사를 건네자 날카롭고 작은 웃음소리를 내며 이렇게 웅얼거렸다. "흥, 취향이 그런 쪽이라면야—!" 나는 그것에 대해선 할말이 없어서 그 자리를 떠나 솔로타로프 부부와의 술자리에 수전을 데려가기 위해 그녀를 기다렸다. 저녁때 아파트로 돌아와보니 우편함에 휘갈겨 쓴 메모가 들어 있었는데 서명도 안 된 그 간단명료한 메모의 내용은, 나한테는 유행이나 좇는 부잣집 응석받이 유대인 딸이 제격이라는 것이었다.

1958년 9월에 유럽 여행을 마치고 돌아온 나는, 조시가 7월과 8월에 뉴욕 『에스콰이어』에서 일한 뒤 시카고와 대학 비서직으로 돌아가지 않기로 결심했다는 사실을 알게 되었다. 맨해튼과 문학계 주변인으로서의 삶이 마음에 들었던 그녀는 뉴욕에 남아 『에스콰이어』에서 잠시 일한 것 말고는 아무 경력도 없는 '출판업'에 몸담기로 작정한 것이다. 내가 유대인이면 그녀도 유대인이었고, 내가 맨해튼에 살면 그녀도 맨해튼에 살아야 했으며, 내가 작가라면 그녀도 작가가 되든지 아니면 적어도 작가들과 함께 일해야 했다. 나중에 알고 보니 그녀는 그 여름에 만난 몇 명의 잡지사 사람들에게 『코멘터리』와 『파리 리뷰』에 실리기 시작한 내 소설들을 자기가 '편집했다'고 말하기까지 했다는 것이었다. 내가 그녀에게 그녀가 그 작품들을 읽고 자신의 생각을 말해준 건 사실이지만 그건 '편집'이 아니라고 바로잡자, 그녀는 감정이 상해서는 이렇게 말했다. "아니—난 네 편집자야!"

즉시 싸움이 시작되었다. 뉴욕에서 목적도 없이 살고 있는데다 내가 받아주지도 않자 좌절에 빠진 조시와의 싸움은 독한 말들로 가득해서, 가끔 나는 싸움이 끝난 후 마치 내 삶이 바닥을 친 것처럼 몇 시간씩 길거리를 헤매고 다녔다. 그녀는 재임대 아파트를 구해서 들어갔는데 불가사의하게도 그 아파트가 사라졌고, 일자리를 구해서 출근했는데—그녀 말에 따르면—불가사의하게도 일자리가 없어졌다. 얼마 안 되는 저축은 바닥을 보이고 있었고, 마땅한 거처도 없었으며, 일자리를 구하기 위해 면접을 보러 다녀도 신통한 결과를 얻지 못했다. 그녀는 몇 번이나 전철을 잘못 타서 퀸스나 브루클린의 공중전화로 내게 전화를 걸어와, 자신을 데리러 와달라고 숨을 헐떡거리며 횡설수설 애원했다.

나는 어찌해야 좋을지, 누구에게 조언을 구해야 할지 알지 못했다. 나도 뉴욕에 처음 살아보는 거였고, 속마음을 털어놓을 사람은 형뿐이었다. 어쨌든, 내가 처음으로 진지한 현대 소설을 접하게 된 건 형이 프랫 대학의 미술학도일 때 주말마다 집에 들고 온 문고본들을 통해서였으니까. 게다가 내가 열네 살, 열다섯 살이었을 때 형은 단편적인 도시 풍경과 초라한 도시 거주자들의 간략한 초상화로 스케치북을 채웠고, 예술가가 되겠다는 형의 결의는 감화력이 없지 않았으니까. 나는 목표를 향해 정진하는 형을 보면서 보험인의 아들도—재능과 근면함만 있다면—사업이나 전문직 분야의 전통적인 직업이 아닌 걸 추구할 수 있다는 생각을 품게 되었다. 아버지가 샌디 형의 결정을 심각하게 문제삼거나 형의 진로를 바꾸려는 진지한 시도를 해본 적이 없었던 건—그리고 나중에 나의 열망들에 대해서도 간섭하지 않았던 건—어머니의 남동생 미키의 사례와 관련이 있을 수도 있었다.

온순하면서도 신랄한 유머감각을 지닌 외톨이, 그 누구에게도, 특히 샌디 형에게는 더욱, 자신의 삶의 방식에 대해 옹호하려 하지 않았던 사람의 영향력에 대해 이야기할 수 있다면 말이다. 미키 삼촌은 샌디에게 자신이 아끼는 해부학 책 몇 권을 물려주긴 했지만, 훌륭한 예술가로 밥벌이를 하는 건 고사하고 훌륭한 예술가가 되는 것 자체가 불가능한 일임을 냉정하게 경고했다. 어쨌거나, 미키 삼촌이 남긴 선례로 인해 그림 그리는 일은 우리 가족에게 진짜 직업으로서 호기심을 가져볼 만한 대상조차 되지 못했고, 그것이 매력적인 직업인지 여부는 다른 문제였다. 아버지는 필라델피아의 작은 스튜디오에서 초라하고 불편하게 생활하고 있는 처남의 삶에 간간이 부아가 치밀어서 저녁 식탁에서 불쌍한 우리 어머니를 붙들고 동생이 어디 가서 결혼할 여자는 직접 구해 와야 하는 것 아니냐고 잔소리를 늘어놓곤 했다. 샌디 형과 내가 그때까지 우리 동네의 문화적 궤도 바깥에 있는 일을 시도할 자유를 누릴 수 있었던 건, 아버지가 다행스럽게도 교육을 많이 받지 못해서 아들들에게 어떤 직업이 가장 좋을지에 대한 구체적인 지식이 부족했기 때문이기도 했다. 아버지가 우리에게 바란 건 열심히 노력해 부족함 없이 사는 것이었다.

샌디 형과 나는 가끔 서로에게 할말이 많은 것처럼 느끼긴 했지만, 내가 제대한 후 우리는 일—광고회사 상업 미술가라는 형의 일과 대학 강사이자 초보 작가라는 나의 일—과 관련된 감정들과 흥미들로 인해 소원해지기 시작했다. 나는 형과 만날 때면 광고인의 견해에 대한 경멸을 억누르기 위해 최선을 다했지만(이십대인데다 아이젠하워의 1950년대이다보니 그건 보통 일이 아니었다), 형이 대학 타입들과 고상한 지식인들, 그리고 그들의 허세 가득한 도발을 거북해한다는 걸 내가 아는 만큼, 형도 나의 경멸을 알고 있었다. 물론 형에게 그건 중요한 관심사가 아니어서, J. 월터 톰슨 광고회사의 안건이 내 삶의 방식에 심각한 지장을 주지 않는 것처럼 그 문제 역시 그의 평정심을 거의 흔들어놓지 못했다. 그럼에도 우리 사이엔 극심한 직업적 양극성으로 인한 의혹의 암류가 흐르고 있어서 우리는 직접 만날 때나 전화 통화를 할 때 자의식은 물론 수줍음까지 느꼈다. 게다가 조시와 샌디 형의 아내 트루디도 서로 너무 안 맞아서, 형과 나는 아버지의 권고대로 '형제답게' 둘이 앉아서 속깊은 대화를 나누기가 힘들었던 것만큼이나 부부 동반으로 어울릴 이유도 없었다. 나는 형이 나보다 더 전통적인 지향점을 갖고, 내가 떠나온 배경에서 발전한 게 확실해 보이는 삶을 계획하며 결혼을 하고 직업을 선택했기에 나를 곤경에서 구해줄 수단—물론 '도덕적인'—을 갖고 있을 거라 생각하지 않았고, 설사 형이 나를 도울 수 있다 해도 나의 가치관으로는 형에게 도움을 청할 수 없었다. 그건 순수하고 단순한 오만이었다. 자신이 더 우월한 지혜를 갖고 있다고 절대적으로 확신하는 젊은 문학도의 오만, 독립에 대한 의지가 너무 강해서 자신보다 모험 정신이 약해 보이는 형에게 자신이 지금 깊은 물속으로 끌려들어가고 있어서 힘이 센 누군가의 도움이 필요하다는 고백을 할 수 없는 신참 어른의 자존심.

게다가 나는 강한 사람이었다. 안 그런가? 나는 그 몇 개월이 내 인생에서 가장 성공적인 시기였다고 믿었고, 그건 아주 근거 없는 믿음은 아니었다. 대학을 졸업하고 5년도 안 되어 첫번째 책을 출간하게 되었고, 호턴 미플린 출판사의 내 편집자들인 조지 스타벅과 폴 브룩스에게서 엄청난 격려를 받고 있었으며, 이미 발표한 몇 편의 단편들을 통해 뉴욕에서 작은 명성을 얻었고, 『코멘터리』의 마틴 그린버그, 『하퍼스』의 로버트 실버스, 『파리 리뷰』의 조지 플림프턴, 『에스콰이어』의 러스트 힐스, 머리디언 출판사의 에런 애셔와 새롭게 친분을 맺으면서 다른 작가들을 만나고, 부업으로 단편소설을 몇 편 쓴 대학 작문 강사가 아니라 진짜 작가가 된 기분을 즐기기 시작했으니까. 벌써 1년 가까이 엉망진창인 상태를 이어가고 있는 조시와의 지나간 사랑은 나처럼 성공 궤도에 오른 사람을 끌어내릴 수 없었다. 걱정스러운 건 결혼이 아니었다. 결혼은 상상조차 할 수 없는 일이었으니까. 나는 그녀가 무너지는 걸 원치 않았고, 그녀가 그런 짓을 할 거라고 믿지는 않았지만 그래도 그녀가 자살을 할까봐 두려웠다. 그녀는 전철에 몸을 던지겠다는 말을 하기 시작했고—내가 작가로 인정받게 되면서 절망이 더 깊어진 듯했다. 그녀는 이렇게 외쳤다. "이건 불공평해! 넌 다 가졌고 난 아무것도 가진 게 없는데, 이제 넌 나를 버릴 수 있다고 생각하고 있어!"

그게 타당한 일이든 아니든, 나는 그해 여름에 조시를 뉴욕에 오게 만든 것에 대해 책임감을 느끼고 있었다. 『에스콰이어』에서 소설 편집자 진 릭턴스타인과 러스트 힐스의 교정원을 임시직으로 뽑게 되었는데, 조시가 그 소식을 듣고 관심을 보이자 나는 그녀가 그 일이라도 하게 되면 삶이 허망하다는 푸념을 일시적으로나마 그칠 거라는 계산으로 진과 러스트에게 그녀를 추천했던 것이다. 내가 그녀의 인생에서 완전히 사라지기 전에 마지막으로 주는 도움이라고 생각했던 것 같다. 나중에 조시는 만일 러스트 힐스가 그 여름이 지난 뒤 그 자리를 영구직으로 만들어주겠다는 약속을 하지 않았다면 자신은 애초에 시카고를 떠나지 않았을 것이고, 내가 유럽에서 그녀에게 보낸 편지들에서 내가 뉴욕으로 돌아왔을 때 그녀가 거기 머물기를 바란다는 암시를 하지 않았더라면 『에스콰이어』에서 나온 뒤 시카고로 돌아갔을 거라고 주장했다. 러스트 힐스와 내가 그녀를 잘못된 방향으로 이끈 것이고, 1958년 8월 말에 부두로 나를 마중나온 것도 그녀는 내가 그걸 원하는 줄 알았기 때문이라는 것이었다. 흰 여름 원피스를 입고 부두에서 격하게 손을 흔드는 그녀 모습은 마치 신부 같았다. 어쩌면 그녀는 그런 생각을 품고 있었는지도 몰랐다.

그후 몇 주 동안 우리는 내가 배에서 만난 젊은 영국인 건축가와 그의 영국인 여자친구와 어울려 두어 번 그럭저럭 견딜 만한 저녁 시간을 보냈다. 건축가의 여자친구는 뉴욕 『보그』에서 일하고 있었고, 조시는 바로 그런 일을 하고 싶어했지만 일자리를 구할 수 없는 듯했다. 그러다 하루는 내 지하 아파트에서 섹스를 시도하게 되었는데, 내가 아무런 욕구도 보이지 않자 그녀는 "유럽에서 너랑 잔 모든 여자들"에 대해 분노했다. 나는 여행중에 정조를 지키지 않은 것에 대해 부인하지 않았다. "내가 왜 정조를 지켰어야 하지?" 내가 그렇게 물었고 상황은 더 악화되었다. 11월쯤 되자 그녀는 돈도 없고 살 곳도 없는 상태로 뉴욕을 떠돌다가 결국 어느 쌀쌀한 아침 여행 가방을 들고 내 아파트 앞 금간 콘크리트 계단 발치에 서서 자신에게 연민이 눈곱만큼이라도 남아 있다면 지낼 곳을 마련해달라고 요구했다. 나는 레코드판들과 책들, 그리고 수백 달러 상당의 중고 가구를 다 포기하고 그녀에게 아파트를 넘겨주고 호턴 미플린 출판사에서 받은 돈만 갖고 사라져버릴까 하는 생각이 들었다. 하지만 그 아파트는 내 이름으로 월 80달러씩 2년 임대를 한 것이고, 매주 통화하는 뉴저지의 부모님 역시 내가 동부에 정착한 것에 기뻐하고 있었으며—맨해튼에 나의 새로운 삶이 준비되어 있었다. 도망치는 것에 대한 거부감도 있었다. 나는 도망치고 숨는 게 혐오스러웠고, 스스로가 진짜로 사악한 그녀의 과거 남자들과는 다른 사람이라고 믿고 있었다. "너랑 러스트 힐스랑 우리 아버지! 셋이 다 똑같아!" 그녀가 아파트 문밖 캄캄한 계단 발치에서 울며 외쳤다. 그건 완전히 미친 주장이었지만, 나는 그 비난을 진지하게 받아들이고 그게 아님을 증명하기 위해 도망치지 않고 그곳에 머물러야만 했다. 그녀도 머물렀다. 나와 함께.

조시가 다시 임신을 한 건 1959년 2월 초였다. 그에 앞선 3개월 동안 로어 이스트사이드에서 그녀와 함께한 삶에 대해선, 그때나 지금이나 결국 우리—우리 중 한 사람이든 둘 다이든—가 불구가 되거나 죽지 않은 게 놀라울 뿐이라는 이야기만 하겠다. 그녀는 생각이란 걸 할 수 없는 완벽한 환경을 만들었다. 『굿바이, 콜럼버스』가 출간될 예정이었던 그해 초쯤 나는 조시와 마찬가지로 정신병원에 입원하기 직전이었고, 나의 지하 아파트는 카페 커튼이 달린 정신병동이 되어 있었다.

이번 임신은 1년 전 시카고에서의 임신보다 더 납득하기가 힘들었다. 나는 1년 전에, 페서리를 삽입하러 매번 화장실에 가는 조시가 그걸 사용하지 않았으리란 생각은 하지도 못했었다. 자기 손으로 키우지 못해 슬퍼하고 그리워하는 아이가 이미 둘이 나 되는 그녀가 왜 굳이 세번째 아이를 가지려 하겠는가? 그녀와 만난 지 4개월밖에 안 되었던 그때는 그녀의 정직성을 의심할 이유도 없었다. 만일 그때 그녀를 의심했더라면 스물네 살의 나는—그녀의 혹독한 희생에 대한 이야기를 고스란히 다 받아들이지 않고, 그녀가 나에게 가까이 가져온 비유대인 가족의 미지의 무질서, 우리 조부모님의 비유대인 혐오적 전설들의 토대가 된 그 더럽고 지저분하고 불행한 현실에 그토록 빠져들지 않고—그녀가 평생 자신을 학대해온 남자들에게 그랬던 것처럼, 그녀의 자기표현에 냉정한 시선을 던질 수 있었을 것이다.

밤에 두세 번, 어쩌면 네 번쯤, 잠결에 따뜻한 침대와 칠흑같이 어두운 방과 헝클어진 이불들 사이에서 발견한 정체 모를 인간 형상에 흥분해서는 환상에 이끌린 성교로 분노를 풀고 육체적 욕구를 해소한 건 사실이었다. 그리고 아침이 밝아오면 내가 기억하는 일이 꿈속에서 일어난 건 아닐까 하는 생각이 들곤 했다. 하지만 그녀에게서 다시 임신했다는 말을 들은 그 2월의 아침에는 몇 주간 꿈에서조차 그런 일이 없었다는 걸 맹세할 수 있었다. 성적으로 미라 상태가 되어 그런 일을 벌일 수조차 없었던 것이다. 나는 보스턴에 가서 조지 스타벅과 함께 내 책 교정쇄를 보고 돌아온 참이었는데, 그녀가 임신 소식으로 나의 귀가를 환영한 것이다. 나는 첫 단편집 저자뿐 아니라 아버지까지 될 예정이었다. 하지만 그건 거짓말이었다. 나는 그녀가 그 말을 한 순간부터 그게 거짓말임을 알았고, 그녀가 나의 보스턴 여행에 절박감을 느껴서, 이제 몇 개월만 있으면 내 첫 책이 출판될 거고 그러면 나의 양심이 그녀의 비난이 닿지 않는 곳으로 날아가버리고, 내 자존감이 높이 치솟아 그녀 역시—내 곁에 있으면—그 모든 실패들의 지옥에서 높이 올라간 곳에 위치하게 될 것이 두려워서 그런 거짓말을 하게 되었으리라 믿었다.

내가 그녀에게 또다시 임신하는 건 불가능한 일이라고 말하자 그녀는 진짜로 아기를 가졌다고 거듭 주장하며 만일 내가 "사악하게도" 책임지기를 거부한다면 반드시 아기를 낳아서 뉴저지에 있는 우리 부모님 집 문앞에 두고 오겠다고 했다.

나는 만일 그녀가 (진짜로 임신했다면) 그런 짓을 할 수도 있다고 생각했다. 그녀는 두 해 전 여름에 우리집을 방문했을 때 우리 부모님이 자신을 "무자비하게" 대했다고 주장하며 우리 부모님에 대해서도 불만을 품고 있었던 것이다. 그해 여름 나는 케이프코드의 셋방에서 한 달간 혼자 지내며 글을 썼고, 그 한 달이 끝날 때쯤 조시가 미리 계획한 대로 일주일 휴가를 내 시카고에서 그곳으로 왔다. 나는 그곳에 도착한 지 일주일 만에 팰머스 해변에서 보스턴 대학 4학년 학생을 만나게 되었는데, 초등교육을 전공하는 그 조용하고 태평하고 수수한 여자는 해산물 레스토랑에서 웨이트리스로 일하고 있었다. 우리는 곧 같이 자는 사이가 되었고, 그녀가 일을 하지 않는 오후 시간에 둘이서 해변을 거닐거나 수영을 했다. 그녀의 남자친구는 그녀가 대학을 졸업하면 결혼하고 싶어했지만 그녀는 그게 좋은 생각인지 확신이 없었고, 나 역시 여자친구가 올 건데 그닥 만나고 싶지가 않다고 그녀에게 말했다. 우리의 공통점이라면 골치 아프고 애매한 연애를 하고 있고 잠시나마 그 연애에서 벗어나고 싶다는 것뿐이었다. 그래서 우리는 비교적 쉽게 작별할 수 있었지만, 막상 공항에서 조시를 만나 케이프코드로 데려오기 위해 보스턴으로 차를 몰고 가다보니 보스턴 대학 여학생과 보낸 기분좋은 몇 주의 여파가, 서로 거의 아는 게 없어도 함께하는 시간이 너무도 즐거웠던 상대에 대한 상실감이 예상보다 훨씬 컸다. 게다가 조시를 만나니 진 빠지는 싸움이 다시 시작되리란 생각에 실망감이 밀려들었고, 물론 그 실망감은 즉시 싸움이 재개될 것임을 보장했다.

아니나 다를까, 72시간 안에 상황은 그 어느 때보다 끔찍해졌고, 우리는 휴가를 포기하고 뉴욕으로 갔다. 조시는 남은 휴가 기간 동안 호텔에서 혼자 지내며 관광이나 하겠다고 했고, 나는 뉴저지로 갈 계획이었다. 아버지가 최근에 캠던 근처 무어스타운에 있는 메트로폴리탄 지사를 맡게 되어 부모님은 그곳에 살고 계셨다. 나는 시카고의 직장으로 돌아가기 전에 무어스타운에서 일주일간 머물 작정이었다. 조시는 폴리가 우리 가족과 11월 추수감사절을 함께 보낸 적이 있고 버크넬 대학 4학년 때는 부활절 방학 일부를 우리집에서 보냈다는 사실을 알고 있었다. 그래서 왜 자신은 우리집에 가면 안 되는지 따져 물었다—왜 폴리 베이츠만 그렇게 특별했던 거야? 너를 만나러 케이프코드에 가려고 저금한 돈까지 써버린 나를 어떻게 이렇게 비참하게 만들 수 있지? 시카고에서 1년을 함께 산 여자를 어머니 아버지께 소개해도 될 만큼 어른이 된 거 아냐? 너 어른이야, 애야? 그렇게 몰아세우는데 정말 그녀를 죽여버리고 싶었다. 하지만 죽이기는커녕 그녀를 집으로 데려갔다.

조시가 유대인이 아니라는 사실은 거의 문제가 되지 않았다. 폴리 역시 유대인이 아니었지만, 부모님은 늘 그녀에게 다정하게 대해주었고 내가 그녀와 결혼하기를 기대했다. 그리고 우리가 대학원에 따로 진학하자 자주 그녀의 안부를 물었고 애정 어린 마음으로 그녀를 기억했다. 부모님이 기겁한 건 조시가 비유대인이어서가 아니라 나보다 네 살 많고 궁핍한 인생 낙오자에, 무일푼의 비서이고, 아이가 둘이나 딸린—조시는 첫날 저녁 식사 자리에서 전남편이 아이들을 "훔쳐갔다"고 설명했다—이혼녀였기 때문이었다. 다음날 아침 어머니가 세탁실에서 가족들 빨래를 하고 있는데 조시가 케이프코드에서 며칠 묵은 자신의 빨랫감을 들고 와서 그것들도 세탁기에 같이 넣어줄 수 있는지 물었다. 어머니는 그 여자의 더러운 속옷에 손 대고 싶은 마음이 눈곱만큼도 없었지만, 평소에 즐겨 보는 여성잡지들에 나오는 이상적인 주부처럼 대책 없이 예의바른 분이었기에 "물론이에요"라고 대답하고 그것들을 세탁기에 넣었다. 그러고는 앞길이 창창한 아들이 폴리나 게일이나 자신과 전혀 닮지 않은, 침몰하는 배와 같은 여자와 사는 게 절망스러워서 3마일이나 떨어진 아버지 사무실까지 울면서 걸어갔다. 어머니는 무엇이 잘못되었는지를, 내가 몇 개월이나 걸려서야 깨닫기 시작한 모든 것들을, 내가 헤어날 수 없었던—그리고 계속해서 압도적이고 반미치광이 같은 책임감을 느끼던—모든 불상사들을 즉시 알아본 것이다. 어머니는 끝내 마음이 풀리지 않았고, 조시는 다시 분노와 모욕감을 느껴야 했으며, 아버지가 극도의 사교술을, 나로서는 평생 본 적 없는 신사다운 수완을, 메트로폴리탄생명에서 쓰는 관리자의 기술을 발휘하며 조시에게, 내 아내는 너에게 악의가 없고 우리는 너를 만나게 되어 기쁘지만 필립이 내일 너를 공항까지 데려다주는 게 우리 모두를 위해 최선일 것 같다고 설명하려 애썼다.

나는 처량한 기분이 들었고, 그런 일이 벌어지리라 예상했었기에 더 그랬다. 바로 그것 때문에 조시를 집에 데려가고 싶지 않았던 것이다. 하지만 차 안에서 조시가 뉴욕의 싸구려 호텔방에서 홀로 지내거나 심지어 그냥 무더운 시카고로 돌아가 나 때문에 최악의 휴가를 보낸다면 얼마나 비참할지 한탄하자 또다시 나는 차마 안 된다는 말을 할 수가 없었다. 맨 처음 케이프코드에서 한 달을 보내기로 결정했을 때 그녀가 그곳으로 찾아와 단 하루라도 같이 지내는 걸 원치 않는다는 말을 할 수 없었던 것처럼 말이다. 내가 조시의 끝없는 요구와 그녀에게 빚진 모든 것들 앞에서 비정해 보이는 것에 그토록 겁을 먹지 않았더라면 그녀에게 굴욕감을 줄 일도, 어머니를 불행하게 만들 일도, 그리고 나 자신의 혼란을 가중시킬 일도 없었을 것이다.

그해 가을에 내가 시카고로 돌아갔을 때 조시와의 만남이 점점 뜸해진 건 놀랄 일도 아니었고—내가 그녀의 피해 의식의 노예였다는 점을 고려하면 놀랄 일이었다고 할 수도 있겠지만—나는 혈기왕성한 독신자의 삶으로 돌아가 수전 글래스먼을 따라다니고, 『핵과학자 회보』에서 편집보조로 일하는 정신이 똑바로 박힌 여자와 간간이 데이트를 하기도 했다. 만일 시카고에 정착했다면 그녀를 더 많이 만났을 것이다. 그리고 아이러니하게도, 내가 조시와의 가망 없는 관계에서 천 마일쯤 멀리 달아나지 않고 그녀의 직장과 아파트가 있는 시카고에 그대로 남아 있었더라면, 그녀가 혼자서 맨해튼까지 찾아와 파멸 직전에까지 이르러 내게 매달리는 처지가 되진 않았을 터였다. 하지만 그걸 예견하지 못한 건, 호턴 미플린 출판사에서 창작 지원금을 받는 똑똑한 청년이 알지 못했던 것들 중 극히 일부일 뿐이었다.

『남자로서의 나의 삶』의 「유행에 따른 결혼」 장章에서 피터 타르노폴이 모린 존슨에게 속아 그녀의 임신을 믿게 되는 내용은, 1959년 2월에 내가 조시에게 당한 일과 거의 유사하다. 아마 내 작품들 중에서 그보다 더 정확하게 자전적 사실들을 복제해놓은 건 없을 것이다. 그 장면들은 사실을 더 재미있게 발전시키지 않은 몇 안 되는 사례들 중 하나다. 그때 나는 더이상 재미있어질 수가 없었다. 그만큼 재미있기도 힘들었다. 조시가 혼자 힘으로 생각해낸 건 경제적이고, 충격적이며, 뻔하고, 수치스럽고, 미혹된 우스꽝스러울 정도로 단순하고, 무엇보다도 마법적 효력을 지닌 보석과도 같은 기만이었다. 그것을 조금이라도 고치는 건 하나의 미학적 실수, 그녀 일생일대의 유일하고 위대한 창작물에 대한 훼손이 될 것이다. 그 독창적 행위는 그녀가 내 '편집자'라는 환상 속 역할에서 벗어나 비록 한순간일지언정 대담한 재주를 가진 라이벌 작가, 플로베르가 경탄해 마지않은 대담하게 '무자비한' 작가들 중 하나, 제한된 경험을 가지고 질서 있는 발전을 해가던 당시의 나로선 닮을 엄두조차 낼 수 없었던(그녀가 그토록 시샘하여 참여하기로 결심한 그 단편집에서는 확실히 그 어디에서도 대가다운 무자비함을 찾을 수가 없었다) 그런 작가가 될 수 있도록 만들어주었다. 몰락한 반미치광이 수다쟁이 독백자에게 15페이지에 걸쳐 인간의 타락에 대해 설명하게 한 도스토옙스키조차 조시의 천재적인 기만에 백 단어 분량의 찬사를 바치는 걸 부끄러워하지 않았으리라. 하지만 내게 그 일은 누군가의 거창한 악의 서사시에서 추악한 각주가 되는 것 이상의 운명적인 사건이었으니, 2년 반쯤 지나 조시가 모든 걸 고백했을 때(술과 약에 취한 모린이 실패로 끝난 자살 기도 과정에서 타르노폴에게 진실을 밝힌 것처럼), 그녀가 맨해튼에서 어떤 사기를 쳤는지에 대해—그리고 시카고에서 페서리를 사용하지 않은 것에 대해서도—알게 되었을 때, 나는 그녀의 첫번째 남편에게서 아이들을 빼앗아오기 위해 그녀와 함께 여러 번 재판정에 선 후였다. 그때쯤엔 사랑스럽고 선의를 지녔으나 제대로 교육도 못 받고 정서적 학대까지 당한 그녀의 열 살 난 딸이 아이오와시티에 있는 우리집에서 함께 살고 있었고, 조시는 내가 만일 그 아이를 건드리면 잘 때 칼로 찔러 죽이겠다고 협박했다. 나는 그 아이에게 시계 보는 법과 글자를 가르쳐주고 싶은 마음뿐이었는데 말이다. 이런 진전에 대해서라면, 도스토옙스키는 두말할 필요도 없이 백 단어 이상을 할애했을 것이다. 나 자신도 『남자로서의 나의 삶』 도입부인 「화를 자초하다」 장에서 조시의 시나리오에 적합한 배경—피터 타르노폴이 충분히 끔찍한 자신의 '실화'를 더 섬뜩하게 허구적으로 변형한—을 제공하느라 수천 단어를 사용했다. 독자들에겐 어떨지 몰라도 내게 그 장은—사실 그 소설 자체가—나의 상상력이 그 모든 젊음의 힘의 낭비보다 끈질길 생명력을 지녔음을, 내가 엄청난 파괴력을 지닌 도덕적 멍청함의 결과들을 극복하고 살아남았을 뿐 아니라 소도시 출신의 불행한 비유대인 피해망상증 환자에 의해 인간으로서의, 남자로서의—그래, 심지어 유대인으로서의—의무로 규정된 것에 대한 터무니없는 맹종에서 결국 벗어났음을 입증하는 것이었다.

조시가 토끼 검사*를 위해 약국에 제출한 소변은 어느 날 아침 그녀가 톰킨스스퀘어 공원에서 흑인 임산부를 길 건너의 공동주택 복도로 유인해 몇 달러를 주고 산 것이었다. 그로부터 한 시간 전에 조시는 자신의 소변이 든 병을 가방에 담아 들고 약국에 간다고 나섰지만, 그 소변은 그녀가 임신이 아님을 밝혀줄 것이기에 그녀에겐 쓸모가 없었다. 톰킨스스퀘어 공원은 당시에도 이미 황폐해 보였지만 그래도 그때는 아주 안전한 동네 쉼터였고, 날씨가 좋으면 노인들이 나와 앉아 이야기를 나누거나 신

* 여성의 소변을 토끼에게 주사하여 행하는 초기 임신 반응 검사.

문—대개 우크라이나어로 된 신문들—을 읽고, 주로 젊은 푸에르토리코인들인 동네 엄마들이 아이들을 놀리는 곳이었다. 나는 하루 글쓰기가 끝나면 신문이나 『코멘터리』나 『파리 리뷰』를 들고 블리커 스트리트에 있는 이탈리아 커피점으로 에스프레소를 마시러 가거나, 날씨가 따뜻하면 톰킨스스퀘어 공원으로 내려가 즐겨 앉는 벤치를 차지하고 대도시—뉴어크 출신에겐 파리나 로마보다 훨씬 더 신화적인 도시인—에 혼자 있는 청년의 만족감을 느끼며 무언가를 읽기고 하고, 주위를 둘러보기도 하고, 가끔은 그날 쓴 것에 대한 메모를 하기도 했다. 나는 그 동네 사람들만큼 가난하진 않았을지라도 호턴 미플린 창작 지원금으로 받은 돈을 매주 얼마씩 나누어 검소하게 생활하고 있었다. 다른 방식으로 살고 싶은 마음이 없었기에 그곳의 이민자 출신 미국인들과 그들의 자손들 틈에서 눈에 띄지 않고 어슬렁거리며 돌아다니는 것이 너무도 편안했다. 나는 스스로가 '그들 중 하나'라는 낭만적인 생각은 하지 않았고, 그들을 '민중'이라고 말하는 것도 내 스타일이 아니었다. 그렇다고 거기서 연구 같은 걸 하고 있지도 않았던 것이, 톰킨스스퀘어 공원의 사회학에 대해 연구하지 않아도 이민자들에 대해선 아는 게 많았기 때문이다. 하지만 톰킨스스퀘어 공원 단골들과 적어도 특정한 기본적 특징들은 같은 삶을 살았을 우리 가족과 이웃들이 이룬 발전에 대해서는 간간이 생각하게 되었다. 나는 그곳에서 느낄 수 있는 개인적 감응만큼이나 그곳의 평온무사한 일상 때문에 톰킨스스퀘어 공원이 좋았다.

하지만 내가 톰킨스스퀘어 공원에 대해 감상적인 애정을 갖고 있다고 해서 조시가 내 아파트에서 다른 방향으로 도보로 십 분 거리밖에 안 되는 워싱턴스퀘어 공원으로 임산부를 찾으러 갔어야 마땅하다는 이야기를 하려는 건 아니다. 오히려 그녀가 톰킨스스퀘어 공원이 아닌 다른 곳으로 갔더라면 그녀는 내 상상력을 자극한 상상력—지극히 독립적이고 자신감에 찬 진취적인 청년이자 완고한 결의와 자기 뜻대로 살고 싶은 강렬한 욕구를 지닌 용감한 경쟁자에게 불가해한 힘을 행사한—의 소유자가 아닐 것이다. 가장 극적이지 않은 만남도 전망이 좋은 것으로 만드는 그 미혹된 뻔뻔함이 그녀로 하여금, 아마도 매우 자연스럽게, 나와 사귄 지 겨우 백일 만에 시카고 병원 입원 서류에 유대인이라고 적어넣고, 나의 보수적이고 덕망 높은 어머니에게 나와 휴가를 보내며 모아둔 더러운 속옷을 건네게 했을 것이고, 바로 그 뻔뻔함이 마치 신랄한 아이러니의 냄새를 기가 막히게 맡는 사냥개처럼 나를 책임감 있는 남자로, 책임감 있는 유대인으로 만들기 위해 톰킨스스퀘어 공원을 가리켰을 것이다. 그녀는 내가 톰킨스스퀘어 공원에서 고독을 즐기고 그곳 이민자들의 모습에서 미국인화된 우리 가족의 과거를 보며 기분좋은 일체감을 느낀다는 걸 알고 있었다.

그리고 며칠 후 내가 그녀에게—결혼 전에 중절 수술을 하는 조건으로—청혼을 하고 그녀가 그걸 받아들였을 때, 그녀는 내가 인턴 친구를 통해 이름을 알아낸 낙태 시술자에게 가라며 은행에서 인출해서 준 3백 달러를 착복한 뒤 타임스스퀘어에 있는 영화관에 앉아 〈나는 살고 싶다!〉에서 수전 헤이워드가 가스실로 가는 장면을 몇 번씩 보며 시간을 보냈다.

그런데 그녀가 중절 수술을 '한' 후—그녀는 영화관에 있다가 나의 지하 아파트로 돌아와 침대에서 담요를 뒤집어쓰고 걷잡을 수 없이 떨고 울면서 나 때문에 감당해야 했던 수치스러운 수술의 끔찍한 의학적 내용들을 모조리 이야기했다—그때 왜 난 짐을 꾸려 달아나 자유인이 되지 못했던 걸까? 그런데도 어떻게 그녀와 함께 살 수 있었을까? 문제는 내가 어떻게 그녀를 거부할 수 있었느냐 하는 것이다. 도대체 내가 어떻게 그녀를 거부할 수 있었겠는가? 토끼 검사 결과가 나온 후 태아를 없애기만 하면 아내로 삼겠다고 그녀에게 약속한 건 차치하고라도—어찌 내가 그 넘치는 재능이 빚어낸 뻔뻔한 날조술에 넘어가지 않을 수 있었겠는가? 아직 반 정도밖에 여물지 않은 신출내기 소설가가 어찌 사악하기 짝이 없는 아이러니들을 파렴치하게 지어내는 그

불굴의 상상력에서 벗어날 희망을 품을 수 있었겠는가? 그녀가 나의 저작, 나의 책에 확실하게 참여하고 싶어하기도 했지만 내가 그녀에게서 벗어나지 못한 것도 사실이었다.

〈나는 살고 싶다!〉는 살인 누명을 쓰고 가스실에 간 캘리포니아 술집 여자에 관한 멜로드라마다. 조시가 (굳이 만날 필요가 없는 낙태 시술자에게 가는 대신) 본 그 영화는 『남자로서의 나의 삶』에도 등장한다. 내가 그보다 나은 걸 지어내려고 애쓸 필요가 어디 있었겠는가? 그리고 어떻게 그럴 수 있었겠는가? 내가 알기로, 조시는 그걸 즉석에서 지어냈다. 2년 후 어느 오후에 내게 모든 걸 고백할 때 그녀는 자기 뮤즈의 힘을 빌려 불쑥 그 말을 뱉었고…… 어쩌면 톰킨스스퀘어 공원에서 흑인 여자에게 소변을 샀다는 것도—자신의 이야기를 더 강렬한 것으로 만들고 나를 조금 더 고통스럽게 하기 위해—즉석에서 꾸며낸 것인지 모른다. 그녀는 실제로 그 일들을 했을 수도 있고 안 했을 수도 있다. 무언가를 한 건 확실하지만—날조의 달인 앞에서 어떤 게 사실이고 어떤 게 거짓인지 어떻게 구분할 수 있겠는가? 그녀가 즉흥적으로 지어낸 자유분방한 장면들! 그녀의 상상력이 빚어낸 순전한 과장! 그녀 자신의 기만이 불러온 자기 확신! 그 캐리커처들 이면의 신념!

그녀가 그런 재능을 키우는 데 나도 일조했다는 건 부인할 수 없는 사실이다. 좋은 결혼 상대를 낚고 싶어하던 허위적이고 시골스러운 사고방식이 내 저항의 약함이 아니라 강함으로 인해 신기하면서도 정상이 아니고 현혹적이며 광적인 상상력—다른 건 다 차치하고라도, 내가 대학에서 익힌 허구적 개연성에 대한 전통적 개념들과 균형, 에두름, 요령에 대한 헨리 제임스식의 우아한 체계화를 완전히 우스꽝스럽게 만든—으로 탈바꿈한 것이다. 나는 많은 시간을 들이고 피를 흘린 뒤에야, 『포트노이의 불평』을 쓰기 시작한 후에야, 사람을 기절초풍하게 만드는 그녀의 대담함과 관련된 모든 것에서 벗어날 수 있었다. 의심할 바 없이 그녀는 나의 최악의 적이었으나, 아아, 가장 위대한 창작 선생, 극단적 소설의 미학에 있어서의 탁월한 전문가이기도 했다.

독자들이여, 나는 그녀와 결혼했다.

집안 문제

나는 스물여섯 살에 내 평생 가장 적대적인 사회적 반대에 부딪혔을 때 놀랐던 것을 순진한 행동이라고 생각하지 않는다. 그 반대는 계층 스펙트럼 양쪽 끝에 위치한 비유대인들이 아니라 성난 중산층과 기득권층의 유대인들, 그리고 다수의 저명한 랍비들에게서 나온 것이었고, 그들은 나를 반유대적이고 자기 혐오적이라고 비난했다. 나는 당시 그것이 글쓰기의 일부가 될 거라고도 예견하지 못하고 있었지만 결국 그것은 중심이 되었다.

나는 지적 교양을 갖추었다고 할 수 있었음에도 당시엔 '자기 혐오'라는 말이 생소하게만 느껴졌다. 나의 세계 안에 그런 현상이 실제로 존재했다손 쳐도 그걸 문젯거리로 인식한 적이 없었다. 뉴어크에서는 자기혐오에 의한 행동을 보이는 사람을 만난 적이 없었고, 버크넬 대학 시그마 알파 뮤 사교 클럽 역시 나름의 결점들을 갖고 있긴 했지만 유대인 사교 클럽이라는 독특한 정체성 때문에 괴로워하거나 눈에 띄게 자괴감을 보이는 경우는 없었다. 새미들 중 두 명뿐이던 학교 대표 풋볼 선수 모 핀켈스타인이 경기에 투입될 때면 그의 사교 클럽 형제들은 자랑스러운 소속감을 나타내는 함성을 보냈으며, 자기 혐오에 빠진 유대인이 그 자리에 있었다면 수치심이 폭발했을 터였다. 사실 새미들의 가장 경탄할 만한 점은 자신들의 다름을 부인하거나 전투적으로 그것을 고집하지 않고 명백히 비유대적인 환경에 통합되는 느긋한 태도를 보이는 것이었다. 내게 그들의 그런 태도는 그 순응주의 시대에 사람들에게서 늘 최상의 모습을 끌어낼 수는 없었던 사회적 상황에 대한 우아한 반응으로 보였다.

그리고 내게 시카고 대학은, 대학원생으로 하이드파크에 도착하여 국제학사의 작은 방에 들어가던 바로 그날부터, 나의 근원인 유대인 세계의 고도로 발전된 유토피아적 연장, 나의 옛 동네의 결속과 친밀감에 지적 즐거움과 실험에 대한 필사적인 욕구가 더해진 곳 같았다. 내가 대학원 생활을 시작한 1954년 9월에 그 대학에는 미네소타 출신의 아일랜드계 가톨릭교도와 캔자스 출신 침례교도보다 훨씬 자의식이 적고 자기 확신이 강한 유대교인들이 가득한 듯했다. 그들은 완전히 세속화되었지만, 자신들에게 논쟁적이고 흥분을 잘하는 성질과 내가 즉시 간파해낼 수 있는 풍자적 아이러니의 재능을 물려준 혈통에 대해 유감스러워하지는 않았다. 만일 우리 가족의 친구인 뉴어크의 사과 왕 미키 패스틸니크가 문학 교육을 받았다면, 『비둘기의 날개』*에 대해 브루클린 출신의 패기만만한 대학원생 아서 제펀만큼 멋지게 이야기할 수 있었을 것이다. 내가 1956년에 군에서 제대하고 시카고 대학에서 박사과정을 밟을 때 나와 유익한 논쟁을 벌이곤 했던 테드 솔로타로프는 우리가 이사벨 아처**를 '시크사'***라고 칭했다고 회고한다. 나는 제펀이 밤에 일하던 유니버시티 타번이라는 술집에서 맥주를 마시며 벌인 토론을 기억하고 있는데, 그때 우리는 오스먼드****가 진짜 유대인인지 아닌지에 대해 무척이나 세심하게 따졌다.

물론 그건 한가한 시간의 수다에 불과했지만, 우리가 아버지들의 카드 게임판에서 엿듣고 내면화한 것을 『여인의 초상』에 적용하는 데서 즐거움을 맛보았던 건, 유대인임을 하나의 지적 자원으로 여긴 장난스러운 자신감을 나타낸다고 할 수 있다. 그것

* 헨리 제임스의 소설.
** 헨리 제임스의 소설 『여인의 초상』 여주인공.
*** shiksa. 이디시어로 비유대인 여자를 의미함.
**** 『여인의 초상』 등장인물.

은 또한 과도한 세련됨에 대한 방어, 헨리 제임스와 문학이라는 고급 취향의 위협적인 힘에 대한 평형추이기도 했는데, 자신들이 길거리나 포커 게임판이나 에벳필드 구장 내야의 위쪽 관중석에서 얼마나 거칠어질 수 있는지 아는 영리하고 야심 찬 도시 소년들에게 문학의 '문명화' 기능은 여러 가지로 매력적인 것이었기 때문이다. 나는 우리가 우리 아버지의 아들이자 우리 동네 주민으로서 갖게 된 그 상스러운 기질을 우리의 말에서 제거해야 할 불순물로 다루기보다는 있는 그대로, 아이러니하게, 뻔뻔하게 내보이고, 헨리 제임스에게 우리의 선천적 근본으로 보였을 것에서 진정하고 유쾌한 만족감을 찾는 편이 나을 것 같았다.

내가 유대인들의 공격을 받게 된 건 1959년 4월에 『뉴요커』에 실린 「신앙의 수호자Defender of the Faith」 때문이었는데, 그 작품은 전시에 유대인 병장의 편애를 받기 위해 애쓰는 유대인 신병들에 관한 이야기다. 「신앙의 수호자」는 내 작품들 중 대형 상업 잡지에 두번째로 실린 것이었다. 나는 『에스콰이어』에 실린 첫 소설로 800달러를 벌고 호턴 미플린 출판사에서 선금을 받은 후 시카고 대학 강사직을 그만두고—영원히(내 생각에는) 조시의 인생에서 벗어났다. 그리고 전업 작가로 살 작정으로 맨해튼 로어 이스트사이드의 방 두 칸짜리 지하 아파트로 이사했고, 그 아파트는—도시적 색채를 좋아했던 당시의 내 취향을 고려

하면—바워리 거리의 거렁뱅이들과 래트너스 레스토랑 테이블들 위 비알리* 바구니들 사이에 완벽하게 자리하고 있었다. 호턴 미플린에서 『굿바이, 콜럼버스』라는 단편집에 담겨 출간될 유대인에 관한 다른 소설들은, 당시 발행 부수가 아주 적은 신생 문학 계간지였던 『파리 리뷰』와 수년간 엘리엇 코헨이 편집을 맡고 미국유대인협회에서 발행해온 월간지 『코멘터리』에 실렸을 때 독자들에게 보통보다 약간 많은 관심을 끌었을지는 몰라도 유대인들 사이에서 소란을 일으키진 않았었다. 만일 내가 「신앙의 수호자」를 『코멘터리』—초기부터 나를 지지해주고 공감해준 친구 마틴 그린버그가 공동 편집자로 있던—에 보냈더라면 그 잡지는 그걸 실었을 것이고, 그 작품에 대한 비판도 상대적으로 그리 눈에 띄지 않았을 터였다. 「신앙의 수호자」가 『코멘터리』에 실림으로써 유대인에 관한 허용 가능한 담론으로 인정받았더라면, 한 달 후 『굿바이, 콜럼버스』의 출간으로 인한 소요—내 작품들이 설교에 언급되고, 가정의 논쟁거리가 되고, 유대인 단체들에서 나의 위험성을 평가하는 토론이 벌어지기도 했는데, 그 모든 것들이 첫 단편집일 뿐인 그 책을 읽지 않은 사람들에게 예기치 않게 과장되어 전해졌다—가 골치 아플 정도로 심각해지진 않

* 다진 양파를 얹은 납작한 롤빵.

았을지도 모른다. 그리고 『뉴요커』 게재라는 선동적인 팡파르만 울리지 않았더라면, 그리하여 『굿바이, 콜럼버스』가 평단의 조용한 호평을 받는 데서 그쳤더라면, 내 작품에 대한 논의가 나의 반유대주의로 도배되지도 않았을 것이고 내가 에세이들과 공개 강연들에서 스스로를 방어하는 일도, 더 공격적으로 대처해야겠다는 결심으로 『포트노이의 불평』에서 판돈을 올려 나에 대한 비난—유대인들의 비밀을 폭로하고 유대인들의 삶을 천박하게 위조했다는—에 반격을 가하는 일도 없었을 것이다. 그건 회유 행위로 받아들여질 리 없었고, 엄청난 논란을 유발했으며, 그 결과 나는 그 공개적인 싸움을 8년쯤 후 형태를 갖추기 시작한 주커먼 시리즈의 근간이 된 가족의 불화라는 드라마로 구체화하기에 이르렀다.

『뉴요커』에도 『파리 리뷰』와 『코멘터리』와 마찬가지로 윌리엄 숀 같은 유대인 편집자가 있고, 유대인 작가들—S. J. 페렐먼, 어윈 쇼, 아서 코버, J. D. 샐린저 같은—의 글을 실으며, 꽤 많은 유대인 독자층을 확보하고 있다는 사실은, 나 때문에 격분한 유대인들에겐 『뉴요커』의 특권적이고 명백히 비유대적인 후광을 얻는 게 그 유대인들에게 (필립 로스 자신에게 그랬던 것처럼) 유대인 신분으로 받을 수 있는 것보다 훨씬 많은 혜택을 제공한다는 믿음을 줄 뿐이었다. 나는 자기혐오가 꼭 의식적이진 않을

지라도, 식별 가능한 집단적 표시들에 대한 내면화된 증오이며, 그 표시들을 지우기 위한 거의 병적인 노력이나 그런 노력을 할 정도로 잘 알지 못하는 사람들에 대한 악의에 찬 경멸에서 정점을 이룬다는 사실을 곧 깨닫게 되었다.

나는 저자 증정본이 우편으로 올 때까지 기다릴 인내심이 없어서 『뉴요커』가 나오는 날 14번가 클라인스 건너편에 있는 뉴스 가판대에 세 번이나 가보았다. 그러다 마침내 오후에 뉴스 가판대에 잡지가 꽂히자 내 것 한 부와 부모님께 보내드릴 것 한 부를 샀다. 부모님은 내가 대학에 다니는 동안 위퀘이크에서 엘리자베스 근처의 작고 쾌적한 단지에 있는 정원 딸린 작은 아파트로 이사했다. 그들이 1926년에 결혼한 바로 그 거리였고, 내가 어렸을 때 거의 매주 일요일에 뉴어크의 가장 오래된 이민자 동네 중 한 곳에 사시는 홀로 되신 할머니 집에 갔다가 작은 아파트에서 시집 안 간 이모와 함께 사시는 역시나 홀로 되신 외할머니를 만나러 가던 곳이었다. 우리 부모님에게 『뉴요커』는 나의 첫 소설들이 실리기 시작했던 다른 잡지들만큼 생소한 잡지였다. 우리집에는 가끔 『히게이아』가 왔고, 『콜리어스』 『리버티』 『새터데이 이브닝 포스트』도 드문드문 받아봤지만, 어머니가 가장 열심히 구독한 잡지들은 『레이디스 홈 저널』 『레드북』 『우먼스 홈 컴패니언』이었다. 어머니는 그 잡지들로 옷 입는 법, 집 꾸미는 법에 대한 감각을 키웠고, 요리법들을 찾아 오려서 상자에 보관했고, 자녀 양육과 결혼 관련 시류를 익혔다. 어머니는 그 잡지들에 실린 소설 속 여주인공들과 마찬가지로 예의범절을 중시했고, 어머니의 그런 고상함을 본받아 형과 나도 예의바른 아이들로 자라서 일요일에 뉴어크의 유대계 부르주아(돈도 재산도 대단한 사회적 자신감도 없던 우리로서는 그 기반을 반토막밖에 가질 수 없었던)들이 즐겨 찾는 패밀리 레스토랑 태번에 갈 때마다 늘 어머니를 자랑스럽게 만들었다고 어머니는 말했다.

어머니는 도서관에서 책을 1년에 대여섯 권 빌려다 읽었는데, 그 책들은 쓰레기가 아니라 펄 벅의 작품들처럼 도덕적 품격을 갖춘 대중소설들이었다. 펄 벅은 어머니가 좋아하는 작가로, 1940년대에 미국에 소아마비 환자들을 위한 치료법을 들여온 존경받는 오스트레일리아인 간호사 엘리자베스 케니 수녀와 같은 이유로 어머니의 흠모를 받았다. 어머니는 그들이 여성으로서 보여준 전투적이고 도전적인 연민에 크게 감동했다. 어머니의 영웅 중 영웅은 엘리너 루스벨트였고, 신문에 게재되는 그녀의 칼럼 '나의 하루'를 열심히 챙겨 읽었다. 처녀 시절 이름이 베스 핀켈이었던 어머니는 1922년에 엘리자베스에 있는 배틴 고등학교를 졸업한 후 몇 년간 사무실 비서로 멋지게 일했고, 집에서는 순종적인 딸로서 어머니와 언니를 사랑하고, 아버지를 두려워하고, 두 여동생의 양육을 도왔으며, 하나뿐인 남동생 미키—미술학도이자 음악가였으며 결국 조용하고 겸손한 독신자가 되었고, 목소리가 부드럽고 재치가 있으며 여행가라고도 할 수 있는—를 극진히 아꼈다. 미키 삼촌은 예술적 야망 때문에 초상화와 풍경을 그렸지만 사진을 찍어서 생계를 유지했고, 여유가 생기면 필라델피아에 있는 손바닥만한 스튜디오를 닫고 유럽으로 배를 타고 가서 박물관들을 돌며 사랑하는 그림들을 보았다. 어머니는 샌디 형과 내가 예술적 성향을 갖게 된 건 미키 삼촌을 고독한 삶으로 이끈 유전자 때문이라고 했는데, 내가 아는 한 어머니 말씀이 옳았다. 전문적인 살림 솜씨와 비세속적인 온화함을 겸비한 여성으로서 우리의 세계에 대해 확신에 차 있었으면서도 그 경계를 넘어서면 고상하게나마 점차 확신을 잃어가던 어머니는 나의 첫 출간작들을 분명 자랑스러워했다. 어머니는 그 작품들 속에 자신들에 대한 심한 모욕이 들어 있을 수 있으리라고는 생각지도 못했고, 유대 신문에서 내가 반역자라는 암시를 담은 기사를 접했을 때도 그게 무슨 말인지 이해하지 못했다. 그러다 하다사* 모임에서 우연히 내가 비유대적이라는 비난을 듣고 충격을 받아 나에게 혹시 그게 사실이냐고 확인한 적이 있

* 뉴욕 여성 유대인 자선단체.

었는데, 내가 미소 지으며 고개를 젓자 완전히 의심을 털어냈다.

어머니는 내가 우편으로 보내거나 엘리자베스에 갈 때 직접 들고 간 『코멘터리』와 『파리 리뷰』—나의 단편소설 「엡스타인Epstein」「유대인의 개종Conversion of the Jews」「노래로 그 사람을 판단할 수는 없다You can't Tell a Man by the Song He Sings」가 실린—를 책꽂이 사이의 빈 공간이나 거실 사이드 테이블 위에 진열해두었다. 주로 신문만 읽는 아버지는 내 출간작들을 내보이는 데 더 적극적이어서, 집에 찾아오는 손님들에게 그 이상한 잡지들을 보여주고, 심지어 내가 친숙한 데서 갖다 쓴 묘사나 이름, 대화 중에서 자신이 알아본 부분을 친구들에게 소리내어 읽어주기까지 했다. 「신앙의 수호자」 발표 후 내가 아버지와 전화 통화를 하면서 브나이 브리스 반명예훼손연맹에서 내 작품에 쏟아지고 있는 항의에 대해 그들의 대표단을 만나 토론하자는 요청을 해왔다고 전하자, 아버지는 무슨 소리인지 모르겠다는 태도를 보였다. "무슨 항의? 다들 그 작품을 좋아하는데. 무슨 항의를 한다는 거냐? 난 도통 알아들을 수가 없구나."

만일 다른 사람의 아들이 우리보다 잘난 유대인들에게 그런 비난을 받았다면 아버지와 어머니는 그 작가의 정직성을 그토록 신뢰하지 않았겠지만, 나—그들이 직접 할례와 바르미츠바*를 지켜보고, 3년간 동네의 초라한 유대인 학교에 보냈으며, 가까운 친구들이 모두 유대인이고, 언제나 한결같이 그들에게 자랑스러운 아들이었던—로 인해 유대인으로서 상처를 받는다는 건 그들에겐 영원히 상상도 못할 일이었다. 아버지는 유대인들을 향한 내 충성심을 의심하는 비난들에 대해, 나중에 이스라엘 정책에 대해 감히 조금이라도 의심을 품는 사람들을 대할 때처럼, 적대적인 태도를 보일 수 있었다.

하지만 아무리 아버지라도 내가 유대교를 배우는 학생으로서 이룬 성취나 율법 준수 기록에 대해서는 적극적으로 옹호하지 않았을 것임을 덧붙여야겠다. 열세 살에 유대인 학교에서 3년 과정을 마치고 나올 때, 나는 특별히 많은 깨달음을 얻지도, 신앙심이 대단히 돈독해지지도 못한 상태였다. 그렇다고 완전히 실패작이었던 건 아니고 바르미츠바 때 토라를 보며 히브리어를 아주 빠른 속도로 읽을 수 있었지만(완전히 이해한 건 아니더라도), 방과후 일주일에 삼 일씩 받은 유대교 교육이 그럭저럭 견딜 만했던 건 불경스러운 짓들의 최면적 매력 덕이 컸다. 나치주의로부터 도망쳐온 난민 교사로 목숨을 부지할 수 있었던 것만 해도 행운이었던(스스로 그렇게 생각했던) 로즌블럼 선생님

---

* 유대교 성인식.

을 우리가 무분별하게 괴롭혔던 생각이 난다. 나이 많은 아이들이 로즌블럼 선생님이 맡고 있는 '4시부터 5시' 반 교실의 창문 밖 가로등 기둥에다 선생님 인형을 목매달아 놓는 짓을 몇 차례나 했던 것이다. 청어를 먹는, 유대교회당 관리인 폭스 씨가 놀라울 정도로 노쇠해버린 것도 기억난다. 우리는 폭스 씨가 관리하는 유대교회당 뒷벽에 대고 '에이시즈 업Aces Up'이라고 불리는 길거리 핸드볼을 해서 그를 격노하게 만들었고—폭스 씨는 동네 사탕 가게를 습격하여 핀볼 기계 앞에 있는 십대 소년들의 목덜미를 잡고 끌고 나가서 예배 정족수*를 채우곤 했다. 그리고, 물론, 1943년 우리가 처음 유대인 학교에 들어가던 날 아홉 살배기 급우에게 닥친 불행도 잊을 수 없다. 극도로 소심했던 그 아이는 유대교회당의 종교 지도자이자 학교 교장이기도 했던 랍비가 언약궤** 바로 위층에 있는 작고 아늑한 교실에서 우리 신입생들에게 낭랑한 목소리로 연설을 하기 시작했을 때 자기도 모르게 똥을 싸버렸고, 그 딱한 재난은 긴장한 급우들에게 불경스러울 정도로 우습고 재미난 일이 되었다.

그 우중충한 유대인 학교에서의 방과후 시간—저녁 먹을 때

* 유대교 예배의 정족수는 13세 이상 남성 10명임.

** 십계명을 새긴 돌판을 보관하는 상자, 혹은 작은 방.

까지 밖에서 공놀이를 할 수만 있다면 그 어떤 대가라도 치를 수 있었던 그때—에는 모든 것들의 밑바탕에서 격랑이 느껴졌는데, 그런 현상은 9시부터 3시까지 똘똘한 미국 소년으로 생활하는 통풍이 잘 되고 질서정연한 공립학교와는 어울리지 않는 것으로, 멋대로 날뛰고 싶은 들끓는 기운이 경건한 복종을 요구하는 엄격한 율법과 정면으로 충돌한 결과였다. 나는 진스키, 누스바움, 스트룰로비츠 같은 그 나라 성을 갖고 있지 않은 유대인들이 유대인의 사막에서 유대인의 천막을 치고 사는 꿈의 낙원에 관한 이야기들보다, 무슨 소린지 알아들을 수 없는 벌들의 웅웅거림 같은 유대교회당의 기도가 우리에게 전해주는 괴로운 엄숙함과 그 위층에 있는 작은 교실들에서 거의 날마다 펼쳐지는 활기찬 장난에 내포된 불경함의 충돌에서 훨씬 더 '유대적인' 걸 느낄 수 있었다. 우리 유대인들이 먹을 수 없는 모든 것들—중국집에서 에그롤에 몰래 집어넣는 돼지고기나 저지 해안의 차우더 수프에 안 보이게 숨어 있는 대합을 제외하고—과 우리의 모든 금기들과 금지 사항들, 과시적인 금욕에도 불구하고 우리의 일상에서 고동치는 억누를 수 없는 힘찬 활력은, 경기장에서 좌익수나 일루수로 뛸 수 있는 시간에 유대인 학교에 가야 하는 괴로움조차 예측 불가능할 정도로 역설적인 극적 효과로 바꿔놓을 수 있었다.

유대인 학교에 다니던 시절을 돌이켜보면, 우리 세대에게 미국에서 유대인으로 자라는 게 어떤 것이었든 그건 대체로 즐거운 일이었다. 영국의 유대인 아이도 분명 그랬으리라고 생각하는 건 아니고, 물론 영국 동쪽의 수백만 유대인 아이들에게 유대인으로 자라는 건 비극이었을 것이다. 그건 굳이 말해주지 않아도 이해할 수 있는 일이었다.

1930년대와 1940년대에 뉴어크에서 유대인 학교를 다니며 유대인으로 자라는 건 미국인으로 자라는 완벽하게 정당한 방법이라고 느껴졌을 뿐더러, 내겐 나처럼 유대인으로 자라는 것과 미국인으로 자라는 것이 구분이 되지 않을 정도였다. 당시에는 새로운 유대 국가가, 이제 마흔 살이 넘은 미국의 많은 유대인들에게 유대인의 자기 인식 문제를 복잡하게 만들어온 부가물들—긍지, 사랑, 불안감, 쇼비니즘, 박애주의, 원통함, 수치심—을 키울 '모국'이 없었음을 기억하라. 나중에 브로드웨이에서 숄렘 알레이헴*의 감상성을 입혀 상품화하기 시작한 옛 유대 국가에 대한 향수도 없었다. 우리는 우리의 조부모들이 고국 유대인촌의 가정생활을 떨쳐내지 못했고, 다시는 만나지 못할 그들의 부모를 떠나지 못했음을 잘 알고 있었다. 집에 돌아가면 모두들 눈물

* 러시아 출신의 미국 유대인 극작가 겸 소설가.

을 자아내는 뮤지컬 곡들을 흥얼거리며 마을을 돌아다녔으니까. 그들은 삶이 끔찍해서, 너무 끔찍해서, 너무 위협적이거나 궁핍하거나 절망의 벽에 가로막혀 있어서, 잊는 게 최선이어서 고국을 떠난 것이었다. 어린 시절에 내가 조부모님께 미국으로 건너오기 이전의 삶에 대해 꼬치꼬치 캐물을 때마다 고집스러운 기억 상실의 벽에 부딪히곤 했던 건 우리 가족만의 특이한 일이 아니었다.

우리 세대의 유대인 아이들이 전후의 미국에서 충일감—사람은 누구나 평등한 권리를 갖고 있고, 무엇이든 할 수 있으며, 그 어느 것에서도 배제될 수 없다는 경이로운 감정—을 안고 기회를 잡을 수 있었던 건 우리가 살고 있고 속해 있는 민주주의의 무한함에 대한 믿음 덕이라고 할 수 있다. 베트남 전쟁 이후 미국에서 자란 지성인이 나치의 파시즘과 일본의 군국주의에 대한 승리 직후의 청소년들처럼 자신들도 지구상의 가장 위대한 국가에 소속되어 있다는 분명한 인식을 가질 수 있다는 건 상상하기 어려운 일이다.

나는 「신앙의 수호자」 문제로 반명예훼손연맹 대표 두 사람과 점심식사를 겸한 인터뷰를 하면서, 고등학교 졸업반 때 법 공부를 해볼까 생각하며 반명예훼손연맹에 들어가 유대인의 시민권과 법적 권리를 옹호하는 일을 하는 상상을 가끔 했었다고, 그래서 유대인을 욕되게 하는 해로운 글을 썼다는 비난을 받으며 이런 자리에 있게 된 것이 특히 더 혼란스럽다고 토로했다. 하지만 그들은 내게 아무런 질책도, 비난도 하지 않았을뿐더러 내가 어떤 글을 써야 한다든가 어디에서 글을 출간해야 한다든가 하는 경고 비슷한 것도 하지 않았다. 그들은 그저 내게 연맹에 접수된 불만 사항들을 알려주고 내가 질문을 하면 답변을 해주기 위해 나를 만난 것이라고 했다. 하지만 내가 미친놈은 아닌지 확인하는 것 역시 그들의 임무 중 하나였던 듯했고, 점심식사를 하며 편안하고 정중한 분위기가 이어지는 가운데 내가 그 말을 하자 모두 웃음을 터뜨렸다. 나는 그들에게 나를 비난하는 전화를 걸어오고 글을 써 보낸 이들이 정확히 어떤 사람들이라고 생각하는지 물었고, 작품 속의 어떤 내용이 가장 도발적이었고 그 이유가 무엇인지 그들과 함께 추측해보았다. 우리는 처음 만났을 때처럼 우호적인 분위기에서 헤어졌는데, 내가 연맹으로부터 다시 연락을 받은 건 2년쯤 뒤 반명예훼손연맹 시카고 지사에서 로욜라 대학과 공동으로 개최한 미국 문학에서의 가톨릭교도와 유대교도의 '이미지'에 관한 종교를 초월한 심포지엄에 초대받게 되었을 때였다.

『굿바이, 콜럼버스』가 1960년 전미도서상 소설 부문과 전미유대인도서협회의 다로프상을 수상한 후, 나는 전국의 대학 힐렐* 들과 유대인 주민회관들, 회당들에서 유사한 주제들에 관한 강연 요청을 받았다. (나는 1960년에 구겐하임 기금으로 로마에 체류중이어서 뉴욕에서 열린 다로프상 시상식에 참석하지 못했다. 나를 대신해서 상을 받으러 갔던 친구 밥 실버스가 전해주기를, 그 상—전년도에는 다른 심사위원단이 레온 유리스의 『영광의 탈출』을 수상작으로 선정했던—의 시상식에 참석한 많은 사람들은 물론 후원자들 사이에서도 내 작품은 인기 없는 선정작이었다고 했고, 심사위원단에서 나를 가장 강력하게 지지해준, 지금은 고인이 되신 비평가이자 교수였던 데이비드 보로프도 그런 사실을 확인해주었다.) 대학 강의에서 해방되자 나는 그런 초대들을 받아들여 유대인 청중 앞에서 강연도 했고 질문도 받았다. 청중들은 가끔 냉담하긴 했지만 매우 정중했고, 적대적인 사람들도 강연이 끝나고 질문 시간이 될 때까지 함부로 입을 열지 않았다. 나는 청중과의 질의응답을 고대하거나 하진 않았지만 그래도 열심히 대화에 응했다. 나는 '물의를 일으키는' 작가로 알려지고 싶지 않았고, 처음엔 내 작품들이 평범한 유대인들에게 반감을 주게 될 줄도 몰랐었다. 나는 스스로를 자기 풍자와

* 미국 최대의 유대인 학생 단체.

과장된 코미디를 애호하는 평범한 유대인의 삶에 관한 권위자로 여겼기에, 공개적으로는 유대인 항의자들에게 굽히지 않았지만 속으로는 오랫동안 곤혹스러움을 떨쳐낼 수 없었다.

1962년, 나는 뉴욕 예시바 대학에 토론인단으로 참석해달라는 초청을 받았다. 내 책이 지속적으로 유대인들의 요란한 관심을 불러일으키고 있는 상황이라 그 관심에 응해야만 할 것 같은 의무감이 들었고, 그 대학은 유대인들의 아성이라고 할 수 있었기에 특히 더 그 자리를 피하고 싶지 않았다. 게다가 토론인단에 랠프 엘리슨도 포함되어 있어서 그와 같은 자리에 초청된 게 영광스럽기도 했다. 또 한 명의 토론자는 1930년대에 프롤레타리아 소설 『콘크리트에 깔린 예수Christ in Concrete』로 성공을 거둔 후 상대적으로 더 알려진 작가 피에트로 디 도나토였다.

나는 처음부터 심포지엄의 제목 '소수민족 소설가들에 있어서의 양심의 위기'와 '소수민족' 문학을 둘러싼 갈등의 주된 원인이 소수민족 독자들의 사회적 불확실성이 아니라 소수민족 작가들의 심각한 도덕적 혼란에 있다는 추정의 노골적인 독단성에 의혹을 품었다. 나는 독실한 유대교인들이 독실한 가톨릭교인들만큼이나 낯설고 그들에 대해 잘 알지도 못했지만, 예시바 대학 교수진과 학생회의 대부분을 차지하고 있는 그들이 내 생각을 지지해줄 거라는 기대를 품지 않을 정도의 상식은 가지고 있었다. 하지만 심포지엄 장소가 내가 아주 편안하게 여기는 대학 강당인데다 유대인이라는 한정된 주제에 대해 혼자 이야기하는 게 아니라 미국의 소수민족 작가라는 보편적 상황에 대해 평소에 만나고 싶었던 이탈리아계 미국인 작가와 무척이나 흠모하던 존경받는 흑인 작가와 함께 고찰하는 것이었기에, 그 자리가 얼마나 내 사기를 꺾어놓을 수 있을지 미처 예견하지 못했다.

나는 조시와 함께 아이오와에서 뉴욕으로 갔고, 심포지엄이 열리던 날 저녁에 그 토론을 무척이나 듣고 싶어하는 랜덤하우스 출판사 편집자 조 폭스와 셋이 택시를 타고 예시바 대학으로 갔다. 나의 두번째 책 『자유를 찾아서Letting Go』가 그해에 랜덤하우스에서 출간될 예정이었지만 『굿바이, 콜럼버스』는 호턴 미플린 출판사에서 나왔기에 조는 그 선동적인 단편들과 직접적인 관련이 없었고, 또 비유대인이어서 그 논쟁과 동떨어져 있는지라 논쟁의 근원지에 대해 당혹스러워하고 있었다. 조시도 물론 비유대인이었지만 나와 결혼한 후 스스로—나의 세속적 신념은 말할 것도 없고 나의 더 현명한 판단에도 맞지 않는 일이었지만—맨해튼에 있는 재건주의 유대교회당의 랍비 잭 코헨에게 종교 교육을 받고 그의 인도하에 유대교로 개종했다. 우리는 용커스에서 치안판사를 주례로 세우고 증인이 되어줄 친구 둘만 참석한 가운데 이미 결혼식을 올렸는데, 몇 개월 후 잭 코헨의 유대교회당에서 우리 부모님까지 모시고 다시 종교적인 예식을 치르게 되었다. 그 두번째 결혼식은 내게—그리고 어쩌면 너무 당황해서 그저 정중한 태도를 보일 수밖에 없었던 부모님에게도—불필요할 뿐 아니라 그런 상황에서는 저속하고 터무니없는 짓으로 여겨졌다. 나는 조시의 무의미한 개종이 최소한 얼마간의 실용적 가치를 갖는 것처럼 보이게 하려고, 잘못된 일임이 분명하고 이미 파국을 향해 치닫고 있는 우리 사이를 결혼이라는 끈으로 묶으려는 또 한번의 그릇된 시도라는 걸 괴로울 정도로 잘 알면서도, 그 두번째 결혼식을 허락했다. 내게 유대인이 된다는 건 그 곤경의 역사 속으로 태어나는 것이지 책 몇 권을 읽고 선택할 수 있는 신분의 문제가 아니었다. 그래서 내 아내가 잭 코헨—분별 있고 헌신적인 인물이긴 하지만—과 공부를 좀 한 걸로 평생 유대인이 되어 사는 건 내가 윈스턴 처칠에게 영문학 석사 학위를 보이고 영국 국민이 되는 것과 마찬가지라는 생각이 들었다.

나는 일종의 모조 유대인이 되고자 하는 조시의 갈망에서 또 다른 진실성의 붕괴를 보았다. 내가 뒤집어쓴 오명인 자기혐오와 매우 유사한 어떤 것이 그녀로 하여금 나와의, 그리고 내 배경과의 관계를 다시 왜곡해 중서부 소도시에서 나고 자란 자신의 과거를 위장하도록 만든 듯했다. 내가 이런 이야기를 하는 건 또다시 조시를 공격하려는 의도에서가 아니라, 갓 유대인이 되었고 영락없이 북유럽 게르만족의 모습을 한 그녀가 예시바 대학 강당에 앉아서, 셈족의 외모를 가졌으며 위퀘이크에서 17년간 그의 부모님의 아들로 자라면서 영원한 유대인이 된 젊은 작가의 '파문'을 지켜보는 광경이 지닌 괴상한 아이러니—내가 그 자리에서 의식하지 않을 수 없었던—에 대해 말하고자 함이다.

그 재판(모든 의미에서의)은 디 도나토, 엘리슨, 그리고 내가 각각 20분씩 모두발언을 한 후에 시작되었다. 엘리슨은 메모를 보면서 쉽고 지적으로 이야기를 풀어나갔고, 디 도나토는 아주 논리적이지는 않게 즉흥 발언을 하였으며, 나는 준비해간 원고를 읽는 형식이어서 질문자가 내 주장의 맥락을 바꾸는 일이 생기지 않도록 경계하면서 자신 있게 이야기할 수 있었다. 나는 오해가 생기지 않도록 만전을 기할 결심이었다. 사회자가 우리의 모두발언에 대해 질문하는 단계로 넘어가자 그는 오직 나에게만 관심을 쏟는 듯했다. 디 도나토의 독백—만일 내가 사회자였다면 철저한 해명을 요구했을 것 같은—이 끝나자, 사회자가 처음 던진 질문은 이러했다. "로스 씨, 본인이 나치 점령하의 독일에 살고 있었어도 똑같은 작품들을 썼을 거라고 생각하십니까?" 이 질문은 20년쯤 후에 『유령 작가』에서 네이선 주커먼이 레오폴드 웹터 판사에게 받는 심문 형식으로 등장하게 된다.

30분이 지난 후, 나는 여전히 닦달당하고 있었다. 내 답변은 그들을 만족시키지 못했고, 이윽고 청중의 질의가 허용되자 나는 그들에게 단순히 반발만 산 게 아니라 미움까지 받고 있음을 깨달았다. 그때 내가 보인 멍청한 반응을 잊을 수가 없다. 연이은 맹비난(그때쯤엔 심문을 넘어서서 저주로 나아가고 있었으니까)에 조리 있게 답변하려고 애쓰는 중에도 나는 육체적 피로라는 저류에 휘말려 그 강당에서 점점 멀리 벗어나고 있었다. 나는 잘 발달된 전투 본능을 지니고 있었지만 그 본능은 맥없이 움츠러들었고, 토론인석에 앉아 진땀나는 얼굴을 마이크 가까이 대고서 눈을 감고 무의식으로 빠져들고 싶은 욕구를 억눌러야 했다. 랠프 엘리슨이 내가 약해져가는 걸 눈치챘는지 갑자기 나를 옹호하기 시작했는데, 청중을 압도하는 그의 권위는 반쯤 인사불성이 된 나로선 감히 끌어모을 엄두도 낼 수 없는 것이었다. 그의 이론은 사실상 나의 것과 동일했지만, 그는 흑인 미국인의 입장에서 자신의 저서 『보이지 않는 인간Invisible Man』과 그 소설을 소리 높여 비판한 흑인들 간의 애매한 관계를 예로 들며 자기주장을 펼쳤다. 그의 발언은 청중들에게 내 답변보다 훨씬 큰 신뢰를 주었거나, 이제 종국을 향해 치달아 나를 돌로 쳐 죽이거나 깊이 잠들게 만들기 직전인 듯한 종교재판의 기세를 꺾고 김을 뺄 정도로 그들을 그 자리에 온 진짜 목적으로부터 멀리 벗어나게 만든 듯했다.

그 토론회는 내가 방관자나 마찬가지인 처지로 밀려난 상태에서 금세 막을 내렸다. 사회자가 다정하게 토론인단의 행운을 빌어주었고, 청중들이 산발적인 박수를 보냈으며, 우리 모두 무대 옆 계단으로 내려가기 시작했다. 청중들 가운데 내 작품에 가장 적대적인 그룹이 즉시 나를 에워쌌다. 엘리슨의 중재는 일시적인 효력밖에 발휘하지 못한 게 분명했다. 종교재판의 클라이맥스가 내게 닥쳐왔고, 그때쯤 나는 완전히 정신이 든 상태였음에도 그들의 틈바구니에서 쉽게 탈출할 수 없었다. 나는 무대와 복도 사이에 서서, 나의 배심원단—나의 유대인들이라고 할 순 없지만—의 얼굴 너머로 조와 조시가 보이는 가운데 최종 선고를 들었다. 그건 내가 이승과 저승에서 들을 법한 선고 중 가장 가혹한 것이었다. 누군가 내 얼굴에 대고 주먹을 흔들며 "당신은 반유대 문학의 온상에서 컸어!"라고 외치기 시작한 후에야 나도 "비켜요. 물러나요. 나갑니다"라고 외치고 이렇게 맞받았다. "그래요? 그게 뭔데요?" 나는 진심으로 그 말이 무슨 뜻인지 궁금했다. 그러자 그가 외쳤다. "영문학! 영문학은 반유대 문학이야!"

그후 나와 조시, 조는 우리가 묵고 있는 호텔 아래쪽에 있는 맨해튼 중심의 스테이지 델리카트슨으로 식사를 하러 갔다. 나는 멍청하게 그런 상황을 자초한 것이 화가 났고, 그런 식으로 대처한 게 비참하리만큼 수치스러웠으며, 청중의 비난에 부아가 치밀었다. 그래서 "다시는 유대인에 대해 안 쓸 거야"라고 선언했는데, 우스꽝스럽게도 그때 파스트라미 샌드위치*를 먹고 있었다. 그리고 역시 우스꽝스럽게도, 그건 진심이었다—최소한 진심이어야 했다. 그때는 그 사건을 겪고 얼마 안 된 상태라, 내 평생 가장 힘들었던 공개적 언쟁이 종교적 파문은 고사하고 유대인과 관련된 작품 활동의 종말조차 되지 못할 것이며 오히려 속박의 진정한 시작점이 될 것임을 예견하지 못했다. 나는 습작이라고 할 수 있는 단편들의 모음집에 담긴 관심사들을, 초보 작가인 내게 너무도 자연스럽게 다가왔던 주제들을 넘어섰다고 여겼고—『자유를 찾아서』가 그 증거였었다. 뉴저지 유대인의 삶과 거리가 먼 젊은 성인의 예기치 못한 책임들에 대해 다룬 『자유를 찾아서』는 이제부터 나를 인도해줄 새로운 관심사들이 나아갈 방향을 예시해주는 듯했다. 하지만 나는 예시바 전투로 인해, 유대적인 주제들에 대한 흥미를 영원히 잃어버리기는커녕 그 유례없는 공격적 분노가 유대인의 자기 인식과 민족적 충성심의 문제를 얼마나 선동적으로 만들 수 있는지 똑똑히 목격하게 되었다. 유대인 집단은 한때 나를 껴안아 더할 수 없는 안정감을 주

* 훈제 소고기를 차게 식혀서 넣은 샌드위치로 유대인들이 즐겨 먹는 음식.

었던 반면 광적인 불안감을 지니고 있었다. 내가 쓴 모든 글이 수치스러운 것이고 모든 유대인을 위험하게 만들 수 있는 잠재성을 지녔다는 말을 들은 마당에 어떻게 다른 결론을 내릴 수 있었겠는가? 광적인 안정감, 광적인 불안감—유대인의 드라마가 그 이중성에 얼마나 깊이 뿌리를 내리고 있는지에 대해 그날 밤의 사건보다 더 잘 입증해줄 수 있는 건 내 평생 없었다.

내가 예시바에서 그런 경험을 하고도 글감을 찾기 위해 다른 데로 눈을 돌리는 작가라면, 작가가 될 필요가 전혀 없는 사람이다. 내가 초반부터 유대인들의 성난 저항을 불러일으켜 예시바에서 당한 수모는 내 생애 최고의 행운이었다. 유명 상표를 갖게 되었으니까.

이제 스을슬 이야기를 시작해볼까요

메이 앨드리지와 내가 빌린 여름 별장은 마사즈 빈야드 중심에 있는 조용한 아스팔트 도로에 있었고, 웨스트 티스버리에 있는 잡화점까지 도보로 몇 분 거리밖에 안 됐다. 그 집은 작고 평범했으며, 가구라곤 더블침대를 제외하면 낡고 색 바랜 비치체어들뿐이었지만 충분히 편안했다. 1967년 6월 하순에 우리가 뉴욕에서 그곳으로 갔을 때 창문들에 커튼이 없어서 메이가 빈야드 헤븐에 있는 할인점으로 차를 몰고 가 커튼 만들 천을 사왔다. 부모에게서 독립한 서른네 살의 메이는 수입의 상당 부분이 가족신탁자금에서 나왔기 때문에 돈을 아끼려고 싸구려 천을 사다가 손수 바느질을 해서 커튼을 만들 필요까진 없었지만, 당시에 난 부자라고 할 수 없었기에 우리 둘이 똑같이 가난한 사람들인 것처럼 산다는 전제하에 그 집에서 함께 살기로 한 것이었다. 메이는 그런 생활에 쉽게 적응했는데, 그건 그녀의 협조적인 성격 혹은 나에 대한 사랑 때문만이 아니라 태어날 때부터 그녀에게 주어져 그녀의 뿌리를 이루었으나 그녀를 너무도 취약한 존재—자신이 선량하고 깨끗한 마음을 지녔다는 확신이 너무도 적고, 남 돌봐주기를 좋아하는 열정에 지속적인 활기를 불어넣지 못하는—로 만들어버린 삶의 방식의 속박에서 자유로워지는 것이 성인이 된 이후 그녀 인생의 도전이었기 때문이기도 했다.

메이는 미국 비유대인들의 스펙트럼에서 조시와 정반대편에 위치해 있었다. 그녀는 어마어마한 경제적 성공을 이루었을 뿐만 아니라 한때 영국 출신의 미국 기업가들에게 자동으로 따라왔던 시민으로서의 출중함과 사회적 명성까지 겸비한 클리블랜드의 전통 있는 페인트 제조업자 가문에서 태어나, 최고의 학교들을 다녔다. 초록 눈의 날씬한 금발 미녀인 그녀는 내가 만나본 여자들 중 가장 사랑스러운 모습을 하고 있었으며, 조시의 매력처럼 미묘한 그녀의 아름다움은, 우리가 처음 만났을 때, 무신경한 세속성을 지니고 있었다. 조시의 매력에 소도시라는 도장이 찍혀 있었듯이, 그녀의 외모에는 특권이라는 지워지지 않는 도장이 찍혀 있었다. 두 여자는 더 다르기가 힘들 정도로 다른 사회적 배경을 가진 철저하게 상이한 육체적 타입들이었고, 같은 여성이었지만 서로 다른 성을 대표하는 것처럼 달랐다. 그들 각자의 타고난 성향들은 그들의 사회적 태생 속에서 선천적인 장애를 만드는 무언가에 의해 전형적인 극단에까지 이른 듯했다. 그리하여 노동자 계급 낙오자의 딸 조시는 퉁명스럽고, 공격적이고, 불만과 시샘과 분노에 차 있고, 교활하게 기회주의적이었던 데 반해, 메이는 수년간 스스로를 거의 질식시킬 듯한 예의바름이라는 상류층 신부 학교의 허울 뒤에 자신의 불확실성들을 숨겼다. 그들의 공통점은 그들의 가정교육을 지배한 사회적 사고방식에 상처를 입고 흉터를 지니게 된 것이었고, 내가 그들에게 끌린 건 (그리고 그들이 내게 끌린 것도) 그들이 자기 혈통을 잘 나타내는 존재로서 아버지의 세계에서 확고히 자리를 잡고 있어서가 아니라 그들의 외모에 너무나도 선명하게 새겨진 미국 사회의 바로 그 계층에서 흥미롭게도 멀어져 있어서였다.

메이는 나와 5년 동안 사귀면서 내게 클리블랜드로 가족을 만나러 가자는 제안을 단 한 번도 한 적이 없었다. 그녀의 어머니가 몇 개월마다 뉴욕으로 찾아올 때면, 나는 평소처럼 저녁때 이스트 78번가에 있는 그녀의 아파트로 가서 자는 대신 킵스 베이에 있는 내 집—필라델피아나 스토니 브룩에 대학 강의를 하러 가지 않을 때 작업실을 겸해서 쓰는—에서 지내야 했다. 물론 우리는 그녀의 부모님과 만나는 걸 피하는 이유가 우리가 결혼하지 않은 상태이기 때문만이 아니라 내가 유대인이기 때문이기도 하다는 걸 알고 있었다. 우리 둘 다 그 만남으로 인한 참혹한 결과를 감당하고 싶지 않았다. 결혼도 안 했는데, 수백 마일 밖에 살고 있으며 딸의 사생활에 간섭할 의사가 없는 듯한 그녀의 부모님과 불필요한 갈등을 일으킬 이유가 없었다. 메이의 클리블랜드 집에 대한 나의 호기심은 우리 연애를 가족의 관심사로 만들고 싶지 않은 욕망에 비길 수가 없었다. 그건 이미 신물이 나게 겪었으니까.

내 경우엔, 저녁때 한 번 뉴저지의 부모님을 메이의 아파트로 초대하여 가볍게 술을 한 잔씩 마시고 다함께 식사를 하러 나간 적이 있었다. 메이를 만나서 내 삶이 정상으로 돌아온 걸 부모님께 직접 보여드리고 싶었던 것이다. 부모님은 내 결혼생활이 얼마나 끔찍했는지 속속들이 알진 못했지만, 그에 대해 많은 암시를 받은 것은 물론이고 그 결혼으로 내가 어떤 끔찍한 대가를 치러야 했는지 목격했기에 걱정이 이만저만이 아니었다. 예의범절을 아는 사람들을 무척 신뢰하고 스스로도 예의를 거스르는 법이 없는 나의 어머니는 메이의 정중함에 반해서, 뉴욕주 법에 따라 영원히 나를 구속할 것만 같은 조시가 즉각 메이로 바뀔 수만 있다면 여한이 없을 듯했다. 아버지 역시 메이를 좋아했지만, 아버진 내가 캥거루와 사귀게 되었어도 안도했을 것이다. 조시는

1962년에 나와 별거에 들어간 후, 저지 남부에 있는 아버지 사무실까지 찾아가서 내가 별거 수당을 안 주고 있으니 대신 돈을 내놓으라고 요구했다. 아버지가 내 아들은 법적 의무를 다하고 있다고 정확하게 지적하자, 그녀는 무책임하다고 아버지를 비난했다.

업타운에 있는 메이의 아파트는 넓었고, 부자연스러운 장식이나 걸치레 없이 안락하게 꾸며져 있었다. 하지만 그녀가 속한 계층의 전통적인 취향들을 극명하게 나타내는 그녀의 소유물들은 그녀가 내 뉴욕 친구들—나와 다르지 않은 배경을 가진 유대인들이 대부분인—의 사교 스타일에 맞추려고 아무리 애를 써도 늘 무수한 방식으로 자기 배경과 연결되어 있음을 보여주었다. 그녀의 친구들—그녀와 수년씩 교류했으며 가끔씩 그녀가 실내장식을 도와주기도 하는—로 말할 것 같으면, 그들과 밤에 몇 번 어울려본 후 나는 그런 자리가 나와 맞지 않는다는 걸 부드러운 어조로 그녀에게 말하지 않을 수 없었다. 알고 보니 그녀 역시 그들에게 좀 싫증이 난 상태여서, 여러 번 내 격려를 받은 끝에 그녀는 어느 날 어퍼 이스트사이드에 있는 그 아파트들을 장식하고 다시 장식하는 일을 그만두기로 결심하고 학부 과정을 마치기 위해 헌터 대학에 등록했다. 그녀는 스미스 대학에 다니다가 1952년에 감정적 위기를 겪으면서 학업을 중단하고 스무 살의 나이로 클리블랜드의 집으로 돌아가, 사교계에 정식으로 데

뷔한 상류층 소녀의 온실 속 화초 같은 삶을 불행하게 이어간 전력을 갖고 있었다. 그녀가 신여성으로 거듭나도록 도와주고 싶은 마음이 간절했지만 그녀가 조시처럼 자기 신분을 포기하거나 자신의 배경으로부터 단절되는 건—내가 아무리 그녀의 세계에서 환영받지 못하는 존재이고 그들 틈에서 불편할 수밖에 없다고 해도, 그리고 여전히 우리 둘 다 우리의 결합이 있을 법하지 않은 일이어서 서로에게 관심을 갖고 있는 것이기에—원치 않았다.

둘 다 이십대 후반부터 성에 대한 경계심을 갖게 되었던 터라 우리 관계는 서서히 진전되었지만, 결국 우리의 진지한 육체적 열정은 거의 신비로울 정도의 편안함과 행복의 원천이 되었다. 메이의 나체에는 내가 수년간 잊고 살아온 다정한 갈망을 야기하는 은밀하면서도 수줍은 무언가가 있었다. 그녀의 몸은, 스스로를 무력한 여성 피해자로 만들고 남자를 무자비한 가해자로 만드는 데 병적으로 중독되어 그에 맞는 시나리오를 짜기 위해 거짓으로 임신한 척하거나 의도적으로 임신이 되게 하는 짓은 꿈도 못 꾸는 마음씨 고운 여성의 것이었다. 메이의 갈망에는 전략이 없었다. 그런 게 있었다면 대학에 다닐 때, 그리고 클리블랜드에 돌아갔다가 다시 뉴욕으로 와서 혼자 살게 되었을 때, 의심할 줄 모르는 여자들을 이용해먹는 교활한 인간들에게 그렇게 당하진 않았을 터였다. 내게는 그녀의 눈빛뿐 아니라 몸매에서도 확연히 드러나는 정직함이 그녀의 진실성을 확실하게 보장해 주는 듯했고, 그로 인해 나는 기진했던 정력을 되찾고 회생할 수 있었다.

메이와 내가 연달아 두 해 여름에 마사즈 빈야드에 집을 빌리게 된 건, 당시 컬럼비아 대학에서 연극을 가르치며 『뉴 리퍼블릭』에 연극평을 싣던 로버트 브루스타인과의 우정 때문이었다. 밥과 그의 아내 노마는 그해에 맨해튼 어퍼 이스트사이드에 있는 큰 아파트에 살고 있었고, 처음 뉴욕에 가서 혼자 살던 나는 그들의 아파트에 저녁을 먹으러 자주 갔다. 내가 시끄러운 코미디의 진가와 미국 리버티 센터에 사는 루시 넬슨에 대해 쓰고 있던 내 책 『그녀가 아름다웠을 때』와 사뭇 다른 유대인 관련 주제를 알아주는 경청자들을 발견하기 시작한 것도, 브루스타인 부부의 저녁 식탁에서였다. 다음 책 『포트노이의 불평』도 처음엔 밥과 노마, 그리고 나의 친구들이 된 그들의 친구들—나와 동시대의 도시 유대인들, 부모와 깊은 애착 관계를 지닌 정신분석 대상자들, 품위에 구애받지 않고 익살스러운 즉흥작, 특히 우리의 돌이킬 수 없는 유대인다움을 빚어낸 공동의 가치들을 떠들썩한 희극 신화로 재생하는 것에 대한 뛰어난 심미안을 갖고 있는 존경스러운 전문가들—을 즐겁게 해주기 위한 오락거리로 형체를 갖추기 시작했다. 그들은 내가 시카고를 떠나 로마, 런던, 아이오와 시티, 프린스턴에서 조시와 결혼생활을 하면서 나와 멀어진—아주 세세한 내용에서도 르포르르타주가 끝나고 다다이즘이 시작되는 지점을 포착하고 모호하게 겹쳐지는 지점을 즐길 수 있는 식견을 지닌 경청자들이었다. 세련되지 못한 유대적 근본에 당혹스러워하지 않고 자신들이 미국인으로서 비유대인들과 동등한 자격을 지녔음을 확신하는 그들은, 가족이 이민자로 한 경험들에도 불구하고 스스로 미국인임을 느낀다기보다는 그 경험들을 통해 그걸 느꼈으며, 우리 모두의 성장 배경을 이루었던 삶이 만들어낸 터무니없는 관례들을 뻔뻔하게 떠벌리는 걸 즐겼다.

우리의 자기표현 스타일에 너무도 강한 흔적을 남긴 유대 혈통은 우리를 미국 사회의 주변부에 있는 것처럼 느끼게 만들기는커녕, 베트남 전쟁에 대한 성난 반응으로부터 진화중이던 거칠고, 과도하게 비판적이며, 잠재적 폭발성을 지닌 뉴욕의 문화적 환경 중심부에 위치시킨 듯했다. 1964년 대통령 선거전에서 배리 골드워터와 극명하게 대비되는 외교적 입장을 견지했던 린든 존슨은 당선 후 자신의 모든 외교 공약들을 저버린 끝에 겨우 2년 만에 경멸의 대상으로 전락하고 말았다. 그런 막강한 권위를 지닌 인물에게 그렇게 맹렬한 상상력이 동원된 그렇게 엄청난 경멸이 쏟아지는 걸 목도하기는 내 평생 처음이었다. 역설적이게도, 그의 거구가 그 압도적인 저항—전쟁에 신물이 난 많은 이들에게 그의 정치가 일으키게 될—의 근원이 된 듯했다. 그의 안에 있는 난폭하고 속박할 수 없는 무언가가, 그의 거구에 잠재된 거인의 분노가 그를 동남아시아의 분쟁뿐 아니라 사회를 분열시키는 추악하고 극단적인 싸움의 고무적인 기획자로 만들었다. 내가 보기에 그의 혐오스럽고 무시무시하고 통제 불가능한 모습이, 적어도 초기에는, 1960년대 중반과 후반에 사실상 모든 사회적 적절성의 신성한 법칙에 도전하기 시작한 광적인 형태의 터무니없는 풍자를 활성화시킨 듯했다.

나는 그때, 아내를 떠나 프린스턴—내가 그곳에 대학교수로 남아 있는 한 조시도 계속 살게 될—에서 뉴욕으로 옮겨 가서 『포트노이의 불평』에 영감을 준 요소들을 발견했으며, 1969년에 출간된 그 작품은 그후 10년간 내가 한 모든 중요한 선택들에 지대한 영향을 끼쳤다. 그때 뉴욕에는 내가 저녁 식탁에서 하는 이야기들을 행복하게 들어주고 그 진가를 알아주는 유대인 친구들이라는 경청자들이 있었고, 결혼생활 중 갈가리 찢긴 자신감을 도로 꿰매어 붙이기 위해 시작되었으며 헨리 제임스에게서는 배울 수 없었던 무모한 서술적 폭로의 모델이 된 나 자신의 강력한 정신분석이 있었다. 그리고 메이가 있었다. 그 믿음직스럽고 몹시 다정한 여인은 애정 어린 관심에 굶주려 있었고, 우리는 반쯤 가정을 꾸린 것과 같은 상태에서 꾸준하고 힘이 나는 속도로 함께 회복될 수 있었다. 내가 유대인의 유전적 특징들을 갖고 태어난 것처럼, 메이는 영락없는 아리아인의 모습으로 태어나 분명한 비유대인으로 자랐고, 조시처럼 그걸 위장하거나 포기할 생각은 해본 적도 없을 터였다. 다시 말해, 그녀와 나의 연애에는 포트노이의 조증에 가까운 자기표현에 힘을 실어줄 민족적 차이를 나타내는 인류학적 측면이 있었다.

그리고 마지막으로, 대통령과 그의 전쟁에 대항하는 반체제적 수사학의 흉포함이 있었다. 그 공격은 존슨 자신의 들끓는 감상적 허세가 일으킨 것이었지만, 풍부하고 요란한 언어적 경멸의 광맥을 소유하고도 결국 그는 언어의 형태를 한 네이팜탄의 소나기를 맞기라도 한 것처럼 백기를 들고 도망치고 말았다. 나는 장기적이고 부자연스러운 개인적, 문학적 자기 정복의 공백기를 겪은 뒤라, 린든 존슨 같은 거물에게 깊은 상처를 입히는 효력을 지닌 그 분노에 찬 독설에 특히 더 현혹되었다.

메이와 빈야드에서 놀라운 치유의 힘을 지닌 두번째 여름을 보내고 가을을 맞이한 나는 서른네 살이었고, 내가 죽음의 문턱까지 갔었다는 걸 깨닫지 못했다. 기력이 좀 돌아오기 시작하는 걸 느낄 때조차 그랬다. 내가 병원에 갇혀 이 가을을 얼마나 더

놓쳐야 되는 거냐고 의사에게 묻자 의사는 어안이 벙벙한 표정으로 웃으며 대답했다. "아직 모르시겠어요? 모든 걸 놓칠 뻔했는데." 나는 그 말을 영원히 잊을 수 없었지만, 그래도 죽기 직전까지 갔다기보다는 죽음과 대면하여 이겨낸 거라는 생각이 들었다. 그래서 앞으로 천년은 죽을 걱정이 없을 것 같았다.

놀랍게도 나는 맹장이 터진 걸 조시 탓으로 여기지 않았는데, 그녀가 도덕적 비난을 퍼붓지 않았어도 복막염 균은 내 몸에 퍼졌을 것이기 때문이었다. 그녀와의 10년 세월의 대단원이 터무니없는 체력 시험이 된 건 사실이었지만, 그건 분명 유전적 소인에 의한 완전히 별개의 시련이었고 그에 대해 개인적인 적의를 느끼지 않을 수 있어서 다행스러웠다. 나의 삼촌 둘을 죽이고, 1944년에는 아버지까지 죽음 직전으로 몰고 갔던 그것이 나를 죽이려다 실패한 것이다. 그 시련을 무사히 넘긴 뒤 나는 개인의 운명에서 운이 얼마나 중요한지를 절감하게 되었고, 안락한 회복기가 시작되자 하늘을 둥둥 떠다니는 기분으로 운좋게 살아남은 사실상 모든 사람들에게 감상적인 동지애를 느끼게 되었다. 그와는 대조적으로, 조시와 함께한 삶은 나쁜—단순히 나쁘기만 한 게 아니라 그것이 안고 있는 위험들 중 빈번히 되풀이되는 살해 위협까지 포함된—결혼에 의해 괴상한 형태로 세상과 단절된 것이었다. 복막염을 이겨내고 살아난 후 나는 강하고 운좋은 사람, 인간들 속의 한 인간이 된 기분을 느꼈다. 하지만 아내를 견디고 살아남은 것에 대해서는 어떻게 받아들여야 할지 알 수 없었는데, 그것에 대한 생각이 부족해서가 아니었다. 내가 어떻게 조시와 그런 인연을 맺게 되었는지에 대해 향후 수년간 강박적으로 생각하고 곱씹고 소설화하게 되었으니까. 그리고 이 글을 쓰는 동안 나는 내가 여전히 그 일에 대해 생각할 수 있음을 분명히 깨닫게 되었다.

메이는 매일 저녁 시간에 병원으로 나를 보러 왔다. 그녀는 낮에는 헌터 대학에서 수업을 듣고, 머리 힐에서 퀘이커 교인들과 함께 징병 연령의 청년들에게 군복무의 대안에 관련된 조언을 해주는 파트타임 상담사로 일했다. 그 일은 그녀의 기질에 안 맞았지만, 전쟁으로 인해 그녀의 분노가 예기치 못한 방식으로 표출된 것이었다. 자신에게 저항하는 힘이 있음을 발견하게 된 미국인이 그녀 하나만은 아니었지만, 그녀에게는 반전 세력으로 간주될 만한 공개적 행보를 보이는 게 쉬운 일은 아니었고, 신념이 가끔 자신에게 요구하는 것, 이를테면 그녀의 신탁자금을 관리하고 있는 클리블랜드의 은행가에게 전화해서 극단적 보수주의자이며 가족의 친구인 그에게 다우 케미컬 같은 '전쟁 관련주'들을 처분해달라고 요청하는 것에 대단한 기쁨을 느끼지 않았다. 물론 그녀의 맨해튼 친구들은, 예의바르고 내성적이었던 상류층 상속녀의 그런 변화를 '정치적인' 것이라기보다는 나와 내 친구들의 강압적인 영향으로 보고 싶어했다. 메이 앨드리지가 그녀의 과거 세계에 그대로 머물러 있었더라면 자발적으로 헌신적인 반전 운동가로 변모하는 일은 없었을 거라는 게 사실이지만, 그녀가(다른 사람들의 소파 덮개 견본이나 모으는, 변화가 불가능해 보이는 삶에 너무도 오래 갇혀 있던) 자신의 운명과 미국의 전쟁 정책을 바꾸는 일에 나설 수 있게 된 건 내 영향이라기보다 전쟁 그 자체가 그녀에게 불어넣은 확신 덕이었다. 그녀는 사실상 모든 활동의 전면에 나서고 싶은 욕구를 느끼고 있었기에 자기방어적 온순함의 마지막 흔적들이 거의 사라진 상태였고, 그녀 특유의 차분함이, 내가 그녀의 나체에서 너무도 매력적으로 느낀 은밀함과 유사하고 감동적일 정도로 활기찬 무언가에 의해 그 자체의 효율성과 힘을 지닌 진정한 평정으로 바뀌어 있었다.

나는 응급 맹장 수술을 받고 한 달 후에 퇴원했다가 2주 만에 예기치 않게 다시 입원하게 되었는데, 저절로 위축되지 않고 감염이 된 맹장의 남은 부분을 제거하기 위해서였다. 이번에도 30일을 입원한 후에야 완전히 퇴원할 수 있었고, 마침내 건강을 되찾긴 했지만, 고등학교 2학년 때처럼 몸이 야윈 상태였다. 나는 요양차 메이와 함께 2주간 플로리다 서해안의 작은 섬으로 내려갔다. 우리는 마이애미비치에 들러, 뉴어크의 옛친구들과 같은 아파트에서 겨울을 나고 계신 나의 부모님을 만나 점심을 먹었다. 그리고 렌트카를 몰고 포트마이어스까지 가서 해상 다리를 건너 캡티바섬으로 갔다. 그곳에선 할일이 별로 없어서 우리는 조개껍데기를 주우러 나온 노인들과 함께 해변을 거닐었는데, 펠리컨들을 구경할 수 있었고 돌고래들이 옆에서 헤엄쳐 지나갔다. 두어 번은 아침에 점심을 챙겨서 조류 보호구역으로 가 쌍안경으로 가마우지들을 지켜보기도 했다. 나는 따분하고 초조할 때가 많았는데, 건강이 나빠서 억지로 쉬고 있는 것에 조바심이 나고 어서 다시 글을 쓰고 싶었기 때문이었다. 새 책이 꽤 진행된 상태였고, 처음 시작할 때의 빠른 속도를 유지하지 못할까봐 두려웠다. '딸딸이'라는 제목이 붙은 한 부분이 『파리 리뷰』에 실렸고, 『뉴 아메리칸 리뷰』를 내기 시작한 테드 솔로타로프도 잡지 첫 호에 다른 부분을 소개한 후 더 싣기를 바라고 있었으며, 랜덤하우스 편집자 조 폭스와 제이슨 엡스타인도 초고를 읽어보고 굉장한 작품이 나올 것 같다고 의견을 피력했다. 나도 다시 글을 쓰고 싶었고, 테드도 내가 다시 글을 쓰기를 원했고, 제이슨과 조도 내가 다시 글을 쓰기를 원했지만, 내가 얼른 다시 글을 써서 이미 시작된 작업을 마무리하기를 제일 간절하게 바란 사람은 아마 조시였을 것이다. 나의 새 소설이 솔로타로프, 엡스타인, 폭스가 말하고 있는 그런 작품이라면 거금의 선인세를 받게 되리란 소문이 뉴욕 출판계에—조시는 마침내 출판 일을 하고 있었다—돌고 있었던 것이다.

내가 병으로 앓아누운 1967년 가을쯤엔 별거로 인한 최악의 시기가 끝나는 듯했다. 내가 조시를 떠난 지 5년이 되었고, 조시는 여전히 이혼을 거부하며 다음해에는 주당 125달러의 별거 수당을 더 올리기 위해 두번째로 나를 법정에 세울 준비를 하고 있었지만, 나는 법정 밖에서는 그녀를 만난 적이 없었고, 그녀가 낮에 전화해서 내가 얼마나 사악한 인간인지에 대해 말하거나 한밤중에, 대개 술이 잔뜩 취해서 전화를 걸어와 "너 지금 깜둥이 여자랑 침대에 있지!"라고 소리치는 일도 끊인 지 오래였다. 내가 1962년 말에 그녀 곁을 완전히 떠나 프린스턴에서 맨해튼으로 오자, 그녀도 8개월쯤 후 나를 따라왔다. 그녀는 결혼으로 인해 중단된 계획—출판업계에서 일하는 것—을 다시 이루고 싶어하면서도 동시에 나의 부양도 받고 싶어했는데, 그 목표를 이루기엔 내가 거주하고 있고 그녀가 이혼을 원치 않으면 나는 영원히 그녀의 법적 남편으로 남아 있을 수밖에 없는 구식 이혼법이 존재하는 뉴욕주가 적격이었다.

그녀의 두 자녀가 첫 남편의 친척이 대주는 돈으로 시카고 근처 기숙학교에 다니고 있었지만, 그녀가 내 행방을 추적하기에도 시카고보다 뉴욕이 더 나았다. 예를 들어, 조시의 열두 살 난 딸 헬렌이 방학을 맞아 엄마 집에 와서 나는 헬렌을 만나 저녁을 사주고 극장에 데려갔다. 그런데 좌석에 앉아 연극이 시작되기를 기다리고 있을 때 내게 소환장이 왔다. 나는 소환장을 전하러 온 정중한 신사를 즉시 알아보았는데, 전에도 바로 그가 치과에 있는 내게 정중히 소환장을 전달한 적이 있었기 때문이었다. 나는 헬렌 앞에서 그 봉투가 원래 극장에서 받기로 되어 있었던 것인 양 행동하며 그에게 고맙다고 인사하고 봉투를 재킷 주머니에 넣었다. 중간 휴식 시간에 헬렌이 로비에서 오렌지 음료를 마시는 동안 나는 화장실에 가서 칸막이 안으로 들어가 봉투를 열고 소환장을 읽었다. 분노를 억누르기가 힘들었다. 또다시 별거수당 문제로 법정 출두를 요구하는 그 소환장은 그 주 아무 날에나 내 아파트로 전달될 수 있었다. 나는 대학에서 강의를 하고 있었고 뉴욕에 있는 아파트를 재임대해서 몇 개월째 살고 있어서 몰래 다른 곳으로 떠날 염려가 없었다. 그런데도 조시는 내가 헬렌을 즐겁게 해주려고 데리고 나와 있는 동안 소환장을 받도록 조처해놓은 것이다. 그녀의 딸이 그동안 엄마의 치정 싸움들을 지켜보며 받은 상처로는 충분하지 않다는 듯이. 아이에게 즐거운 시간을 선물하려고 나온 내가 뜻밖의 선전포고에 맥이 풀리지 않기라도 할 것처럼.

나는 아이오와시티에서 주립대학의 작가 창작 교실을 맡고 있을 때 헬렌을 데리고 살며 그 아이의 양부 노릇을 했다. 헬렌은 애정결핍이 심각했지만 무척이나 매력적인 아이였고, 그 아이의 부모 노릇이 짐스럽기만 할 건 아니었다. 아이는 애처로울 정도로 학습 장애가 심해서 많은 관심을 쏟아야 했지만, 늘 잘 웃고 우리의 가까운 친구들에게 다정했으며, 그 아이를 데리고 아이오와 풋볼 경기들을 보러 가거나 강에서 스케이트를 타거나 가을에 아이의 도움을 받아 잔디밭의 낙엽을 긁어모으는 일은 즐거울 수 있었다. 조시는 헬렌과 내가 가까워지기 시작하자 기뻐했지만, 몇 개월이 지나고 가정생활이 일상화되자 놀라운 감정 폭발로 그 생활에도 끔찍한 그림자를 드리웠다. 그녀는 갑자기 남자들의 정직성에 대해 장광설을 퍼붓더니 끝에 가서는 만일 내가 자신의 열 살 난 딸에게 손가락 하나라도 댄다면 내 심장에 칼을 박겠노라고 말했다. 어느 날 저녁, 침실에서의 말다툼이 그런 위협에까지 이르자 나는 모두가 잠들 때까지 기다렸다가 주방의 칼들을 다 모아서 차 트렁크에 넣고 잠갔다. 이튿날 아침 일찍, 헬렌이 부엌에서 혼자 자신의 아침식사를 준비하고 있었는데, 내가 잠옷가운 차림으로 내려가보니 아이가 무척 당황한 표정을 짓고 있었다. "무슨 일이니?" 내가 물었다. "이러다 학교

늦겠어요! 자몽을 자르려는데 칼이 없어요!" 나는 차고로 나가서 칼을 하나 가져다주었다.

나는 1967년까지도 수입의 절반 가까이 되는 별거 수당을 부담하고 있었다. 변호사가 설명해주기를, 내 수입의 실질적인 증가에 따라 별거 수당도 늘어날 수 있고 조시가 다시 결혼하지 않는 한 평생 별거 수당을 지불해야 한다고 했다. 내게 별거 수당은 법원의 명령에 의한 강도질이나 다름없었고, 수표를 작성하면서 그 짧은 결혼이 애초에 어떻게 시작되었는지 회고할 때면 그렇게 분할 수가 없었다. 나는 그 사건을 잊을 수가 없었다. 내가 그 사건을 잊을 수 없었던 건 자신이 희생양이어서만이 아니라 소변 조작은 그때까지 내가 들어본 이야기 중에 최고였기 때문이기도 했다. 만일 내가 피부과 의사나 엔지니어나 구두공이었다면 5년의 세월이 지난 후 곱씹을 게 별거 수당밖에 없었겠지만, 나의 경우 그녀가 빼앗아가는 별거 수당 못지않게 그녀가 제공한 이야기에 강박적으로 사로잡혀 있었다—나 같은 직업을 가진 사람에게 그건 도저히 포기할 수 없는 소재였다.

사실 『그녀가 아름다웠을 때』는 소변 이야기를 위한 무대로 기획되었으나, 단편적이고 불만족스러운 초안들을 거친 후 그런 목적에서 벗어나 자유롭게 지어낸, 그러면서도 우리가 시카고에서 처음 연인으로 만났을 때 조시가 몇 개월 동안 식탁에서 내게 들려주었던 그녀의 어린 시절과 사춘기, 첫 결혼의 전설에 담긴 정신에 가까운—심지어 사건들의 양식까지도 비슷한—상상력의 역작이 되었다.

나는 1959년에서 1962년 사이에 몇 번 일주일 여정으로, 미시간 호수 동쪽 연안의 작은 휴양지인 조시의 고향 포트세이프홀드에 놀러갔고, 조시의 이야기에 등장하는 주요 인물 몇 명을 알게 되었다. 포트세이프홀드는 봄베이만큼이나 내 마음을 강하게 사로잡았고, 그런 환경이 내 소설의 배경을 제공할 수도 있겠다는 생각이 들기 훨씬 전에 그곳이 조시의 고통으로 얼룩진 비유대인 가정의 암울한 연대기의 배경이라는 사실이 너무나 신기했다. 나는 조시의 외할아버지 멀 허버트—친척들 사이에선 멀 아저씨로 통하는—의 집에 가서, 가족을 부양할 능력이 없는 아버지를 둔 조시가 그 집에 얹혀살면서 쓰던 방에서 묵었다. 나는 저녁을 먹은 후 멀 아저씨와 앞쪽 현관에 앉아 그에게 옛 이야기를 들었다. 목수로 일하다 은퇴한 그는 예의바르고 점잖고 순박한 시골사람이었고, 자신은 누구에게도 악감정이 없다고 자랑스럽게 말했다. 하지만 내가 스모키 젠슨에 대해 묻자 자신의 사위가 실망스러운 인물이었음을 인정했다. 그때 조시의 어머니는 지역신문 광고부장으로 일하고 있었고, 직장에서 멀지 않은 상업지구 사거리 근처의 작은 아파트에 살고 있었다. 조시는 어머니를 남편에게 무방비 상태로 당하기만 하는 여자로 묘사했지만, 막상 만나보니 조시에게 듣던 것보다 세상 경험도 많고 자족적이었다. 나는 조시의 어머니와 금세 친해질 수 있었다. 하지만 『그녀가 아름다웠을 때』를 쓸 때는 내가 직접 보고 느낀 것들을 무시하고 조시의 서술법—본능적인 비판적 시각으로 모든 걸 더 가혹하고 극적으로 만드는—에 따라 그녀를 상처받은 어린 여주인공의 어머니로, 무책임한 남편에게 완전히 무방비 상태로 당하기만 하는 어린애 같고 딸 같은 여자로 그렸다.

결국 그 책은 내게 하나의 타임머신이 되었다. 그 책을 통해 과거를 돌아보고, 이십대 초반의 내가 속절없이 휘둘렸던 비정상적인 도덕성 과잉의 근원을 발견할 수 있었으니까. 나는 그 파괴적 힘을 나 자신의 시련에서 분리시켜 이해해보려는 노력을 기울였다. 나에 대한 조시의 영향력을 떨쳐내기 위해 그것의 근원으로 돌아가 그 상처와 실망의 역사를 소름 끼치는 결과들에 이르기까지 낱낱이 파헤쳤는데, 그 결과들은 우리의 결혼생활 속에서 분출된 것이 아니었다. (나는 결혼에서 벗어나기 위해 전력을 다해 싸우고 있었기에 그럴 여력이 없었다) 그것은 그녀가 적어도 지리적으로는 자기 과거로부터 도망쳐 하이드파크에서 일하게 된 조시로서가 아니라 배신자들과 겁쟁이들과 사악한 적들이 가득한 분통 터지는 감정 과잉의 고향에 갇힌 루시로 살아

갈 때 전개된 것들이었다. 나는 『그녀가 아름다웠을 때』를 통해 조시의 전설이 내 의지에 너무도 강력하게 걸어놓은 마법에서 벗어날 수 있었고, 그것은 희생자의 섬뜩한 이야기를 복음으로 간주함으로써 이루게 된 정화였다. 나는 희생자가 천신만고 끝에, 그러나 너무 뒤늦게 자신의 정신적 기형을 깨닫는 형태로 이야기를 확대했다—그녀의 고난은 기괴하기 짝이 없었고, 필연적으로 자기 파괴라는 결말을 맞이했다.

『그녀가 아름다웠을 때』의 결말을 장식한 루시의 끔찍한 죽음은 나의 희망 사항도, 작가의 응징도 아니었다. 다만 그 작은 마을에서 인간의 근본적인 권리들을 그토록 거침없이 행사한, 그토록 적이 많고 그토록 용서할 줄 모르고 반항적이기만 한 인물이 어떻게 정신병원이나 무덤이 아닌 곳에서 파국을 맞이할 수 있는지 알 수 없었을 뿐이다.

1968년 4월, 나는 휴스턴 스트리트에 있는 발라토 레스토랑에서 이른 저녁을 먹고 있었고, 손님은 사실상 나 하나뿐이었다. 갑자기 라디오에서 마틴 루서 킹이 총에 맞았다는 뉴스가 흘러나왔다. 그 식당 주인이자 내 친구였던 고故 존 발라토는 시실리 태생의 정중한 신사로 한때 뉴욕 리틀 이탈리아에서 노동조합주의자로 활동하기도 했었는데, 나와 함께 앉아 이야기를 나누다가 그 뉴스를 듣고 테이블을 주먹으로 쾅 내리쳤다. “개자식들!” 존은 눈물을 글썽이며 분노한 목소리로 말했다. “개 같은 놈들!” 나는 전화기로 가서 퀘이커 센터에서 늦게까지 일하고 있는 메이에게 전화를 걸었다. 우리는 그녀의 아파트에서 만나기로 약속했고, 밤에 둘이 침대에 앉아 멤피스에서 전해온 TV 장면을 보고 또 보았다. 그 장면은 아무리 여러 번 보아도 여전히 끔찍하고, 진짜였다. 나는 아버지에게 전화를 걸었다. “뉴어크가 들고 일어날 거다. 두고 봐라.” 아버지가 말했다. 아버지는 그 말을 몇 번이나 했고, 물론 그 말은 옳았다. 메이는 킹의 위대한 순간들을 담은 텔레비전 특보를 지켜보며 간간이 울기 시작했다. 나는 울지 않았다. 그의 강력한 영향력에도 불구하고, 킹을 한 번도 만나본 적이 없는 내게 그는 늘 멀고 거의 특색 없는 존재로 느껴졌고, 그의 도덕적 자아 개념은 인간이 아닌 산의 스케일을 갖고 있었다. 그래서 그의 죽음은 내게 연민과 슬픔의 눈물을 흘리게 한 게 아니라 불길한 예감과 두려움을 느끼게 했다. 그 입에 담을 수 없는 범죄로 인해 상상도 못할 사회적 재난이 일어날 것만 같았다.

몇 달 후 바비 케네디가 암살당했을 때, 나는 메이와 함께 밤늦게까지 캘리포니아 예비 선거의 여파를 지켜보고 있었던 참이었고, 그가 총에 맞은 걸 몇 초 후에 바로 알게 되었다. 나는 민주당 대선 후보로 나선 유진 매카시를 돕기 위한 광고들에 서명도 하고 그를 후원하는 모임들에도 나갔었지만, 그것과는 무관하게 그전 해 여름에 메이와 함께 마사즈 빈야드에서 케네디와 즐겁게 저녁식사를 한 적이 있었다. 마사즈 빈야드에서 알게 된 케네디의 연설문 작성자 딕 굿윈의 집 저녁식사에 그와 함께 초대되었던 것이다. 케네디는 그날 저녁 에너지와 매력이 넘쳤고, 그 자리에 있던 열 명 중 가장 즐거워 보였다. 그는 옆에 앉은 메이에게 호감을 드러내며 그녀의 클리블랜드 상류층 배경에 대해 물으면서 분명 쾌감을 느끼고 있었고, 식사가 끝날 무렵 내 귀에 들리게 일부러 큰 소리로 이렇게 물었다. "로스 씨는 당신과 결혼할 건가요?" 메이가 웃으며 대답했다. "그건 두고 봐야죠." 그러자 케네디가 내게 프랭클린 루스벨트처럼 독특하고 허세가 담긴 미소를 보내며 물었다. "로스 씨, 이 여인과 결혼할 작정인가요?" "상원의원님, 그건 제가 상원의원님의 주에서 이미 혼인 상태인 아내와 이혼할 수 있는지의 여부에 달려 있습니다." 내 대답에 케네디가 다시 물었다. "그래서 내가 좀 알아봐줬으면 좋겠다—그건가요?" "아니라고는 하지 않겠습니다. 제가 상원의원님의 노고를 헛되이 하지 않으리란 건 굳이 말씀드릴 필요가 없을 겁니다." 그러자 케네디 상원의원은 기분좋게 시가를 빨더니, 그의 입법 관련 보좌관에게 로스 씨가 앨드리지 양과 최대한 빨리 결혼할 수 있도록 이혼할 방법을 찾아보라고 말했다.

그는 인간이 아닌 다른 것의 스케일을 지닌 정치인이 결코 아니었다. 그리하여 그가 암살당하던 날 밤과 그후 며칠간 우리는, 킹의 경우처럼 정의와 사회적 변화를 위한 엄청난 영향력이나 국민의 거대한 불행의 강력한 구현체 혹은 종교적 힘을 지닌 거인이 아니라, 한 경쟁자—활기차고, 불완전하며, 흥분을 잘 하고, 자기중심적이며, 대립적이고, 재능 있는 형제이자 예의바른 만큼 야비할 수도 있는—의 끔찍한 죽음을 목격한 기분이었다. 너무도 노골적으로 야심과 정력을 내보였던 마흔두 살의 소년 같은 정치인을 살해한 건 원기 왕성하고 독립적인 욕구의 주장뿐 아니라 평범한 인간의 희망에 반하는 범죄였고, 마흔여섯 살의 케네디 대통령과 서른아홉 살의 마틴 루서 킹 암살에 이은 것이었기에 가장 단순하고 친숙한 형태의 절망을 불러일으켰다.

마틴 루서 킹과 바비 케네디의 암살 사이에 조시의 끔찍한 죽음이 있었다. 5월의 이른 아침, 그녀가 탄 승용차가 도로에서 벗어나 센트럴파크를 가로지르다가 나무와 가로등 기둥인지 콘크리트 받침대인지를 들이받았고—나와 그 사고에 대해 이야기한 사람들은 정확히 어디에서 어떻게 충돌이 일어났는지 아무도 모르는 듯했다—그녀는 즉사했다. 운전자는 조시의 상사로 일하던 편집자였는데 최근에 그녀를 해고했다고 했다. 그가 흑인이라는 사실을 알게 되자 내가 프린스턴에서 뉴욕 호텔로 옮긴 후 그녀가 한밤중에 전화를 걸어와 술에 취한 목소리로 내가 '깜둥이 여자'와 함께 있다고 시비를 걸던 일이 떠올랐지만, 그렇다고 그녀의 그런 행동이 이해가 된 건 아니었다. 그녀가 소변을 산 임산부도 흑인이었다는 사실도 떠올랐다. 조시가 뉴욕의 호텔 침대에 나와 함께 있을 거라고 상상한 '깜둥이 여자'가 그 임산부는 아니었을까? 그건 피해망상의 신들만이 알 일이다.

그 편집자는 용케 중상을 입지 않고 눈 위에 작은 밴드 하나만 붙인 채 장례식장에 나타났지만, 아직 충격에서 헤어나지 못한 듯 멍한 모습이었다. 서로 소개받았을 때 우리는 악수만 나누고 말았다. 조시의 조문객 대다수—조시와 같은 심리 치료 그룹에 속해 있어서 나의 사디즘의 역사를 훤히 알고 있는—가 혹시 내가 어떤 식으로든 연루된 건 아닐까 의심하고 있을 게 뻔해서 자동차 사고에 대해선 아예 관심을 보이지 않는 것이 최선일 것 같았기 때문이다. 그 편집자 역시 그때나 나중이나 사고 경위에 대해 내게 이야기하고 싶어하는 기미를 보이지 않았다. 사실 장례식에서 악수를 나눈 후로—나의 영원한 결혼을 박살내고 조시와 뉴욕주가 내게 부과한 모든 책임을 소멸시켜주는 도구 역할을 한 그였음에도—나는 다시는 내 해방자를 보거나 그의 소식을 들을 수 없었다.

내가 『그녀가 아름다웠을 때』에서 조시의 죽음을 예측했다는 생각을 품는 건 터무니없는 짓이다. 조시는 루시 넬슨과 완전히 다른 상황에서 죽음을 맞이했으니까. 루시가 격분하여 눈 속에서 얼어죽기로 결심한 반면, 조시의 죽음은 그녀의 의지가 작용하지 않은 사고에 의한 것이었다. 그런데도 『그녀가 아름다웠을 때』가 출간되고 1년이 지난 후 조시가 죽었다는 소식을 들었을 때, 나는 그 책의 결말이 현실과 기괴하게 맞아 떨어진 것에 경악하여 그 자리에서 얼어붙고 말았다. 그 사고에 그녀의 의지가 작용하지 않았다고 믿기도 어려웠던 것이, 1960년 늦봄에 소형 르노 승용차를 몰고 산길을 달려 이탈리아에서 프랑스로 가던 중 그녀와 말다툼이 벌어졌을 때, 그녀가 분을 참지 못하고 운전대를 빼앗아 나와 함께 죽으려고 했던 일을 잊을 수 없었기 때문이었다. 하지만 내가 루시 넬슨에게 부여한 조시의 반항적인 극단성이 실제 상황에서도 파국을 초래했다 한들, 내가 그걸 알 도리는 없었다. 그리고 설령 알았다고 해도 무엇이 달라졌겠는가?

그때 조시의 딸은 열일곱 살이었고, 시카고 지역 기숙학교에서 나와 조시와 함께 뉴욕에서 살며 공립 고등학교에 다니고 있었는데, 그 동네에 살던 내 친구 말에 의하면, 그애가 학교에서 반전 정서를 노골적으로 드러내서 하노이 헬렌으로 불렸다고 했다. 토요일 아침 일찍, 메이의 집에서 돌아와 글을 쓰려고 책상 앞에 앉은 내게 전화를 건 사람이 바로 헬렌이었다. 『남자로서의 나의 삶』의 피터 타르노폴이 거의 동일한 상황에서 그랬던 것처럼, 나 역시 조시가 죽었다는 헬렌의 말을 믿지 않았다. 여전히 나와 다정한 사이인—이제 나는 염려하는 아버지보다는 삼촌 같은 입장이 되었지만—헬렌이 조시의 공모자가 되어 그런 해괴한 거짓말을 꾸며낸다는 건 상상도 못할 일이었음에도, 이미 아내에게 몇 번이나 속은 나는 그 말을 전혀 믿지 않았다. 다음 재판 때 판사의 마음을 흔들어 별거 수당을 올릴 목적으로, 내가 스스로에게 불리한 발언을 하도록 유도해 녹음하려는 술수라는 생각이 들었다. 당시 나는 내 인생에서 사라져주기를 염원하고 기도하던 불구대천의 원수가 자동차 사고로 갑자기 제거되는 기적이 일어날 수 있다는 것 또한 믿지 않았다. 그것도 하고 많은 장소들 중에, 메이와 내가 최근에 수만 명의 군중과 함께 반전 시위를 했고 일요일이면 둘이서 긴 산책을 즐기던 센트럴파크에서 말이다. 전날 밤 내가 한 일이라곤 눈을 감고 잠든 것밖에 없는데 모든 일이 끝났다니. 누가 순진하게 그걸 믿을 수 있겠는가? 만일 그녀가 9년 전 소변을 사려고 홍정을 벌였던 톰킨스스퀘어 공원에서 몽둥이에 맞아 죽었다는 소식을 들었더라면 (미학적 대칭성은 있어도) 믿기가 조금 더 어려웠을 터였다.

나는 헬렌에게 방금 한 말을 천천히 다시 해보라고 했다. 헬렌이 "엄마가 죽었어요"라고 하자, 나는 그 말을 믿지 않고 이렇게 물었다. "그래서 지금 어디 있는데?" 헬렌의 대답은 자기방어적 불신에 빠져 있던 내 혼을 빼놓기에 충분할 만큼 사실적이었다. "시체 안치소에요." 헬렌이 울며 말을 이었다. "필립, 시신 확인 좀 해주세요. 전 못하겠어요!" 나는 몇 분 내로 웨스트 20번가에 있는 조시의 아파트로 달려갔고, 조시의 친한 친구 하나가 헬렌 곁을 지켜주고 있었다. 내가 처음 가본 그 아파트에는 우리가 결혼생활을 하며 모은 온갖 친숙한 물건들이 흩어져 있었다. 대부분이 우리가 구겐하임 기금으로 이탈리아에서 1년 동안 살면서 산 저렴한 미술 소품들이었다. 나는 책꽂이들에서 눈을 뗄 수가 없었다. 조시와 나는 판사 앞에서 책들의 소유권을 두고 매우 감정적인 논쟁을 벌였고, 판사의 현명한 판단에 따라 내가 대학원에 다닐 때 권당 25센트에 산 중고 모던 라이브러리 소설들을 똑같이 반씩 나누어 갖게 되었다. 그 책들에 대해 (거의) 잊고 있다가 거실 책꽂이에 있는 내 책 두어 권을 보자 기억이 되살아났고, 조시의 친구가 와 있고 헬렌이 분명 고통스러워하고 있는데도, 조시가 심해도 너무 심하고 엽기적인 술수를 쓰고 있는 것이니 말조심을 하는 게 좋을 것 같다는 생각이 다시 고개를 들었다. 나는 충격에 빠진 상태였지만, 그녀가 죽지 않았고, 지금 자신의 변호사와 함께, 어쩌면 판사까지 불러서 방문 뒤에 쪼그려

앉아 있을 거라는 믿음을 버리지 않았다. 재판장님, 그가 얼마나 좋아하는지 보이시죠? 우리가 말씀드린 그대로죠? 비정한 인간이라고요!

내가 죽이지 않았는데 그녀가 어떻게 죽을 수 있단 말인가?

헬렌이 내게 시체 안치소에 가줄 수 있는지 물었다. 나는 시신 확인은 내가 할 일이 아니고 헬렌이나 나 말고도 그 일을 해줄 사람은 많다고, 하지만 원한다면 장례 준비는 맡아줄 수 있다고 말했다. 잠시 후 나는 매디슨과 81번가에 위치한 프랭크 캠벨 장례식장으로 향했다. 당시 나는 뉴욕에서 택시를 타지 않고 도심 전철역까지 걸어다니곤 했는데, 이제 조시와 수입을 나누지 않아도 되니까 그렇게 절약해서 살 필요가 없다는 생각이 들었다. 그러니까 조시를 매장하기 위해 장례식장에 갈 때 택시를 탄 것이 그녀와의 결혼생활 종료에 따른 첫 가시적 결과였다.

토요일 오전에 웨스트 20번가에서 장례식장까지는 십 분 정도밖에 안 걸렸다. 장례식장 앞에서 택시비를 내자 기사가 내게 미소를 보내며 말했다. “좋은 소식 들으셨나봐요?” 나는 그 말을 듣고 간담이 서늘해졌지만, 나중에 생각해보니 휘파람을 참지 못하는 집 아들답게 택시를 타고 가는 내내 휘파람을 분 모양이었다. 그게 아니면 택시기사가 어떻게 그걸 알았겠는가?

조시가 죽으면 유대교식 장례를 치르고 싶다고 헬렌에게 말했다고 해서 나는 유대교식 장례로 준비했다. 장의사 사무실에 랍비와 함께 앉아 랍비가 장례식에서 낭송할 시편을 고르고 있자니, 특히 그가 나를 유대인들에게 위협이 되는 존재로 여긴다고 공표한 뉴욕 랍비들 중 하나였기에(그것 역시 조시가 아직 치러야 할 소송이 남아 있는 상태에서 세상을 뜬 것 못지않게 불가해한 일이었다), 달콤한 기분이 들었다. 나는 장례식에서 야물커* 까지 쓰진 않았지만, 랍비가 그걸 쓰라고 요구했다면 고인의 믿음을 존중하는 의미에서 나의 세속적 신념을 저버렸을 수도 있었다. 나는 관을 볼 때 조시에게 말했다. "당신이 죽었으니 내가 당신을 죽일 필요가 없군." 그러자 고인이 된 유대인이 대꾸했다. "마젤 토브."** 내가 조시를 대신해 한 대꾸였다. 내가 대신 대꾸한 건 그녀가 다시는 내게 대꾸할 수 없고, 나도 그녀나 그녀의 소환장에 답할 필요가 없게 되었기 때문이었다. 소설 밖에서는 말이다. 그녀는 죽었고, 그건 내가 한 짓이 아니었다. 하지만 내가 스스로에게서 분노라는 오염을 제거하고, 모든 걸 멋대로 휘두르는 조시의 증오에 끌려다니는 대신 그걸 객관적 주제로 활용하는 법을 발견하게 된 건 수년간의 불운한 실험을 거친 후

* 유대인 남자들이 정수리에 쓰는 작고 동글납작한 모자.

** Mazel tov. 이디시어로 축하한다는 뜻.

였다. 『남자로서의 나의 삶』은, 집필 과정의 고난을 고려하면 내가 그녀에게 하는 복수가 아니라 그녀가 내게 하는 복수였다. 시작부터 잘못되어 처음으로 돌아가기 일쑤였고, 수년 동안 이어진 집필 기간 동안 의지가 꺾이기 직전에 이르기도 했다. 하지만 그 작품을 쓰는 것보다 더 끔찍한 일이 하나 있다면, 그 결혼을 견뎌내고도 나 자신에게서 독립한 말솜씨 좋은 존재가 그걸 소설로 재탄생시킬 방법을 찾지 못하는 것일 터였다.

사실 헬렌과 그 아이의 남동생 도널드—당시 열여덟 살로 시카고 기숙학교 졸업반이었으며 자신의 아버지, 그리고 아버지의 고모와 함께 시카고에서 비행기를 타고 장례식에 왔던—에 대한 책임감이 남아 있지 않았더라면, 나는 캠벨의 장례식장에 참석하는 걸 지독히 부적절한 일로 여겼을 것이다. 거기 있는 사람들에게 내가 비정한 인간이 아님을 증명하고 싶어서 온 것처럼 보일 걸 차치하고라도 말이다. 조시는 1956년에 시카고에서 나와 헤어진 후로 나에 대해 비정한 인간이라고 말해왔는데, 그녀가 서른아홉에 세상을 떠난 것에 대해 내가 느낀 건 무한한 안도감뿐이었으니, 파렴치하고 인정머리 없는 괴물을 짝으로 두어야 직성이 풀리는 그녀의 뿌리깊은 욕구가 마침내 실현된 셈이었다.

헬렌과 도널드는 나와 그들의 아버지 사이에 앉았는데, 소도시 라디오방송국 엔지니어인 조시의 첫 남편은 1940년대 중반에 군복무를 마치고 돌아와 고등학생인 조시와 데이트를 시작했다고 했다. 그는 장례식에서 내게 무척이나 정중한 태도를 보였지만 그가 날 좋아할 이유는 없었다. 내가 1960년 가을에 조시와 함께 로마에서 돌아와, 조시의 전남편과 그의 새 아내와 함께 사는 것으로 되어 있었던 조시의 두 자녀가 일리노이 남부 교외의 주거단지에서 아버지와 셋이서만—새엄마는 우리가 해외에 있는 동안 떠난 모양이었다—살고 있는 걸 발견하고 법정에서 도덕적 열정을 뿜어내며 그를 몰아세웠기 때문이었다. 조시가 그 법정 싸움을 벌인 목적은 아이들에 대한 부분적 양육권을 되찾고, 도널드를 사립 기숙학교에 보내고(나도 비용을 보탤 생각이었다), 헬렌을 내가 대학에서 작가 창작 교실 강의를 맡게 된 아이오와시티로 데려와 함께 살기 위해서였다.

나는 그 법정 싸움에 모든 에너지와 얼마 안 되는 현금을 쏟아부었다. 시카고에 있는 변호사에게 전화나 편지로 빈번히 연락을 취해 재판 내용을 점검하고, 휴일과 주말에 아이들이 아이오와시티로 오면 그들이 새 계획들—그들의 아버지가 완강하게 반대하는—에 대해 자신감을 얻도록 도와주었다. 아이들이 롱아일랜드 아마겐셋에서 우리와 함께 여름을 보낼 수 있도록 준비를 해두기도 했다. 나는 그런 조처들이 학교에서 많이 뒤처져 있는데다 또다시 결혼의 파탄을 목격해야 하는 헬렌과 도널드에게 도움이 되리라 생각했고, 아이들이 잘사는 걸 보면 조시의 지독한 절박감도 그럭저럭 누그러질 수 있으리라 기대했다. 그건 강하고 조화로운 결혼에서는 아무리 어려워도 자연스럽게 나올 수 있는 구조 활동이었지만, 이미 시작 전부터 구제불능이었던 우리의 결혼에서 조시의 불행한 자녀들의 딱한 처지는 맨 처음 조시와 나를 묶어준 힘을 재집결시키는 구실을 할 뿐이었다. 조시의 혼란스럽고 감정적인 과거의 잔해가 다시금 나의 불가해하고 당혹스럽기 짝이 없는 의무감을 발동시킨 것이다.

1975년, 중서부 어느 도시의 유대인 신문사 기자가 나의 '의붓아들'—'아버지 포트노이: 의붓아버지로서의 필립 로스'라는 제목의 그 긴 기사에서 도널드는 오해의 소지가 다분한 그런 호칭으로 불리고 있었다—이 기혼의 젊은 트럭기사로 노동자 계층의 동네에 살고 있다는 사실을 밝혀냈다. 그 기사에서 도널드는 활발하고 웃기 좋은 젊은이로, 사회 문제들에 관심이 있고 훌륭한 주민조직가의 소양인 솔직함과 사교성을 지니고 있으며 실제로 여가 시간에 주민 조직가로 활동하고 있는 인물로 소개되었다. 도널드는 내가 자신에게 다정하면서도 끊임없이 무언가를 가르치려 했고 나와의 관계가 '긍정적인' 것이었다고 정확히 회고했다. "그때 필립을 만나 긍정적인 영향을 받지 못했다면 지금 전 감옥에 있을지도 모르겠다는 말을 꼭 해야겠습니다." 도널드는 내가 책을 주면서 읽으라고 한 것, 어느 해 여름엔 입학 시험 공부를 시켜준 것, 자신이 아무 생각 없이 제2차세계대전에서의 나치와 유대인들의 관계에 대해 어린애 같은(내 귀엔 거슬렸을) 잘못된 정보를 말하자 기본적인 유럽 역사를 조금 가르쳐주기도 했던 것을 기억하고 있었다. 그가 잊은 한 가지 중요한 사실은 조시의 장례식과 관계된 것이었는데, 그는 내가 장례식에 참석했느냐는 기자의 질문에 참석하지 않았다고 대답했다.

사실 나는 장례식에서 도널드와 한 자리 건너에 앉아 있었고, 장례식 다음날 그를 빌트모어 호텔에 데려가 아침식사를 사주며 그의 대학 진학 계획에 대해 이야기를 나누었다. 도널드는 그날 아버지와 함께 비행기를 타고 돌아갔고 그후론 한 번도 만난 적이 없었는데, 그 꼬치꼬치 캐기 좋아하는 기자가 포트노이의 의붓아들과의 인터뷰 기사와 함께 "기사에서 제기된 문제들에 대한 의사를 표명할" 기회를 주겠다는 내용의 편지를 보내왔다. 그 기사에는 〈데일리 뉴스〉에 실렸던, 1964년 별거 절차가 진행되던 중 뉴욕 대법원 건물에서 찍힌 조시와 나의 사진들이 다시 실려 있었고, 콧수염을 기르고 모자를 쓴 모습으로 자신의 픽업트럭 운전석에 앉아 있는 이십대 후반의 도널드의 사진도 있었다.

장례식 다음날 도널드와 아침을 먹은 후, 나는 킵스베이에 있는 내 아파트로—헬렌의 전화 때문에 중단된 원고 작업으로—

돌아가기 전에 센트럴파크까지 걸어가서 조시가 충돌 사고로 죽은 현장을 찾아보았다. 눈부신 봄날 아침이었고, 나는 근처 잔디밭에 한 시간 가까이 앉아 고개를 들고 얼굴에 정면으로 햇살을 받았다. 좋든 싫든, 그게 내가 한 일이었다. 살아 있는 육신에 햇살을 받으며 기쁨을 만끽하는 것. '그녀는 죽었고 네가 그런 게 아니었다.' 내게 그 사건은 그 한마디로 요약되었다. 나는 조시와의 진저리나는 악연이 끝나려면 우리 둘 중 하나가 죽어야만 한다고 생각하며 살아왔으니까.

그녀의 장례식이 끝나고 며칠 만에, 사실상 하룻밤 사이에, 나는 야도에 체류하기 위한 수속을 밟았다. 새러토가스프링스에 있는 예술인 마을 야도는 내가 학기와 학기 사이나 여름에 장기간 글을 쓰기 위해 자주 찾던 곳으로, 특히 메이를 만나기 전, 맨해튼에 갓 돌아와 요란하게 꾸며진 재임대 아파트에 홀로 살면서 별거 수당 전쟁을 치르느라 다른 것에는 거의 집중할 수 없을 때 많이 이용한 곳이었다. 내겐 포트오소리티 버스 터미널에서 버스를 타는 것이 맨해튼을 떠나 안전한 피난처인 야도로 가는 것의 은밀하고 만족스러운 의식의 한 부분이었기에, 뉴욕에서 택시를 타고 다니는 여유를 부릴 수 있게 된 걸 생각하면 차를 렌트하는 게 어울렸음에도 난 헌옷을 입고 버스 터미널로 가서 북쪽으로 가는 애디론댁행 버스를 탔고, 고속도로를 달리는 긴 여정 동안 내 책 마지막 두 장의 초고를 다시 읽었다. 야도에는 다른 예술가들이 일고여덟 명밖에 되지 않았고 그곳에서 나의 상상력은 뜨겁게 타올랐다. 나는 한적한 산비탈 오두막에서 하루 열두 시간에서 열네 시간씩 꾸준히 글을 써서 책을 완성한 다음 불멸의 존재라도 된 듯 의기양양한 기분으로 버스를 타고 돌아왔다.

로스가의 생명을 노리는 복막염은 나를 죽이는 데 실패했고, 조시가 죽었는데 내가 죽인 게 아니었으며, 그 충만함이나 의도가 전작들과는 다른 네번째 책이 격정적인 작업 끝에 완성되었다. 나 자신의 흥분되고 반쯤 꾸며낸 분석적 독백으로 시작되었던 작품이, 성스럽지 못한 삼위일체인 아버지, 어머니, 유대인 아들에 대한 익살맞은 허구에 의한 점증적 과장과 묘하게 전설적인 위상을 통해 나에게서 점점 더 멀리 벗어나 점차 본격적인 희극적 역逆분석으로 변모한 것이다. 그 이야기는 나의 개인적인 고난이라고 할 수는 없을지라도, 진짜 사건들과 사람들에 얽매이지 않았기에 나 자신의 분석보다 더 재미있고, 생생하고, 보기 좋을 수 있었다. 그리고 내가 유대인이라는 것이나 가족으로부터의 '해방'(『포트노이의 불평』을 보고 작가가 유대인과 가족 둘 다와 사이가 좋지 않을 거라고 확신한 많은 독자들이 예측한 대로)보다는 견습 작가의 문학적 귀감들, 그중에서도 특히 대학원에서 접한 경탄할 만한 권위자 헨리 제임스—그의 『여인의 초상』은 『자유를 찾아서』를 처음 쓸 때 사실상 내 안내서 노릇을 했고, 『그녀가 아름다웠을 때』의 등장인물들을 관찰할 높은 자리를 찾고 있을 때는 소도시 여자의 끔찍한 망상을 초연한 아이러니로 다룬 플로베르를 본받기 위해 집요하게 『보바리 부인』을 뒤졌다—로부터의 독립에 관계된 책이었다.

나는 야도의 오두막에서 그 수다스러운 책의 마지막 말을, 필사적으로 광대짓을 하는 내담자를 치료하는 조용한 정신분석가에게 맡겼다. 그 한 줄은 내담자의 점잖지 못하고 헨리 제임스적이지 않은 자유 서술에 미심쩍은 태도로 권위자의 봉인을 찍는 것일 뿐 아니라, 나 자신을 위한 부차적이고 보다 개인적인 아이러니를 담은 희망에 찬 지시이자 축하 메시지이기도 했다. "자(의사가 말했다), 이제 스을슬 이야기를 시작해볼까요. 예?"

내가 맨해튼으로 돌아가자 당시 내 대리인이었던 캔디다 도나디오가 랜덤하우스 사장 베넷 서프와 전화 통화를 했고, 몇 시간 만에 선인세 25만 달러를 보장해주는 계약 조건에 우리 모두가 동의했다. 나는 캔디다에게 10퍼센트를 준 다음 (비지땀을 흘리며 수표를 써서) 뉴욕주 뉴욕시와 국세청에 낼 분기별 세금으로 회계사에게 70퍼센트를 줬지만, 그러고도 내 계좌엔 내 평생 거기 들어 있었던 가장 큰 금액보다 백배는 많은 돈이 남아 있었다. 이튿날까지 나는 부지런히 수표를 휘갈겨 써서 8천 달러쯤 되는 빚을 청산하고, 메이와 함께 영국으로 가기 위해 호화 여객선 프랑스호 일등석 티켓 두 장을 끊었다. 우리는 런던에 아파트 하나를 빌려 여름을 보내면서 그곳에서 차를 몰고 영국의 대성당들과 시골을 구경할 계획이었다. 메이가 배에서 캐비어를 먹으려면 턱시도가 필요할 거라고 해서 그녀와 함께 17번가에 있는 고급화되기 전의 바니스 백화점으로 가 턱시도를 한 벌 샀다. 내가 턱시도를 입어보자 메이는 미소를 지으며 반쯤 진심을 담아서 말했다. "그걸 입으면 클리블랜드에 데려갈 수 있겠는데." 그래서 내가 응수했다. "그럼, 컨트리클럽에서 다들 우리에게 감탄할걸. 특히 나의 보잘것없는 책이 나온 후에는." 메이가 나를 클리블랜드로 데려가겠다고 말한 건 그때가 처음이자 마지막이었다.

항해는 즐거운 가면무도회 같았고, 배에서 발간하는 잡지에 야회복 차림의 메이와 내 사진이 '필립 로스 부부'라는 이름으로 실려서 그런 기분을 한층 고조시켰다. 배에서 내려 런던으로 가서 리츠 호텔 스위트룸에 묵으며 아파트를 알아보기 시작했을 때에야 마음의 동요가 시작되었다. 영국 출판사 주선으로 젊고 매력적인 영국 기자와 인터뷰를 하게 되었는데, 내가 남은 오후 시간을 호텔에서 함께 보내자고 제안하자 그녀는 우아하게 거절

했다. 나는 유명 양복점 세 군데에서 필요하지도 않은 양복 대여섯 벌을 맞추느라 사람을 멍청하게 만드는 가봉 과정을 끝도 없이 거쳤는데 결국 그 양복들은 잘 맞지도 않았다. 우리는 유명한 옛 마을들을 구경하러 다니고, 유서 깊은 앵글로색슨 교회들을 찾아내고, 빌린 아파트의 커다란 침실 거울 앞에서 사랑을 나눴는데, 거울 속 장면은 옛 마을들이나 유서 깊은 교회들과 마찬가지로 나의 흥미를 끌지 못했다. 나는 영국 텔레비전으로 데일리 시장의 경찰이 이피*들과 다른 집회 참가자들을 붙잡기 위해 시카고의 거리들로 밀려드는 광경을 지켜보며, 내 소설과 삶에 생기를 불어넣는 1960년대 미국의 격류가 마침내 끓어넘치고 있는 지금 나는 해외에서 쓸데없이 빈둥거리며 뭘 하고 있는 걸까 의구심을 품었다. 어느 날 아침에는 아무런 할일이 없어서 커즌 스트리트를 배회하다가 중국인 콜걸을 발견했다. 그다음에 메이와 함께 솔즈베리 대성당을 보러 갔으나, 유행에 따르느라 사타구니 부분을 너무 타이트하게 맞춘 양복바지를 재가봉하기 위해 런던을 벗어나다가 더기 헤이워드의 고급 양복점에 들러야 했다.

만일 내가 메이와 마사즈 빈야드의 뒷골목에 있는 평범한 집을 빌려서 그 쾌적하고 친근한 섬의 경계 안에서 소중한 친구들

---

* 1960년대 후반 미국의 반전주의 청년 그룹.

과 더불어 여름을 보냈더라면, 그리하여 대대적인 변화들이 내 안으로 천천히 흘러들게 했더라면, 무의미하기 짝이 없는 개인적 격동을, 새로 태어날 것 같은 기분을 느끼는 사람의 격변을 겪지 않아도 되었을 것이다. 프랑스호와 리츠 호텔에서의 사치와 힐튼 호텔에서 자그마한 홍콩 매춘부와 보낸 한 시간은, 설령 상징적으로 적절하고 당시엔 즐거웠다 하더라도, 내 네메시스의 놀라운 소멸과 족쇄와도 같던 결혼의 격한 파경, 그리고 마침내 임박한 나만의 확실한 스타일과 주제가 담긴 책의 대대적 규모의 출간이 약속하는 듯한 개인적 부활의 가능성과 큰 관련이 없었다. 나는 그 여름에 영국에서, 조시의 강요에 무력한 분노만을 느끼던 시절에는 내게 결연함과 끈기를 다지게 해주고 소설가로서 진 빠지는 시행착오를 겪을 때에는 미개발의 자원들로 이끌어준 구속의 단단한 껍데기에 무의미한 칼자국만 내고 있었다.

9월이 되어 미국으로 돌아왔을 때 나는 완전히 혼자 살 결심을 굳힌 상태였다. 이제 고故 케네디 상원의원의 주에서 메이와(내가 선택한 다른 누구와도) 결혼할 수 있게 되었지만 결혼이라는 것 자체를 견딜 수가 없었다. 다른 것도 아니고 결혼 증서에 곧바로 다시 속박되고 싶진 않았다. 메이가 결혼생활 안에서나 밖에서나 조시처럼 행동할 가능성이 조금도 없다는 사실은 문제조차 되지 않았다. 수년간의 법적 싸움을 통해 배운 것, 즉 내가 누구에게, 어떤 방식으로, 얼마나 오래 가장 깊이 헌신해야 하는지를 결정할 권리를 다시는 절대로 국가와 사법부에게 맡겨선 안 된다는 교훈을 하룻밤 사이에 잊을 순 없었으니까. 다시금 궁극적으로 국가와 사법부의 권위 있는 징벌 시스템에 종속되는 남편이 된다는 건 상상할 수도 없었고, 진짜 아버지 역할의 경험이라고는 조시의 아이들이 글자를 배울 수 있도록 도와주는 임시 교사 노릇을 한 게 전부였을지라도 국가와 사법부 관할하의 아버지 역시 될 수 없을 것 같았다. 소환장, 진술, 법정 심문, 재산 분쟁, 신문 보도, 법적 청구서—이 모든 것들이 너무도 고통스럽고 너무도 수치스럽고 너무도 오래 지속되어서 다시는 자발적으로 그 도덕적 박약자들의 노리개가 될 수 없었다. 게다가 그동안 결혼생활이 남긴 증오를 치유해주었던 메이 앨드리지의 사랑과 의리에도 더는 얽매이고 싶지 않았다. 나는 완전하게 독립적이고 자족적인 남자가 될 결심이었다. 다시 말해, 1956년 가을의 어느 저녁, 성공한 신입생 작문 강사가 새로 산 브룩스 브라더스 양복을 입고—자신이 시카고의 거리에서 어린애가 둘이나 딸린 소도시 출신의 금발 이혼녀를, 대학원 시절에 치즈버거 나르는 걸 본 적이 있는 무일푼의 전직 웨이트리스를, 미국의 전형적인 여자 같으면서 자신의 배경을 등졌다는 점이 마음을 끄는 여자를 쉽게 꼬드겨 자기 인생을 걸게 될 수도 있음을 전혀 모르는 채—즐겁게 앞으로 나아가도록 만든 그 신명나고 모험적인 자유의 기분을, 그로부터 12년이 지난 후 서른다섯 살의 나이에 되찾을 결심이었다.

로스에게,

원고를 두 번 읽었네. 자네가 요청한 솔직한 대답을 해주지. 출간하지 말게—자네 자신의 삶을 "정확하게" 보고하는 것보다는 나에 대해 쓴 글이 훨씬 나으니까. 자네가 스스로를 주제로 삼은 것이 단지 내게 싫증이 나서가 아니라, 자네가 자신의 전기에서 벗어나 있으면서도 그 위기들과 주제들, 긴장들, 놀람들을 활용할 수 있도록 만들어주었던 나의 효용 가치가 사라졌다고 믿기 때문이기도 하다고 볼 수 있을까? 글쎄, 내가 방금 읽은 걸 근거로 내 의견을 말하자면, 내가 자네를 필요로 하듯—그건 부인할 수 없는 사실이지—자네에게도 아직은 내가 필요하네. 내가 그동안 독립적 존재가 된 듯한 환상을 아무리 많이 품어왔다 해도 어떤 것이 '나의' 것이라고 말하는 건 우스꽝스러운 짓이겠지. 자네가 내게 빚진 것이라곤 마음대로 글을 쓸 자유밖에 없는 반면, 나는 자네에게 모든 걸 빚지고 있네. 나는 자네의 허용이고, 무분별함이며, 폭로의 열쇠지. 지금 난 그걸 그 어느 때보다 잘 알고 있다네.

자네가 소설 속에서 말하기로 선택한 건 아무것도 허구화되지 않을 때 말할 수 있는 것과 다르고, 이 책에서 자네는 자신이 가장 잘 말할 수 있는 걸 말할 수 있도록 허용되지 않네. 친절하고, 신중하고, 조심스럽게—사람들의 감정을 상하게 만드는 것이 염려되어 그들의 이름을 바꾸면서—이야기하는 것, 아니, 그건 가장 흥미로운 자네가 아니라네. 소설 속에서 자네는 직접적인 고통을 야기하는 것에 대한 염려에서 벗어나 훨씬 더 진실할 수 있지. 자네가 여기서 솔직함이라고 내세우는 것이 내겐 일곱 베일의 춤*처럼 보이네. 무언가 빠진 것에 대한 암호를 적어놓은 것 같단 말일세. 억제가 특정한 것들에 대해 말하기를 꺼리는 형태로 나타날뿐 아니라 그것만큼 실망스러운 속도의 늦춤, 폭발에 대한 거부, 보통 내가 자네와 결부짓는 날카롭고 격정적인 순

* 성경에서 살로메가 헤롯왕 앞에서 춘 춤.

간에 대한 단념으로도 나타나지.

성격 묘사로 말할 것 같으면, 로스 자네는 자네의 모든 주인공들 중 가장 불완전하게 묘사되었네. 자네의 재능은 자기 경험을 개인화하는 게 아니라 의인화하는 것, 자신이 아닌 인물을 내세워 그것을 구현하는 것에 있지. 자넨 자서전 작가가 아니라 의인화 작가라네. 자넨 대부분의 동시대 미국인들과 반대의 경험을 갖고 있지. 자네의 경우엔 사실들에 대한 앎, 사실들에 대한 감각이 소설에 대한 이해와 소설에 대한 직관적 고찰보다 훨씬 덜 발달되어 있네. 현실 세계보다 훨씬 흥미진진한 허구의 세계를 만들어내지. 내가 짐작하기에 자넨 자신의 변형變形들에 대해 너무 많이 쓰다보니 진짜 자네가 어떤 사람이고 과거엔 어떤 사람이었는지 더이상 알지 못하는 것 같네. 이제 자네는 걸어다니는 원본이 된 거지.

여기 서술된 자네의 교육사—세상으로 나가고, 좁은 무대를 떠나고, 머리에 지식을 때려박는—가 나의 교양소설에 서술된 것보다 더 조밀하거나 파란만장한 것 같진 않네. 물론 결혼의 시련은 제외하고 말일세. 자넨 그런 경험이 결국 나의 불운한 전임자 타르노폴의 운명이 될 것임을 지적하고 있고 그 점에 대해서는 감사한 마음을 이루 다 표현할 수 없네만, 나의 글에 대한 유대인들의 반대에 관해서는 자네의 경우처럼 나도 직업 때문에 가족과 맞설 일이 없었더라면 좋았을 것이란 생각이 드네.

자신이 쓴 글 때문에 죽어가는 아버지와 의절하는 기분이 어떨지에 대해 자네가 진짜로 아는지 궁금하군. 단언컨대, 그건 예시바 대학 고문대에 백 일 밤을 묶여 있는 것보다도 더 고통스러운 일이네. 나에 대한 아버지의 책망은 분명 자네에게 유대인 임종 장면에서 자네가 할 수 있는 건 다 해볼 기회를 제공했을 테고, 그건 자네 같은 기질을 가진 사람에겐 도저히 거부할 수 없는 유혹이었겠지. 그럼에도 불구하고, 자네 부친께서 자네의 첫 단편소설들에 열렬한 애정을 보이고 그것들이 책으로 출간되었을 때 자랑스러워했다는 사실을 알게 되니, 이게 부적절한 감정이건 아니건, 부럽기도 하고 속고 이용당한 기분이 드는 게 사실이네. 자네 같으면 안 그렇겠는가? 자네 같으면 만일 조시가 예술적인 이유로 자네에게 고통을 준 것이라면, 자네가 자네 것도 아닌 소설에 필요하다는 이유만으로 그런 불행을 겪은 것이라면 최소한 조금이라도 심기가 불편해지지 않겠는가? 자넨 분개할 걸세. 조시가 뜬금없이 자네에게 비난을 퍼붓는다고 생각할 때 분개했던 것보다 더.

하지만 나는 자네가 만들어놓은 대로—그 무엇보다도, 부모의 지지를 받지 못하는 젊은 작가로—영원히 고정되어 있네. 자네가 여기에 그려진 그런 인물이 맞는지는 다른 문제이고 얼마간의 조사가 필요하지. 작가가 소설에 드러내는 건 근본적으로 미학적인 동기의 지배를 받고, 소설가를 평가할 때 우리는 그 혹은 그녀가 이야기를 얼마나 잘하는지를 기준으로 삼네. 하지만 자서전 작가에게는 도덕적 평가를 내리고, 자서전 작가의 지배적 동기는 미학적인 것과 대조되는 윤리적인 것이지. 서술이 얼마나 진실에 가까운가? 자신의 동기를 숨기고 있는 작가가 자기 행동과 생각을 제시하는 것은 상황의 본질을 드러내기 위함인가, 아니면 말하지 않기 위해 말하는 식으로 무언가를 감추기 위함인가? 어찌 보면 말하지 않기 위해 말하는 건 우리가 늘 하는 일이라고 할 수 있지만, 개인 사가史家는 위조하고 왜곡하고 부인하고 싶은 평범한 충동에 최대한 저항해야 마땅하지. 여기 있는 자네는 진짜 '자네'인가 아니면 쉰다섯 살의 자네가 독자들에게 보이고 싶은 모습인가? 자네는 편지에서 이 책이 자네가 "무의식적으로" 쓴 첫 작품인 것처럼 느껴진다고 말하고 있네. 그렇다면 『사실들』이 무의식적인 소설 작품이란 뜻인가? 자넨 이 작품의 소설적 기법들에 대해 알지 못하고 있는 건가? 이 작품에서 이루어진 배제들을, 이 작품의 선택적 특성을, 사실 대면자의 자세를 생각해보게. 이 모든 조작은 진실로 무의식적인 것인가, 아니면 무의식적인 것처럼 꾸민 것인가?

나는 이 책의 출간을 반대하지만 자네의 계획은 이해할 수 있을 듯하네. 자네가 무언가에 대항하며 속해 있는 상이한 영역들에 대해 다루고 있는 다소 독립적인 에세이들에서 자네는 자기 소설에 성격을 부여한 자네의 젊은 시절의 영향력들을 회고하고, 실제 삶에서 일어나는 일과 자네가 그것에 대해 쓸 때 일어나는 일의 관계에 대해—그 둘이 가끔은 얼마나 가깝고 가끔은 얼마나 먼지에 대해 숙고하기도 하지. 자넨 다음 세 가지의 것들에서 자신의 글이 나온다고 보고 있네. 첫째, 위퀘이크 유대인 동네에서 더 큰 미국 사회로의 여정. 자네 부모님 세대에게 미국인이 되는 건 늘 어려움이 따르는 일이었고, 자넨 자신과 과거 세대의 차이—젊은 제임스 존스*의 예술적 성장에서는 하나의 요인으로 작용하지 않았을—를 감지했네. 자넨 하나의 민족 집단에서 발생하는 선택들에 직면한 인간의 자의식을 모두 갖게 되었지. 미국의 일부가 되어가는 것에 대한 의식은 갖가지 방식으로 자네의 성격에 통합되었네. 둘째, 조시와의 관계와 거기서 유발된 남자로서의 심약함에 대한 자의식으로 인한 지독한 격변. 그리고 세번째는 소년 시절에 겪은 제2차세계대전에서 시작되어 비유대적 뉴어크, 대도시의 삶으로 이어지다가 베트남전 반전 운동이 거셌던 격동의 1960년대 뉴욕에서 절정을 이루

* 『지상에서 영원으로』를 쓴 비유대인 작가.

는, 더 넓은 세상에 대한 자네의 반응이 아닐까 하네. 이 책 전체가 이 세 가지 영향력이 교차하며 『포트노이의 불평』을 만들어내는 지점으로 이어지고 있는 듯하네. 자네는 일련의 안전한 집단들—가정, 동네, 남학생 사교 클럽, 버크넬—에서 벗어나고 심지어 위대한 게일 밀먼의 마력까지 떨쳐내며 '벗어난' 삶이 어떤지 발견하려 하지. 물론 자네는 그 벗어난 곳이 어디인지 우리에게 보여주지만 자네를 그곳으로 몰아간 것에 대해서는 대부분 입을 다물지. 자네 자신도 그걸 모르거나 나를 앞에 내세우지 않고는 그것에 대해 이야기할 수 없으니까.

자네는 마음속으로 자신이 누구인지에 대한 공식을 만들어냈고 여기 그게 있는 것 같네. 아주 훌륭해—그런데 분투는, 분투하는 자네는 어디 있는 거지? 레슬리 스트리트에서 뉴어크 러트거스로, 버크넬로, 시카고로 가는 것, 유대인의 정체성을 종교적 의미에서는 버리고 민족적 의미에서는 간직하는 것, 비유대인들의 미국이 지닌 가능성들에 이끌려 다른 사람들이 가진 자유는 자신도 다 갖고 있다고 느끼는 것은 어쩌면 쉬운 일이었겠지. 그건 20세기 미국의 에너지—소수민족 가족으로부터 나오고 그다음에 학교에 의해 만들어지는—에 관한 고전적 이야기들 중 하나라고 할 수 있어. 하지만 난 자네가 모든 걸 말하고 있는 건 아니라는 느낌을 떨쳐버릴 수가 없네. 분투가 없다면, 내겐 필립 로스처럼 보이지 않으니까. 그건 거의 아무나일 수 있으니까.

이 책의 도입부에는 애정 가득한 관대함이 넘치는데, 내겐 그 화해의 어조가 수상쩍을 만큼 터무니없고 자네가 평상시에 하던 것과 너무도 다르게 느껴지네. 그래서 어느 시점에서는 이 책 제목이 '굿바이 착하게 자유를 찾아서Goodbye Letting Go Being Good'*가 되어야만 한다고 생각했지. 여기 그려진 따뜻하고 안락한 가정이 『포트노이의 불평』을 쓴 작가를 길러냈다는 걸 믿어야 할까? 그건 논리에 잘 맞지 않지만, 다시 생각해보면 창작은 논리적인 게 아니지. 내가 이 책의 프롤로그를 좋아하지 않는다는 걸 솔직하게 말해도 될까? 열심히 살아온 양심적이고 단호한 아버지에 대한 부드럽고 고결하며 공손한 헌사—어찌 내가 그것에 반대할 수 있겠는가? 자네가 이 여든여섯 살의 노인에 대한 애정에 눈물을 글썽이며 당혹스러워하는 자신을 발견한 것에 대해서도 마찬가지지. 그건 우리 모두가 가족과 관련하여 맞닥뜨리게 되는 믿을 수 없는 드라마니까. 죽음을 향해 나아가는 아버지의 용맹함과 고통에 한없이 마음이 물러지고 관대해진 자네는 이 모든 회고들이 그 근원에서 흘러나온 것처럼 여기지. 그리고

* 필립 로스의 소설 『굿바이, 콜럼버스』 『자유를 찾아서』 『그녀가 아름다웠을 때』를 짜깁기한 것.

어머니에 대한 동물적 사랑을 이야기한 마지막 단락은? 아주 아름답지. 자네의 유대인 독자들은 지난 30년간 자네에게 듣고 싶었던 걸 여기서 비로소 발견하게 되겠지. 자네 부모님이 그들을 사랑하는 착한 아들을 두었다는 것을 말일세. 그에 못지않게 칭찬할 만하고 부모님에 대한 사랑의 고백과 일맥상통하는 건, 멱살잡이를 하고 싸우는 유대인들에 대해서만 쓰는 대신 비유대인들의 반유대주의를 발견하고 가끔 그걸 보여준다는 점이지.

물론 모든 것들이, 설령 독자들에겐 안 그럴지라도, 거기 있었고 줄곧 명백했지만, 그들이 필요로 하는 건 그저, 자네가 사실들에서 상상력을 분리시키고 그것들에 잠재된 드라마적 에너지를 버리는 것이지. 하지만 그토록 오래 자네에게 기여해온 상상력을 왜 억눌러야 하지? 그건 지독한 절제력이 필요한 일임을 내가 아는데, 형제여, 왜 그래야 하나? 특히, 많은 독자들이 소설의 사실적 토대에 이르고자 상상력을 벗겨내는 일에만 관심을 갖는 경우가 빈번한 때에 말일세. 어째서 사람들은 소설에 대해 말할 때보다 사실들에 대해 말할 때 자신들이 더 확고한 근거에 기반을 두고 있다고 느낄까? 사실들이 훨씬 더 다루기 힘들고 결론도 잘 나지 않으며, 상상력이 일깨우는 탐구심을 죽일 수도 있는데 말이야. 지금까지 자네의 일은 사실들에 상상력을 엮어 꼬는 것이었는데, 이 책에서 자넨 그것들을 풀어서 뜯어내고 있군.

자네 상상력의 껍질을 벗겨내고, 일생의 작업을 탈상상화하고 있어. 그 결과 남는 것은 독자들도 이제 이해할 수 있지. 30년 전, '착한' 아이는 나쁜 아이로 여겨졌고 그래서 나쁠 수 있는 어마어마한 자유를 갖게 되는데, 이제 같은 독자들이 이 책의 도입부를 읽을 때 그 나쁜 아이는 착하게 인식될 것이고 자넨 너무나도 따뜻한 환영을 받을 거야. 그래, 내가 나쁜 아이로 돌아가는 것보다 그게 자네에겐 더 설득력이 있겠군. 그래야만 하고.

물론, 자네는 근본적으로 허구적인 인물들에 광적인 모습을 투사해 세상에 내보냄으로써 공공연히 자신에 대한 오해를 초래했네. 하지만 일부 독자들이 그걸 곡해하고 자네가 진짜 어떤 사람인지 전혀 모른다고 해서 굳이 자네가 그들의 생각을 바로잡아줄 필요는 없다고 보네. 그와는 반대로—그들에게 그런 믿음을 갖게 한 걸 성공이라고 여기게. 그게 이른바 소설이 하는 일이니까. 현상태에서 자네는, "아무도 나를 이해하거나 나의 커다란 가치를 알지 못해—진짜 내면의 내가 어떤지 아무도 몰라!"라고 소리내어 웅얼거리는 대부분의 사람들보다 못할 게 없네. 소설가에게 그런 고충은 소중히 간직해야 할 것이니까. 작가로서 자네에게 필요한 건 수년간 자네에게 행실을 고치라고 말해온 모든 사람들에게 사랑과 용서를 받는 것뿐이지만—작가로서의 삶에 종지부를 찍을 수 있는 것이 있다면 그건 바로 천적들로부터의 애정 어린 용서겠지. 그들이 계속해서 친구들에게 자네 작품을 읽지 말라고 말하도록 내버려두고—자넨 그저 계속해서 상상력을 발휘하여 그들에게로 돌아가게. 30년이나 뒤늦게 그들에게 착한 아이가 유대교회당에서 하는 연설을 들려주는 건 포기하고 말일세. 자네 소설(아니, 자네 소설뿐 아니라 미국의 소설)의 중요한 점은 상상력이 늘 착한 아이와 나쁜 아이 사이의 변이 속에 존재한다는 것이고—그것이 경이로 이어지는 긴장이지.

사랑받는 것에 대한 이야기가 나왔으니 말인데, 자네가 이 책을 어떻게 시작하고 있는지 보게. 어머니의 물개가죽 주머니 속에 든 유대有袋류의 새끼. 자네가 갑자기 세상 사람들의 응석받이 아기가 되고 싶은 은밀한 열망을 드러낸 것도 놀랄 일은 아니지. 그런데 그후로 어머니는 어디에 있나? 자네가 어머니에 대해 품었고 프롤로그의 단 하나의 문장에서 암시한 놀라운 동물적 사랑은 위장하지 않은 자네에 의해 드러날 순 없는 것이겠지만, 그 물개가죽 코트 말고는 어머니가 존재하지 않네. 물론 그 코트는 많은 것들을 시사하지. 그 코트는—그 시점에서 자네가 어머니에 대해 알아야 할 거의 모든 것들을 말해주지. 하지만 자네 어머니가 자네나 자네 아버지 인생에서 발전된 역할을 하지 못하고 있다는 사실은 그대로 남아 있네. 자네가 그린 어머니는, '나는 어머니의 앨릭잰더가 아니었고, 어머니도 나의 소피 포트노이가 아니었다'고 말하는 듯하네. 어쩌면 그게 진실일 수도 있지. 하지만 어머니에 대한 많은 생략에도 불구하고, 무척이나 세련된 유대인 플로렌스 나이팅게일의 이미지는 내게 매우 인상적으로 다가오는군.

자네 아버지와 관련해서도, 그가 출세했을 때, 실패했을 때, 그리고 다시 일어섰을 때 자네에게 어떤 일이 있었는지 전혀 알 수가 없네. 그저 자네와 뉴어크, 자네와 미국, 자네와 버크넬뿐이지. 자네 안에서, 가족 안에서 어떤 일이 있었는지는 여기 담겨 있지 않고 담길 수도 없는 것이, 이건 타르노폴이나 케페시, 포트노이, 나 주커먼의 이야기가 아니라 자네 이야기이기 때문이지. 자네 어머니와 아버지에 대한 얼마 안 되는 언급들엔 그저 애정과 존경, 이해만 담겨 있는데, 그 모든 경이로운 감정들은 내가 불신하게 된 것들이고, 그건 바로 자네가 그렇게 만들었기 때문이라고 할 수도 있네. 많은 사람들이 작가로서의 자네를 좋아하지 않는 이유는 오로지, 자네의 소설들이 지금 자네가 공개적으로 받아들이고 있는 그 감정들을 불신하도록 만들기 때문이지. 원한다면, 지금 이런 말을 하고 있는 게 가족에게 의절당하고 영원히 원통해하는 아들 주커먼이라는 사실에서 위안을 얻어도 좋네. 원한다면 그것으로 자위해도 좋지만, 나는 바보가 아니고 자네를 믿지 않는다는 사실은 여전히 남아 있네. 여보게, 자네의 배경은 치과 의사나 회계사만큼이나 많은 예술가를 배출하는 곳이 아니네. 자네의 어린 시절에 관한 로맨스에는 자네 스스로 밝히기를 허락하지 않는 것이 분명 있고, 그걸 밝히지 않으면 나머지 이야기들이 말이 안 될 수밖에 없지. 나는 소설가로서의 자네를 신뢰하는 것만큼 회고록 집필자로서의 자네를 신뢰할 수가 없네. 앞에서도 말했다시피, 자네가 가장 잘 이야기할 수 있는 걸 이야기하는 것이 여기에서는 점잖고 시민다우며 효성스러운 양심에 의해 금지되어 있기 때문이지. 이 책에서 자넨 등뒤로 손을 결박하고 발가락으로 글을 쓰려 했네.

자넨 버크넬 시절을 포함한 초년을 내면의 혼란, 자기 안의 어둡거나 제멋대로이거나 길들여지지 않은 면을 발견할 수 있는 여지가 거의 없는 하나의 목가이자 전원시로 보고 있지. 이런 말 역시 주커먼스럽다고 묵살될 수도 있겠지만, 나는 그걸 믿지 않네. 자네가 겨우 한 문장으로 나타낸 자네의 정신분석. 그 이유가 궁금하군. 기억이 안 나는 건가, 아니면 그 주제들이 너무 민망한 건가? 난 지금 자네가 나라거나 내가 카르노프스키라고 말하고 있지 않은 것과 마찬가지로 자네가 포트노이라고 말하고 있는 게 아니네만, 이보게, 자네 7년간 의사와 무슨 이야기를 나눈 건가—무해한 유대인 아이들과 함께 운동장에 서서 느낀 동지애? 사실, 프롤로그와 첫 두 장을 읽은 후, 나는 주인공이 변호사나 의사, 교외 부동산 개발업자가 되는 걸 볼 수 있었네. 문학에도 빠져보고 독불장군 노릇도 해보고 비유대인 폴리와 연애도 해본 그는 정착해서 훌륭한 유대인 가문의 여자와 결혼하고 돈을 벌어 부자가 되고 아이를 셋쯤 낳아야 하는데—대신 자네는 조시를 만나지. 그러니 뭔가 빠진 것이, 커다란 틈이 있는 거야. 앞부분의 목가적 장들은 '꿈의 여인'으로 귀결될 수가 없으니까. 프롤로그 끝부분에서 어머니와의 육체적인 유대를 서정적으로 추억하던 자네인데, 그런 자네가 거기서 어떻게 조시에게로 갈 수 있단 말인가? 제발 말해주게. 자네 스스로 지적했다시피, 조시와의 만남은 자네에게 우연히 일어난 일이 아니라 자네가 의도한 것이었어. 그렇다면, 자네가 묘사한 그 편안하고 경이롭고 충격이라곤 없던 어린 시절이, 피트와 딕과 함께 마틴 교수의 세미나 수업에 참여하던 그 아늑하고 논쟁적인 오후들이 어떻게 조시에게로 이어질 수 있었던 건지 알고 싶네. 뉴어크와 루이스버그에서의 자네 이야기는 비극과 거리가 먼데—그후 엄청나게 짧은 기간 내에 자넨 병적인 비극에 깊이 빠졌어. 왜지? 왜 자넨 접근금지 출입금지 표지판을 단 여자와의 열정적 만남으로 자진해서 고행길에 접어든 거지? 처음—버크넬과 시카고에서 정점을 찍는 초년의 그 모든 쉬운 성공—과 끝 사이에 자연스러운 연결고리가 있어야 하는데, 그게 없네. 동기가 빠졌으니까.

폴리와의 아슬아슬한 모험, 넬렌백 부인과의 만남, 버크넬리안과의 일에는 자네가 진실로 불만에 차서 다른 무언가를 찾고 있다는 느낌이 없네. 자넨 불만들을 넌지시 빗대어서만 이야기하고 심지어 아버지와의 갈등도 지엽적으로 처리하지. 소설 속에서는 슬픔과 비판, 반감, 풍자, 소원함이 너무도 강력하게 표현되었는데 말일세. 그렇다면 자네가 어디에서 보인 태도를 믿어야 할까? 소설일까, 이 책일까? 자네가 어린 시절에 대해 서술한 모든 것들은 분명 아직도 강하게 남아 있네—잘 자란 면, 좋은 사람인 면, 착한 아이인 면. 이 원고는 좋은 사람인 면에 기울어 있어. 자네는 자서전에서 주로 좋은 사람인 면을 서술할 수밖에 없는 듯하네. 자서전의 형식이 인격을 형성하는 다른 거의 모든 것들에 대한 자유로운 탐구를 억제하는 게 가장 현명하다는 신호를 자네에게 보내고 있으니까. 한때 풍자적 반항이 있던 곳에 이제 깊은 소속감이 있고, 분노보다는 감사—심지어 미치광이 조시에 대한 감사, 격분한 유대인들과 그들이 입힌 상처에 대한 감사까지—가 있네. 물론, 애초에 자신을 소설가로 만든 덜 사교적인 충동들에 족쇄를 채우고서 지겨운 소설 창작에서 벗어나 솔직한 회고 속에서 잠시 휴식을 얻은 소설가가 자네가 처음은 아니지. 하지만 예시바 대학에서 독실한 유대인들을 흥분하게 만든 건 좋은 사람의 면이 아니었지. 그리고 자네가 거기에서 끌어내고 있었던 건, 이 책에서는 무無에서 나온 듯 보이지만 사실은 그렇지 않았어. 자넨 독립에 대한, 금기를 박살내는 것에 대한 절실한 욕구를 만들어내는 것을 끌어내고 있었지. 자네가 상상력의 삶을 살아가도록 만든 그것 말일세. 그런 충동들의 자서전이 될 뻔했던 것들이 『포트노이의 불평』이라는 우화가 아닐까 하네.

분노는 어디 있나? 자네는 조시를 만난 후에, 그녀의 광적이고 파괴적인 소유욕과 별거 후 법정에서 자네에게 부과된 형벌의 결과로 분노를 갖게 된 것처럼 말하고 있지. 하지만 내 생각에, 이미 자네에게 분노가 있지 않았다면 조시가 자네 인생으로 들어올 일도 없었을 듯하네. 내 생각이 틀릴 수도 있지만, 그렇다면 자넨 내게 그걸 증명해야만 해. 초년의 자네가 자신이 아는 유대인의 삶, 자신이 체험한 중산층, 결혼과 가정생활, 심지어 사랑에 대해서까지 재미없게 여기지 않았다는 걸 내게 납득시켜야만 하네—분명 자넨 게일 밀먼이 재미없다고 느꼈을 거야. 안 그랬다면 그 아방궁을 포기하지 않았을 테니까.

그건 그렇고, 오만은 어디 있나? 여기 없는 건 자네를 만났을 때 어떤 느낌이었느냐 하는 것이네—자넨 조시가 자네를 사랑하게 된 이유를 사회학적으로 설명하면서도, 그녀가 자네에게 어떤 매력을 느꼈을지에 대해선 이야기하지 않아. 자넨 자신의 예전 모습과 자신이 한 일들을 좋아하는 듯하지만, 자기 특성들에 대해 아예 언급하지 않거나 이런 식의 은근한 방식으로 말하고 있네. "나의 활발한 성격이……" 얼마나 절제되고 차분한지. 얼마나 활기가 없는지. 마치 영국인 같다네. 자넨 자신에 대해 "괜찮은 남자"라고 말하면서 왜 자서전에서는 더 뽐내지를 않나? 자서전이 자기중심적이면 안 되는 이유가 무엇인가? 자넨 어떤 문제에 부딪혔고, 무엇을 원했으며, 자신에게 무슨 일이 벌어지고 있었는지에 대해서는 이야기하면서도 자신이 어떤 사람이었는지에 대해선 거의 말이 없네. 그런 정중한 방식으로 말고는 자네 자신으로서 자신에 대해 말할 수 없거나 말하고 싶지 않은 거지. 조시가 죽었다는 소식을 듣고 자네가 보인 반응에 대해 자세히 이야기할 때는 좋은 사람처럼 보이려고 무언가를 감추진 않아. 하지만 내가 보기에 자넨 여자들이 자신에게 왜 끌렸는지 말하기엔 너무 점잖은 사람이지—적어도 여기에선 그렇게 처신하고 있어. 하지만 점잖고 겸손하고 행실 바른 존재로서 흥미로운 사실들을 보여주는 자서전 작가가 되는 건 그런 존재로서 훌륭한 소설가가 되는 것만큼 불가능한 일이지. 이상하게도 자넨 그걸 깨닫지 못하고 있어. 아니면 깨닫기는 했지만 자신으로서의 진실함과 예술가로서의 진실함 사이의 거대한 간극으로 인해 그걸 실행에 옮기지 못하고 우리에게 부분적인 자네의 허구적이고 자전적인 투영을 제시하게 된 것일 수도 있지. 설령 자네가 잘라낸 것이 1퍼센트에 지나지 않는다고 해도 그 1퍼센트는 중요한 것이지—그 1퍼센트는 자네의 상상력을 위해 남겨진 것이고 그것이 모든 걸 바꾸니까. 하지만 이건 진짜로 특이한 일이 아니네. 자서전에는 늘 다른 텍스트, 세상에 공개된 것에 대한 카운터텍스트가 존재하니까. 자서전은 가장 조작적인 문학 양식이 아닐까 싶네.

다른 이야기로 넘어가자면—자넨 젊고 정력적이고 지적일 때 민족의 일원으로서 세상을 바라보는 것에 대해 당연히 거부감을 가져야만 하네. 민족적인 것에 반기를 들고 개인적인 것을 추구하고, 민족이나 민족의 고정관념의 정형화된 목소리에 반하는 자신의 목소리를 가져야 하지. 자넨 앞선 세대에 맞서 자아를 확립해야만 하고 그러다보면 사람들이 자기혐오라고 부르는 것에 연루되기 십상이야. 내 생각엔—그 모든 항변들에도 불구하고—자네의 자기혐오는 진짜였고 그 파괴성에 있어서 긍정적인 힘이었네. 새로운 것을 구축하려면 다른 것이 파괴되어야 하는 경우가 많으니 젊은 사람에게 자기혐오는 귀중한 것이지. 그게 아니면 무얼 가져야 할까? 자기인정? 자기만족? 자기찬양? 사회가 다음 단계로 나아가지 못하도록 하는 규범들을 증오하는 건 그리 나쁜 일이 아니지. 특히 그 규범들이 다른 어떤 것 못지

않게 공포의 지배를 받는다면, 특히 그 공포의 대상이 적이나 압도적 다수라면 말일세. 하지만 이제 자넨 민족과 화해하고픈 욕구가 너무도 강한 나머지, 자신이 어쩔 수 없는 유대인임을 느끼면서도 민족의 진부한 요구들을 얼마나 못마땅해했는지에 대해 인정하려고 하지도 않는군. 한때 민족의 균형을 깨뜨리고—어쩌면 심지어 민족에 활력을 불어넣기까지 했던—방탕한 아들이 나이가 들면서 고향으로 돌아가고픈 감상적 충동을 느끼는 건 있을 수 있는 일이지만, 자네의 경우엔 조금 이른 감이 있지 않은가? 그런 충동에 완전히 휩싸이기엔 아직 너무 젊지 않나? 개인적으로 난 밀먼 가족에 대한 자네의 평가에 관해서는 지금 자네가 그들에 대해 기억하고 싶어하는 것보다는 자네가 아직 이십대 초반일 때 쓴 중편소설 「굿바이, 콜럼버스」를 신뢰하는 경향이 있네. 자네는 오래전에 말한 모든 진실을 이제 와서 다른 방식으로 이야기하고 싶어해. 어머니는 돌아가시고 아버지는 아흔 살이 다 되어가는 지금, 쉰다섯 살의 자네는 이미 오래전 자네의 기상을 꺾는 역할을 중단한 그 제한적인 사회를 이상화하고, 이제 뉴저지 공동묘지나 플로리다 은퇴촌에 머무는 이들을, 가엾은 바바라 로머와 버크넬리안에 처음 가해진 조롱 섞인 코미디의 대상이 되는 건 고사하고 자네에게 실망감을 안겨줄 수조차 없는 그 사람들을 감상적으로 다루고 싶은 기분을 느끼겠지.

쉰다섯 살이 된 자네는 사춘기 시절에 그 사람들의 말하는 방식과 내용, 생각, 삶의 방식, 그들이 자네와 게일 같은 자녀들에게 진심으로 기대하는 삶에 대해 자네가 얼마나 커다란 절망을 느꼈었는지 기억하기 힘들 수도 있지. 그 많은 책들을 써내고 전쟁들을 치러낸 후, 30년 넘게 삶과 일의 뿌리를 뽑고 새로 만들어온 후, 쉰다섯 살의 자네는 자신의 근원지를 평온하고 매력적인 목가적 안식처로, 관리하기 쉬운 집으로 만들기 시작한 거야. 내가 보기엔 사실상 자네가 제일 좋아하는 말인 '떠남'을 발음할 수 있게 된 날부터 굴을 파서 탈출을 시도해온 구치소 같은 곳인데 말일세.

그리고 만일 내가 옳다면 그 굴의 끝에는 도주용 차에 탄 애인과도 같은 조시가, 유대인 안식처가 아닌 모든 것—분명 나름의 매력을 지녔을 배반의 가능성을 포함한—을 구현한 모습으로 기다리고 있지. 내가 불편함을 느끼는 건, 자네가 자신을 도망중인 천재적인 탈옥수가 아니라 희생자에 지나지 않는 존재로 나타내기 때문이네. 순수한 유대인 소년이자 미국의 애국자가, 어머니의 아기이자 마틴 교수의 애제자가, 순수한 환경에서 선의를 지닌 순수한 사람들에 둘러싸여 자란 자네가 함정으로 곤두박질친 것이지. 자신이 그 모든 일이 일어나도록 음모를 꾸민 건 여전히 모르는 것처럼 말일세.

자서전 속의 벌거숭이 상태, 서술적 창작이 자네의 자기 표출적 본능에 부여하는 듯한 난공불락의 존재가 된 것 같은 느낌을 박탈당한 상태에서 자신의 역할을 쉽게 가늠할 수는 없겠지만, 그럼에도 자네는 대학 졸업 후 자신에게 일어나는 일에 대해 스스로에게 아무 책임이 없는 것처럼 이야기하고 있네. 조시가 등장하고, 보다시피 그건 판도라의 상자였네— 자네가 그 상자를 열자 모든 게 날아가버렸지. 하지만 내가 그 생각을 받아들일 수 없는 건 자네가 그 여자를 추구했기 때문이네. 잠깐의 연애는 무척이나 매력적이고 그것으로 충분할 수도 있었는데 자넨 그녀와의 관계를 고집스럽게 이어가고 그녀에게서 등을 돌리지 않아. 굴욕적인 싸움이 벌어질 걸 예상하면서도 예시바 대학 토론회에 간 것처럼 말일세. 내가 주장하고 싶은 건, 자네가 힘을 북돋우는 분노의 원천이자 반항의 활력제로 그 싸움을, 그 공격과 항의와 상처를 필요로 했다는 것이네. 그들은 자네에게 야유를 보내고 휘파람을 불고 발을 구르지. 자넨 그걸 싫어하지만 한편으론 즐기기도 하네. 자네를 지치게 하는 건 자네와 자네의 재능을 키워주는 것들이니까.

자넨 단지 조시를 통제할 수 없었기 때문에 그녀에게 수동적이었던 것이고, 그게 아니라면, 그녀와의 관계는 여기 서술된 것과 전혀 다르게 보일 수도 있지. 사실, 그녀 앞에 너무도 감질나게 자네 어머니의 따끈한 토마토수프를 내놓은 자네가 진짜 말썽꾼으로 보일 수도 있네. 또한 자네는 역설적으로, 조시의 불우한 배경이 암시하는 것들을 무시함으로써 조시가 그런 행동을 보이도록 유도한 무자비한 공격자로 보일 수도 있네. 자네 말처럼 아주 똑똑한 사람도 지독하게 순진할 수는 있지만, 촉수와 더듬이를 가진 사람이라면 조시와의 첫 대화 후 곧바로는 아닐지라도 분명 삼사 주쯤 만나본 뒤에는 그녀가 재난을 의미한다는 걸 알 수 있지. 자네가 이 책에서 묘사해놓은 걸 보면 멍청이가 아닌 다음에야—자넨 멍청이가 아니고—그녀의 파괴적인 면을 알아보지 못할 수가 없지. 그러니 자네가 고의적으로 그녀에게서 혼돈을 마지막 한 방울까지 끌어냈다고 생각할 만한 충분한 근거가 성립되는 셈이네. 적어도, 자네의 역할에는 자네가 기꺼이 인정하려 하는 것 이상의 모호성이 존재하네. 하지만 자네처럼 허구적 가면무도회의 교활한 익살의 보호도 받지 못하고, 취약한 자신에 대한 인간적—예술적으로는 치명적이라 하더라도—염려를 압도하는 총력적이고 자유분방한 서술의 절박함도 없이 이야기를 하게 된다면, 자신에게 닥친 일에 대해 자신이 회상하고 싶어하는 것보다 더 큰 책임이 있음을 인정하는 건 불가능한 일이지.

생산적인 회고를 원한다면, 자네가 써야 할 것은 자서전이 아니라 조시의 관점에서 본 3천 단어의 글일지도 모르겠네. 이름하여 『여자로서의 나의 삶』.* 『그 남자와 함께 한 여자로서의 나의 삶』. 하지만 벌써 반대의 목소리가 들리는군. "그녀의 관점이라고? 그녀에겐 관점이라는 게 없었다는 걸 모르겠나? 그녀는 흡혈 괴물이었어. 그녀에게 있었던 건 송곳니라고!" 그래, 자네는 그녀를 쌍년이라고 생각하고, 그건 자네도 어쩔 수 없는 일이며, 적어도 자네 자신을 위해 말하는 동안에는 그럴 수밖에 없겠지. 조시가 다르게 보일 수 있고, 『그녀가 아름다웠을 때』에서 로이 바사트와 결혼한 루시 넬슨으로서의 그녀가 아니라 자네라는 진짜 상대와 결혼한 그녀를 보아야 한다는 자네 의견에 승복해야겠네.

자네가 올바르게 지적했다시피, 조시는 현재 '알코올중독자 가정 출신 아이'로 분류되고 명명되는 희생자의 희생자였고, 내적 고통을 지닌 사람의 주요 특징인 자기 고통을 외적인 것의 탓으로 돌리고자 하는 욕구를 지녔지. 알코올중독자 아버지를 둔 아이는 먼저 아버지를 탓한다네. 그리고 결혼을 하면 남편을 탓하고. 그런 여자는 본인이 알코올중독자가 되거나 알코올중독자와 결혼할 가능성이 높고 조시도 아마 알코올중독자였을 걸

* 필립 로스의 소설 『남자로서의 나의 삶』의 패러디.

세. 내 생각에 그녀는 조현병 환자라기보다는 알코올중독자였을 듯하네. 자넨 그런 생각이 전혀 안 들었나? 자네가 프린스턴에서 그녀 곁을 떠난 후 그녀가 밤에 뉴욕으로 전화를 걸어와서 술 취한 목소리로 자네가 흑인 여자와 자고 있다고 비난했다고 했지. 그렇다면 분명 그때 그녀는 술을 마시고 있었을 것이고—어쩌면 진행이 느렸을 수도 있네. 자네는 그녀가 "술과 약에 취해" 실패로 끝난 자살 기도를 하는 과정에서라고 말하기도 했지. 자네는 그녀와 함께 살 때 저녁식사 전이나 도중에 와인을 마셨을 텐데—그녀가 와인을 얼마나 마셨는지 기억하고 있나? 자넨 자기 고충들에만 골몰한 나머지 조시의 행동에 대해서는 놀라울 정도로 관심이 없었던 듯하지만, 공정하게 말하자면, 자네 같은 배경을 가진 사람이 알코올중독에 대해 무얼 알 수 있겠는가? 알코올중독자들은 상태가 심각해지면 자신의 불운한 배우자의 부정적인 면을 과장하지—그걸 크게 부풀려서 그것으로 상대를 공격한다네. 그건 매우 파괴적인 짓이야. 자기 파괴적 파괴 행위. 자네 입장에서는 여전히 무척이나 사악한 짓으로 여겨지는 그 소변 장난질도 그녀 입장에서는 전혀 사악한 게 아니지. 음주 문제가 있는 사람들은 거짓말을 할 뿐만 아니라 허구와 현실의 구분이 명확하지 못할 때도 있네. 그다지 그럴듯하지 않은 것도 현실처럼 보이지. 그녀는 자신이 자네의 첫 단편집의 편집자였다는 강한 믿음을 갖고 있었기에 그녀에게 그건 거짓말이 아니었지. 자신이 진짜로 임신할 수도 있었다고 생각한 거고. 그리고 자네가 자신과 결혼해야 한다고 생각했지. 자네가 그녀와의 결혼을 원치 않았어도 그녀 입장에서는 자네가 그녀와 결혼해야만 했지. 그래서 그녀는 자네의 진주만을 공격하는 작전을 쓰게 된 거야. 자네가 자신의 어린 딸에게 무슨 짓을 할 거라고 상상하는 강박적인 질투심도 내겐 그런 증상들 가운데 하나로 여겨지네.

그래, 난 그녀가 알코올중독이었고 그녀의 장애는 아버지에게서 물려받은 유전적이고 생화학적인 것이었으며 자네가 그걸 몰랐던 건, 첫째, 술고래가 어떤 건지 짐작도 못했고, 둘째, 당시 그녀는 젊고 식사도 잘하고 건강해서 진행이 빠르지 않았기 때문이라고 확신하네. 게다가 자넨 그녀를 단순히 알코올중독자 모임 후보로 여기기보다는 도스토옙스키적인 눈으로 보려 했어. 물론 결국 그녀는 스스로를 파괴하는데—그녀 같은 중독자는 어김없이 실패하고, 중독자의 최악의 공포는 늘 현실이 된다네—그러면서도 줄곧 그녀는 사람들이 착해진다면 자신도 착해질 수 있다는 믿음을 버리지 않지. 난 그녀가 착해지기를 원했다는 생각까지도 드네. 자네가 그녀를 사랑하기만 했다면. 아이들이 그녀와 함께 살기만 했다면. 그녀 아버지가 더 나은 사람이었고, 자네가 더 나은 사람이었고, 외적인 어떤 것이 더 나아졌다면, 그녀는 다시금 착해질 수 있었을 것이네!

나는 앞에서 자네가 조시를 만나기 위해 음모를 꾸몄고 그녀는 도주용 차에서 기다리는 애인이었다고 말했지만, 그렇다고 해서 자네 역시 희생자였음을 완전히 부정하려는 뜻은 없네. 자넨 희생자의 희생자의 희생자였지. 내가 보기에 자네 역시 병에 걸렸는데, 병자와 함께 오래 살다보면 자연히 병이 옮게 마련이지. 조시와 결혼하기 전에 자네는 그렇게 공공연히 화를 내지 않았어. 하지만 이제는 공공연히 화를 내고 또 내는 사람이 되었지. 너무 화가 나서 정신분석이 필요할 정도로 말일세. 자네의 그런 엄청난 분노의 폭발은 그녀 덕이야. 자네의 포트노이도 린든 존슨보다는 그녀 덕이 크다고 할 수 있고.

내가 지어내고 있다고? 나도 자네처럼 그런 버릇이 있긴 하지만—내 소설은, 그게 만약 소설이라면, 그래도 자네 것보다는 덜한 소설이 아닐까 하네. 이보게, 어떤 글이라도 내 전처는 쌍년이었다보다 나을걸세. 난 그런 건 아예 읽을 수가 없어. 나는 그녀가 알코올중독이었을 거라는 의견을 제시하여 그녀의 인간적 품위를 더 떨어뜨리려는 것도 아니고, 자네가 그녀의 알코올중독에 대해 고려하지 않음으로써 그녀를 희화화하고 부당하게 취급했다고 말하고 있는 것도 아니네. 이제 20년이 흘렀으니 그녀를 다른 방식으로 볼 때가 되지 않았을까 하는 말을 하고 있는 것뿐이지. 조시에 대한 글에는 아직도 엄청난 분노가 쌓여 있고 무수한 미생물들이 여전히 무척 활발하게 움직이고 있네. 가끔은 이 책을 쓰고 있는 자네와 그 일들이 일어나던 때의 자네 사이에 차분한 간극이 존재하지만, 가끔은 그렇지가 않네. 나는 줄곧 이 책이 그 문제에 대해 무척이나 모호하다고 느꼈어. 자네는 가끔은 그 스물네 살인지 뭔지를, 사람 자체를 무시한 채 조금은 냉소적으로 돌아보고, 가끔은 그 사람을 돌아보며 거의 똑같은 감정들을 느끼는 듯하네. 하지만 어쩌면 그것이 우리 모두가 자신의 삶을 돌아보는 방식이고 그래서 아무 문제가 되지 않을 수도 있지.

어쨌거나, 조시의 모든 것이 보복적이었다고 할 수 있을까? 내 생각에 조시는 한 인간으로서 자네가 여기에 그려놓은 것보다 더 나쁜 동시에 더 나은 존재였던 것 같네. 자네가 조시에게 매력을 느끼고 그녀를 즐기던 때—자네가 암시했다시피 특히 처음에—가 분명 있었고, 그녀가 끔찍한 사이코패스가 되어 자네가 아직도 제대로 묘사할 방법을 찾을 수 없을 정도로 그녀에게 시달리던 때도 있었을 것이네. 확실히 자네는 그녀에 관한 무서운 이야기를 마무리하면서 극단적 소설 창작의 선생 노릇을 한 그녀의 공로를 인정하며 관대해지려고 무척이나 애를 썼지. 하지만 내가 보기에 그런 자네의 모습은 그저 놀라울 뿐이네—자넨 재미를 위해 그런 말을 한 것이지 진짜 그렇게 믿어서 그런 게 아니야. 그 말은 진실이지. 나는 자네의 첫 창작기를 대학생이 되어 집을 떠난 것에, 두번째 창작기를 조시에게 결부시키고 싶네. 오늘날 자네가 누리는 모든 것은 알코올중독에 빠진 비유대인 여자 덕이네. 다음에 예시바 대학에 가게 되면 사람들에게 그걸 말하게. 그럼 살아서 못 빠져나오겠지.

마지막으로—그리고 자네와는 달리 이제 나는 그녀와 끝을 낼 것이네—나는 자네가 조시에게 실명을 부여해야 한다고 생각하네. 그녀의 실명을 사용해서는 안 될 법적인 이유가 있는 것도 아니고, 그녀를 실명으로 부르는 것이 그녀에 대한 도리이기도 할 것 같아. 등장인물로서의 그녀에 대한 도리—그러니까 그녀를 실명으로 부르는 것이 좋은 일이기 때문이어서가 아니라 서술적으로 강력한 효과를 지니기 때문이지.

다른 여자들은 자네 좋을 대로 부르게. (나는 자네가 모든 여자들의 이름을 바꿨으리라 짐작하는데—그런 짐작을 해선 안 될 게 뭔가? 자네가 그들의 이름을 바꾼 건 이 책이 다루고 있는 문제, 즉 자네가 좋은 사람이냐 아니냐의 대립을 나타낼 뿐이지.) 자네가 그들을 뭐라고 부르든 그건 문제가 되지 않네. 그들은 중요한 존재들이 아니고 상호 교체가 가능하니까. 그들은 협력자고 성적 매력이 뛰어난 여자고 파트너고 친구니까. 사실 그 여자들의 경우, 자네는 그들의 신분을 위장할 뿐 아니라 그들을 꿰뚫어보는 자네의 능력으로부터 그들을 막아주기도 하지. 자네는 이 책에서 그렇게 할 뿐 아니라 아마 삶에서도 그러거나 그러기 위해 애쓸 걸세. 그 여자들에겐 사정을 많이 봐주지(거의 누구나 그러하듯, 사정을 봐주다보니 결국엔 분노가 치밀고). 하지만 조시에게는 인정사정이 없네. 조시에게 실명을 부여하는 것이 정당한 이유는 그녀가 근본적인 방식으로 자네와 거의 동등한 인물이기 때문이지. 다른 여자들은 자네에 관한 존재들이라고 할 수 있는데 조시는 실제 그녀에 관한 존재였지. 실제 적대자, 진짜 카운터셀프*이고 다른 여자들처럼 일종의 우화적 역할로 격하되어선 안 되는 거야. 그녀는 자네만큼 진짜고—자네가 자신에 대해 얼마나 절제적이든—이 책 속의 다른 누구도 그렇지 않네. 자넨 부모님에게 실명을 부여하고, 형에게도 마찬가지인데—어린 시절과 대학 때 친구들에게도 그런 것 같지만—그 사람들에 대해선 아무것도 말하지 않아. 자네가 싫다면 어쩔 수 없네만—어쨌거나 자넨 가족들과는 벌인 적이 없거나, 지금 그들을 회고하면서는 벌이고 싶지 않은, 혹은 앨릭잰더 포트노이와 나 같은 대리인을 통해서만 벌인 원초적 싸움을 조시와는 벌

* counterself. 실제로 존재하지 않는 반反사실적 자아.

였지.

나는 누가 살아남는가에 대한 원초적 싸움 이야기를 하는 것이네. 다른 여자들과의 싸움에선 자네가 살아남을 게 뻔하지. 그들은 자네의 성숙함을 끌어내고, 그것을 시험하고 강요하며, 자넨 거기에 쉽게 대응하지. 하지만 조시와의 싸움에선 뻔뻔하고 위험할 정도로 퇴행하네. 그녀는 자네가 평소에 다른 모든 여자들과의 관계에서 잘해내던 걸 망치게 만들지. 자넨 여자들을 취하고 그들과 관계를 맺고 그 관계가 끝나면 그들을 떠나. 하지만 조시는 그저 자네를 망치고 망치고 망치고 망칠 뿐이지. 심지어 소형 르노 승용차를 몰고 로마에서 나올 때 자네를 죽이려고까지 했네. 그러더니 그녀가 죽지. 조시의 계획은 파괴적 힘을 구현하고 자신을 파괴하려고 하는 힘들을 파괴하는 것이야. 그녀는 이 책의 주인공이고, 비록 공감은 못 받고 있지만 여기서나 저기서나 주인공들은 다 그래. 조시는 자네가 찾고 있던 주인공이야. 그녀는 자네에게 참으로 놀라운 기회—모든 상황에서 지배적인 의식이 되는 걸 탈피할 수 있는—를 주었지. 그녀는 자네를 받아들였고, 자네에게 사기를 쳤지. 자넨 사기를 당했네. 정신적으로 매우 교묘한 사람, 자신이 한 모든 말들의 반향을 듣고 과민할 정도로 자기 영향력을 의식하고 그걸 측정하는 데 무척 숙련된 사람이 더이상 통제력을 가질 수가 없었어. 그녀가 그걸 가졌으니까. 그런 짓을 한 악마, 자네가 대단한 작가는 못 될 유쾌하고 분석적이며 사랑스럽게 조작적인 착한 소년에서 벗어날 자유를 얻게 해준 그 사이코패스에게 이름이라는 영예를 주게. 성난 유대인들과 마찬가지로 시끄럽게 울부짖으며 자네를 억압과 억제, 굴욕과 공포의 구렁텅이로 던져넣은 그 파괴력에 그녀의 실명이라는 보상을 해주게. 광적인 안정감, 광적인 불안감—자네가 유대인들 속에 구현되어 있다고 본 이 드라마틱한 이중성을, 조시는 자신의 유대인에게서 캐내어 멋지게 이용해먹었지. 그리고 다른 유대인들과 마찬가지로 자네에게도 그 이중성은 단순히 드라마가 뿌리를 내린 곳일 뿐 아니라 광기가 시작되는 곳이기도 해.

자네가 자네의 실명을 가졌듯, 그녀도 여기서 실명을 가져야 마땅하네.

나는 자네가 메이를 다룬 방식 또한 마음에 들지 않네. 현실에서 그녀를 다룬 방식을 말하는 게 아니고, 그것에 대해선 관심도 없네. 여기서 그녀가 하나의 주제로서 다루어진 방식을 말하는 것이네. 여기서 자넨 완전히 이성을 잃고 말지—여기서 뉴어크 출신의 가난하고 서민적인 유대인은 너무도 강렬한 인상을 받지. 그녀는 너무도 차분하고, 너무도 귀족적인 용모를 지녔으며, 몸의 선들이 정직함을, 아니, 진실함을 말해주고, 그녀의 이스트

사이드 아파트는 상류층의 모습 그대로야. "업타운에 있는 메이의 아파트는 넓었고, 이런저런 것 없이 안락하게 꾸며져 있었다. 그녀가 속한 계층의 전통적인 취향들을 나타내는……" 그녀가 속한 계층의 끔찍한 취향들. 미국 와스프 상류층의 취향보다 더 지독한 건 없지. 세련됐다고? 나는 자네가 메이 앨드리지보다 훨씬 더 세련된 배경을 가졌을 수도 있다고 생각하네. 경제적으로 쪼들렸고, 잘 배우지 못했고, 심하게 관습적이었을지언정 자네 부모님에겐, 확실히 자네 어머니에겐, 품위가 있었네. 보스가 방문했을 때조차도, 온 가족이 그에 대한 경외심을 품고 있는 가운데서도, 자네 아버지는 품위를 잃지 않아. 정식 교육을 받지 못했고 고급문화를 모를지언정 교양이 없진 않네. 내가 장담하는데 오히려 메이의 배경에 고급문화가 완전히 결여되어 있을 걸세. 그녀의 가족들은 진짜 책들을 읽어본 적도 없을 거야. 좋은 학교는 다녔을지 몰라도 좋은 책들은 읽지 않았고 그런 책들은 안중에도 없었을 게 분명해. 하지만 이 책에서 자넨 너무도 강렬한 인상을 받은 나머지 그걸 보려 하지 않네. 하기야 그땐 당연히 강렬한 인상을 받았겠지만—그래도 이 정도까지?

나는 그렇다고 믿지 않네. 나는 『포트노이의 불평』과 『남자로서의 나의 삶』의 독자로서, 자네 아버지 시대에 유대인 직원들을 차별한 메트로폴리탄생명에 대한 이 책 속의 이야기를 읽은 독자로서, 그녀의 계층과 배경과 취향이 자네에게 강렬한 인상을 주기는커녕 오히려 혐오감을 주었으리라 생각하네. 내가 장담하는데, 자넨 아버지의 원수를 갚는 아들로서, 그녀가 가끔 자신의 계층과 배경의 습성들을 보일 때 그녀를 질책하기까지 했을 걸세. 하지만 그것에 대해선 아무 이야기가 없군. 솔직해지게—자네 메이의 어떤 점이 마음에 들지 않았나? 그녀를 떠난 걸 보면 마음에 안 드는 점이 많았을 것 아닌가. 오직 젊은이의 자유를 찾기 위해서였을 리는 없고—뭔가 그럴 듯하고 명확한 이유가 있었으니 그녀에게서 벗어나고 싶었겠지. 그게 뭐였나? 그녀는 감정적 붕괴를 겪은 후 스미스 대학을 자퇴하고 클리블랜드의 집으로 돌아갔지. 그 후유증, 자네가 견딜 수 없었던 붕괴의 잔재는 없었나? 그녀는 아름다운 차분함을 유지했나, 아니면 극도로 억압되어 있었나, 아니면 그 두 가지가 그녀 안에서 분리되지 못했나? 처음에 그녀의 '온화한' 성품은 조시의 분노를 겪은 자네에게 편안함을 주었지만 나중엔 그만큼 짜증을 유발했을 거야. 왜냐하면 그건 곧 그녀의 취약성과 무방비성을 의미하니까. 그녀와 결별한 단 한 가지 이유를 자네 자신에게서 찾은 것은 기사도적인 태도지만, 자서전에서 기사도 정신은 회피이고 거짓말이지. 어쩌면 자넨 아직 조금은 그녀를 사랑하고 있거나 그렇다고 생각하고 싶어하는지도 모르겠군. 쉰다섯 살의 나이에 갑자기 그 시절을 사랑하게 된 건지도 모르고. 하지만 그녀에 대한 이상화는 그때는 일어나지 않았지, 안 그런가? 그녀에 대한 이상화는 이 자서전에나 필요한 것이지.

자넨 또하나의 붕괴된 여자를 원치 않았던 거야. 그게 이유지. 물론 메이는 노동자 계층 출신의 조시처럼 거칠진 않았네. 그녀는 차분하고, 자기 감정들을 참았고, 아무렇지도 않은 척 연기했지. 하지만 제발 말해주게. 그녀는 무엇에 중독되어 있었나? 『남자로서의 나의 삶』에 그녀의 구현체로 등장하는 수전 매콜처럼 약물 상용자였나? 수전의 약물 상용은 그 자체가 진실은 아닐지라도 어떤 중독을 나타내기 위해 의도된 것이 분명하지. 모든 중독자의 주된 공포는 상실에 대한 공포, 변화에 대한 공포이고, 중독자들은 늘 기댈 수 있는 누군가를 찾고 있지. 그들은 의존적이어야만 하고, 자넨 완벽했어. 어쨌거나 자넨 믿음직한 사람으로 길러졌고, 그 믿음직함은 중독자든, 아버지가 없는 사람이든, 아니면 그 둘 다이든 붕괴된 사람들에게 자석과도 같은 역할을 하지. 그들은 자네에게 들러붙어 놓아주려 하지 않고, 자넨 믿음직한 사람이라 일을 반밖에 못 마친 상태에서 떠나기가 쉽지 않지. 특히 자네의 믿음직함이 시험받고 있을 때 그러하고—극단적인 시험을 좋아한 조시는 어찌나 극단적이었는지 결국 자네를 그녀와 결혼하게 만드네. 자넨 목발이고, 목발 노릇을 하는 것에 으쓱한 기분을 느끼며, 사람들을 부축해주기 위해 달려가지. 사람들을 부축해주고 부축해주다가 스스로에게 이렇게 물어. "내가 되고 싶은 게 목발인가?" 『남자로서의 나의 삶』에서 수전을 절정에 이르게 하기 위해 마라톤 분투를 벌인 게 기억나는군. 여기에 그런 것이 있는가? 물론 없지. 여기에서 자네는 심각한 성적 본능에 대해서는 사실상 아무런 고찰도 하지 않고, 조금은 놀랍게도, 섹스가 진짜로 자네에게 강제력을 행사한 적은 결코 없었음을 보여주는 듯하네.

(그런데, 폴리 말일세—그녀도 중독자였나? 자네가 마티니 이야기를 했지. 하지만 어쩌면 지금 난 내 의견을 주장하기 위해, 하나의 패턴을 찾기 위해 도를 넘고 있는 건지도 모르겠네. 자넨 그녀를 정확하게 그려내고 있는 것 같아—첫 로맨스에서 나온 사랑스러운 여학생. 하지만 그녀 역시 아버지 없는 딸이지. 중독이 없고 강한 존재감을 지닌 영향력 있는 아버지가 있는 단 하나뿐인 여자는 뉴저지 교외 출신의 유대인 여학생 게일 밀먼뿐이었지. 그녀는 가장 강한 성욕을 지녔고 결국 유럽 전체에서 가장 섹시한 외국인으로서 모험적이고 반항적이며 확신에 찬 삶을 살게 되지. 그녀에게라면 자네는 목발일 필요가 없었을 걸세. 절대로. 그녀에게 자넨 음경이어야 했겠지. 그래서 자넨 그녀를 버리고 중독자 조시를 택했네. 그걸 설명하게.)

설령 내 생각이 틀리고 메이가 내 말과 전혀 달랐다 해도, 자네 자신조차 그녀를 제대로 그리려 하지 않네. 자넨 소설에서는 전적으로 필수라고 여기는 것을 자서전에서는 실행할 생각이—그 정도의 뻔뻔함이, 배짱이—없는 듯하네. 여기에서는 각주나 아니면 그저 지나가는 말로 이렇게 설명하지조차 않네. "나는 메이에 대해 쓰는 걸 자제하고 있다. 그녀의 이름을 바꾸긴 했지만 그녀는 아직 살아 있고 그녀에게 상처를 주고 싶지 않기 때문에, 그녀의 초상은 이상화된 형태를 갖게 될 것이다. 거짓 초상은 아니지만 반만 그려진 초상이다." 그 정도는 자네가 너무도 쉽게 할 수 있는 일인데도 말일세. 설령 그런 생각이 들었다 하더라도 그것조차 할 수 없었던 거지. 그 메이란 여자는 너무도 취약해서 그런 말조차 그녀에게 끔찍한 상처를 입힐 수 있을 테니까. 하지만 자네가 이 상처받은 여자들에게 건강을 되찾아주기 위한 부질없는 노력을 기울이는 건 그녀들의 무엇에 반응하는 것일까? 그들이 너무 무력해서 감히 자네를 거부하지 못하는 것? 하지만 자네가 여기서 묘사한 자애로운 어머니의 경우엔 왜 그랬을까? 자네가 어머니 역시 이상화하고 있는 게 아니라면 여기 또 다른 반쪽짜리 인간의 또다른 반쪽짜리 초상이 있는 거지. (자네가 모두를 왜곡시킨 게 아니라면 말일세!) 어쩌면 자넨 그 여자들을 돌보면서 스스로를 돌보고 자네의 전투들에서 회복되고 있었던 거고, 메이에게 그랬던 것처럼 마지막에 뒤로 물러서기 시작한 건 적어도 당분간은 완전히 회복된 듯한 기분을 느꼈기 때문일 수도 있지. 어쩌면 자네에게 그 여자들의 의존성보다 더 매력적인 건 극단성, 조건의 극단성인지도 모르겠네. 앞에서도 말했다시피, 자네를 지치게 하는 건 자네 재능을 키워주는 것들이니까. 그래, 자네가 자서전의 위장들을 포기하고 사실들의 자리를 상상력에 넘겨준다면 많은 미스터리들이 풀리겠지. 그리고 신의라고 불리는 왜곡은 자네의 전문이 아니며—완전한 공개에 도전하기에 자네는 너무 사실적이야. 자넨 위장을 통해서만 '솔직함'이라는 조작적 요건들로부터 자유를 찾을 수 있지.

자넨 '사실들'을 입증할 대역을 갑작스럽게 내세우기도 하지만 그것 역시 나를 속이지 못하네. 프레드 로젠버그가 편지에 이렇게 썼다느니, 밀드레드 마틴이 저렇게 기록했다느니, 샬럿 모러가 다음과 같이 기억하고 있었다느니, '아버지 포트노이'라는 기사가 이러이러한 걸 확인해주었다느니—우리가 사실상 아무것도 아닌 일들에 대해 몇 명의 엄선된 증인들의 말을 듣고 다른 모든 것들까지 믿을 수 있기라도 하듯 말일세.

나는 이 책이 관례적이고 자축하는 유명인사의 자서전이라는 말을 하고 있는 게 아니네. 자네가 조시의 참변이 있었던 현장 근처에 앉아 행복한 홀아비로서 햇살을 쐬고 있는 원초적이고 선사시대적인 장면이 사람들의 자서전에서 흔히 볼 수 있는 것이라는 말을 하는 게 아니라는 걸세. 하지만 그럼에도 이 책은 여전히, 대체로, 자네가 주커먼 대신 로스를 택하여 얻게 된 결과물이고—사실상 상상력이 제거된 어느 예술가에게서든 얻을 수 있는 것이지. 자네에게 진짜로 무자비한 자기 적출, 진정한 자기 분석의 도구는 나일세.

하지만 자네도 그걸 알고 있고 편지 말미의 한 문장에서 그와 유사한 뜻의 말을 하고 있지. "그렇다고 해서 충분히 극적이지 못한 걸 거짓으로 각색하고, 본질적으로 단순한 걸 복잡하게 만들고, 너무 적게 함축된 것에 함축성을 부여하고 싶은 충동을—어떻게든 마음을 다잡아서 소설 피로증을 극복하고 상상해낼 수 있는 것들만큼 강렬하지 못한 사실들을 포기하고 싶은 유혹을 억누를 필요가 없었다는 말은 아니네."

그래, 자넨 그 유혹을 억눌렀지. 좋아. 하지만 무엇을 위해서였나? 이 원고를 출판사에 보내기 전에 과연 이것이 공을 들일 가치가 있는 일이었는지에 대해 철저히 검토해보는 게 좋을 걸세. 그건 그렇고, 만일 내가 자네라면(불가능한 일은 아니지) 나는 스스로에게 또한 이런 질문을 던졌을 걸세. 만일 내가 주커먼의 소설에서 인정할 수 있는 나에 대한—그리고 폴리와 메이, 어머니와 아버지와 샌디에 대한—부분을 자서전에서도 인정할 수 있다면? 만일 내가 용인하기 어려운 걸 자서전에서 인정할 수 있다면? 만일 진실로 수치스러운 사실들이 상상력이라는 만병통치약 없이—납득되는 건 고사하고—온전히 견뎌질 수 있다면? 그래서 신화와 꿈속의 삶이, 그리스 희곡과 현대소설이 있는 거지.

또다른 독자인 내 아내의 논평—그리고 심야의 염려—도 남기겠네. 아내는 지금 내가 자네에게 편지를 쓰고 있는 이 책상 건너편에 앉아서 저녁 내내 자네 원고에 몰입했네. 자네가 그 누구보다 잘 알다시피, 마리아 프레시필드 주커먼은 영국의 토지 없는 신사 계급의 딸로 시골에서 자라 옥스퍼드 대학에서 공부한 스물여덟 살의 검은머리 미인이고, 키는 나와 비슷한데다 나이는 나보다 열입곱 살 연하이며, 우리와는 확연히 다른 문화적 배경의 구현체지. 그녀에겐 전남편과의 사이에서 낳은 상냥하고 차분한 네 살짜리 딸 피비가 있고, 뱃속에 8개월 후반에 이른 우리의 첫아기도 있네. 마리아는 글로스터셔의 시골 마을에 사는 명문가 출신의 어머니에게 지금까지도 순종적인 딸 노릇을 해오고 있고, 장모님은 아직까지는 내 앞에서 용의주도하게 내색을 안 하지만 유대인에 대한 호감이 전혀 없는 분이지. 유대인들 전반에 대한 프레시필드 부인의 혐오는—마리아의 시샘 많고 불안정한 언니 세라는 그것에 대해 완전히 눈치 없이 구는 걸 습관으로 삼았지—내가 처음 여기 머물 때 마리아와 나 사이에 재난에 가까운 오해를 초래했네. 그후로 나는 마리아 어머니의 편견과 언니의 분노에 대해서는 그들이 내 앞에서 노골적으로 드러내지 않는 한 무시하기로 마음먹었지. 설령 프레시필드 부인이 매력적인 채들리 마을의 이웃들 앞에서 나의 "지중해적" 외모에 대해 한탄한다 한들—그녀가 결혼식 몇 개월 전에 내 사진을 보고 보인 반응이었네—그건 내가 신경쓸 일이 아니지.

내 턱수염에 대해 말하자면, 마리아의 주장처럼 안 그래도 유대인 같은 내 외모를 더 영락없는 유대인의 모습으로 만들기 위해 기르는 게 아니네. 석 달 전 처음으로 면도를 중단했을 때 나는 턱수염을 기르면 랍비 같은 모습이 될 거라곤 생각지도 못했어. 오히려, 당분간 턱수염 기른 남자로 살아보겠다는 그 대수롭지 않아 보이는 결정은 내가 마흔다섯 살에 마침내 아버지가 되기 직전이라는 사실과 관련이 있는 듯하네. 네번째 결혼을 하고, 뉴욕 아파트를 포기하고 템스강이 바로 뒤에 있는 런던의 이 큰 집을 장기적인 안목으로(상당 부분 개축을 해서) 사고, 마리아의 매우 영국적인 삶 한복판에서 외국인으로 정착한 것—이 모든 것들이 대대적인 변화에 휘말린 중년 남자로서의 상징적인 표시를 갖고 싶도록 만든 것 같네.

그럼에도, 오늘 아침 내가 여전히 면도를 하지 않은 모습으로 욕실에서 나오자 마리아가 이렇게 말하더군. "당신은 그걸 서서히 사라지게 내버려두지 않는군요." "무얼 말이오?" "이역 땅 보리밭*에 있는 주커먼." "하지만 내게 그건 완전히 죽었소." "그 끔찍한 걸 달고서 어떻게 그걸 믿는 척할 수 있죠? 당신은 자극적으로 보이게 될 거예요, 안 그런가요?" "난 누군가를 자극해서 나의 멋진 새 삶을 위태롭게 만들 의도는 없소. 오히려, 내가 턱수염을 기른 얼굴만으로도 이곳 사람들을 자극할 수 있다면……" "이곳 사람들은 신경도 안 써요. 나를 놀라게 하는 건 스스로를 자극하고 있는 당신이에요. 그걸 다시 겪는 건 도움이 안 될 거예요." 나는 우리가 그렇게 되지 않을 거라고 그녀를 설득했지. "이건 무해한 장식일 뿐이고 아무 의미도 없소."

자네의 원고가 도착하기 전까지 난 그 일이 그렇게 넘어간 줄 알았네. 자네 원고가 와서 나는 낮 동안 두 번 읽었고 마리아는 한 시간 반 전에야 그걸 다 읽었지. 그녀는 원고를 읽은 후 완전히 이성을 잃고 혼자 침대에 누워 있네. 저녁 먹을 때만 해도 그녀의 걱정거리는 오후에 자른 머리뿐이었는데 말일세. "그는 늘 머리를 잘못 자른다니까요. 이 부분은 왜 이렇게 짧게 자른 걸까요?" 그녀가 내게 말했지. 내가 미용사를 바꿔보라고 하니까 매력적인 합리주의자이고 환상 없는 실용주의자이며 감탄스러울

* 존 키츠의 시 「나이팅게일에 부치는 노래」에서 인용한 구절.

정도로 순종적이고 불평을 모르는 그녀는 이렇게 대답하더군. "그래도 세 번 중 두 번은 제대로 잘라요." 그녀는 지난주에 고용한 새 유모 때문에 조금 더 불안해하고 있었어. 새 유모가 들어올 때마다 혹시 아이들 괴롭히기를 좋아하는 사이코패스는 아닐까 하는 잠재된 두려움을 느낀다고 하더군. 마리아는 이렇게 말했네. "새 유모의 사기를 높여주려고 빨래 건조기를 새로 사겠다고 약속했어요. 그럴 수밖에 없는 게, 당신도 알다시피—유모들은 새 빨래 건조기와 휴가 기간의 해외여행을 보장해주지 않으면 가족을 잘못 만났다고 생각하거든요." 그 정도가 그녀의 걱정거리였고 그것도 대부분 걱정하는 척만 한 거였지. 그녀는 엄청나게 협조적인 여자이고, 요령껏 전략적으로 중도를 지킬 줄 알며, 위기의 상황에서 이성적이고 아주 훌륭하게 행동하니까. 그래서 늘 그렇듯 아주 즐거운 저녁식사 시간이었지.

그다음에 마리아는 자네 책을 읽었는데, 책을 읽으면서 최소한 열댓 번은 고개를 들고 나를 보며 자신이 이해한 것에 대해 이야기하더군. 나는 책에 대한 그녀의 사무적인 평가를 신뢰하네. 그건 그녀가 사람들을 평가하는 방식과도 유사하지. 그녀의 논평의 예를 들자면 아래와 같고, 걱정 가득한 말들로 끝을 맺지. 그녀는 그 말들을 남긴 후 자네에게 간청하는 일을 나에게 맡기고 침실로 달려들어갔네.

1. 그녀는 그 문제(자신과 관련된)를 즉시 찾아냈네. 책을 읽기 시작한 지 단 몇 분 만에 그녀가 말했지. "이런, 아직도 유대인 이야기를 하고 있나요? 좋은 징조가 아닌데요, 안 그래요?" "우리에게? 어느 쪽으로든 아무 의미도 없소." 내가 대답했지. 그녀는 여전히 석연치 않은 표정이었지만 더이상 말을 하지 않았네. 마리아는 같은 말을 반복하지 않지. 난 반복을 하고, 우리가 처음 만났을 때 그녀가 그 점을 지적했네. 그녀는 이렇게 물었지. "왜 당신은 모든 말을 두 번씩 해야 하죠?" "내가요?" "예. 당신은 누군가가 무엇을 하기를 원할 때 꼭 두 번씩 말해요. 상대가 당신 말을 듣지 않는 것에 익숙해진 모양이에요." "글쎄요, 사실 내 인생도 분투가 전혀 없었다고는 말할 수 없어요." "전 말을 한 번도 제대로 안 해요." "그게 혹시 우리의 배경이 다른 것과 관련이 있는 건지 궁금하군요." 그러자 그녀가 말했지. "배경이 다른 것, 가끔 보면 당신은 그 생각밖에 못 하는 것 같고……"

2. "그는 늘 자신의 어린 시절로 돌아가는군요." 마리아는 자네에 대해 그렇게 말한 뒤 자신에 대해 말했지. "난 어린 시절이라면 신물이 나요. 더이상은 사양이에요."

3. 한 시간 후 그녀는 다시 고개를 들고 말했네. "아무리 그라고 해도 자기 인생 이야기에 진력이 나는 순간이 분명코 올 거예요."

4. 이 편지의 초고를 타이핑하고 있는데 마리아가 나를 빤히 쳐다보는 게 느껴지더군. 그때쯤엔 자네 원고의 절반은 그녀 무릎 위에, 나머지 절반은 그녀의 의자 근처 바닥에 흩어져 있었지. "무슨 일이오?" 내가 물었네. "당신네 작가들은 왜 자기도취적이어선 안 되는지 그 이유를 모르겠어요. 내가 보기엔 그게 사람들이 일을 하면서 갖게 되는 성격의 결함들 중 하나인 것 같아요." 그녀가 대답했지. "우린 강박증도 있지." 내가 말했네. "그래요, 거기서 진짜 문제가 시작되죠." 그녀가 대답했어. 나는 그녀가 내 턱수염을 염두에 두고 한 말일 거라고 강박적으로 생각했네.

5. 자네의 네메시스, 최대의 적에 대한 마리아의 견해. "스물다섯 살의 그가 동물적 용어로 뱃속에서 야망의 불길이 활활 타오르는 그 여자에게 맞설 수 없었던 건 내게 전혀 놀라운 일이 아니에요. 그가 어떻게 싸워야 할지 몰랐던 게 조금도 이상한 것 같지 않고요. 교양인들은 늘 교양을 갖추지 못한 사람들의 설득에 넘어가 자신이 의도하지 않은 일을 하게 되죠. 사람들은 지독히도 약하니까요. 스스로 원하지 않는 일들은 하지 않는다는 말이 편리한 분석적 어법이라는 거 나도 알아요. 하지만 그런 어법은 사람들이 약한 면도 있고 어느 시점에서는 그저 묵종하기도 한다는 사실을 도외시하죠. 난 이 문제에 대한 권위자일지도 몰라요. 그는 이 책에서 인정하고 싶어하지 않을지도 모르겠지만,

난 그것이 그 결혼의 전부였다고 생각해요—그의 나약함."

6. "이상해요. 그의 해석에 따르자면, 모든 게 그의 자유를 빼앗으려는 힘들에 대항한 분투예요. 자신의 자유를 갖고, 그걸 주어버리고, 그걸 되찾고—미국인만이 자기 자유의 그런 운명을 삶의 반복되는 주제로 볼 수 있을 거예요."

7. 무작위성에 대하여. "무작위적인 건 없어요. 그에게 일어난 일 중에 의미 없는 건 없죠. 그가 자신의 삶에서 일어났다고 한 일 중에서 그에게 유용한 무언가가 되지 않은 건 없어요. 겉보기엔 무의미하게 파괴적이고 유독한 일들, 당시엔 헛되고 끔찍하고 인생을 망치는 것처럼 보이던 일들이 결국 『포트노이의 불평』을 쓰게 해줬죠. 그래서 그의 삶에 새로운 사람이 들어올 때마다 이런 생각을 하게 돼요. '이 사람은 어떤 유용성을 지니게 될까? 이 사람은 책 속에서 그에게 무엇을 제공해줄까?' 어쩌면 이런 게 작가의 삶과 평범한 삶의 차이점일 거예요." 그래서 내가 말했네. "오직 글감만이 작가로서의 그에게 형성적 경험이 되지. 무작위성은 글감이 아니고—그건 『율리시스』지." "그래요, 작가로서의 그에 관한 한 사실들은 작가로서의 그가 누구인지와 관련이 있죠. 하지만 다른 사실들도 많이 많이 있고 그것들은 빙글빙글 돌고, 논리적이거나 중요하지 않아요. 이건 그저 너무도 엄청나고 무자비하게 논리적인 서술일 뿐이에요. 가장 논리가 안 맞는 인

물인 조시도 그가 형체를 부여한 비논리성을 가져야만 하죠. 지금 내가 하고 있는 말은, 난 그 같은 자서전 작가가 자기 자서전에 넣지 않는 것들에 관심이 있다는 거예요. 사람들이 당연시하는 것들 말예요. 먹고살 돈은 얼마나 가졌는지, 뭘 먹는지, 창밖으로 무엇이 보이고, 산책하러 어디로 가는지. 어쩌면 키케로가 '오쿠파티오occupatio'라고 부른 것이 최소한 얼마간은 있어야 할지도 모르죠. '난 저것에 대해 이야기할 수 있도록 이것에 대해서는 이야기하지 않겠어'라고 말하는 방식으로 이것에 대해 이야기하는 거죠." "그걸 뭐라고 부른다고?" 내가 물었네. "오쿠파티오. 라틴어로 된 수사적 표현들 중 하나예요. '로마 제국의 부에 대해서는 이야기하지 말자, 침략군의 위풍당당함에 대해서는 이야기하지 말자, 등등.' 그리고 그것에 대해 이야기하지 않음으로써 그것에 대해 이야기하는 거예요. 어떤 것에 대해 언급하지 않겠다고 말함으로써 그것에 대해 언급하는 수사적 장치. 내가 궁금한 건, 그가 이해하지 못한 어떤 일이 그에게 일어난 적은 없었을까, 하는 거요. 나에게 일어나는 일들 가운데 99퍼센트가 내가 이해할 수 없는 것들이니까요. 하지만 그건 어쩌면 내가 그 모든 일들을 적어놓지도 않았고, 늘 마음에 새겨두고 날마다 스스로에게 '그런데 이건 무얼 의미하지?'라고 물을 필요가 없기 때문일 수도 있죠. 그는 모든 것들이 무언가를 의미하도록 만들지만, 나는 실제 삶에서 모든 것들이 무언가를 의미한다고 믿진 않아요. 실제 삶에서의 마음은 이 책에 나와 있는 것 같은 그런 요소가 아니에요. 내 삶에서는 확실히 그렇고 아마 그의 삶에서도 마찬가지일 거예요. 그가 멋지게 보이려고 기만적인 이미지를 제시하고 있다는 의미는 아니에요. 내가 보기에, 전반적으로 그 반대의 경우가 성립하니까요. 이 책에서 그는 지독히도 편협하고 강박적이고, 오 세상에, 너무도 기쁨이 없어요. 그는 확실히 행복에 관심이 없어요. 그건 정말 분명해요. 그는 무언가가 그의 전반적인 삶의 양식과 일맥상통하지 않으면 머리가 돌 정도로 따분해하거나 겁에 질리는 것 같아요. 그는 과거의 당신과 조금 닮은 데가 있어요." "영국의 무작위성을 접하기 전의 나를 말하는 거로군." "그래요. 여기 있는 모든 것들이 이해되거나 이용되지는 않지만 놀랍게도 그게 삶이기 때문에 여기 존재한다는 사실을 접하기 전의 당신. 존재가 늘 소설가의 개입을 간절히 원하는 건 아니에요. 가끔은 살아지는 걸 간절히 원하기도 해요."

8. 마지막으로, 자네가 남자들과 여자들에 관해 끌어낸 것. 마리아는 내게 이렇게 말했지. "난 가끔 남자들이 여자들에 대해 근원적 신경증을 갖고 있다는 생각이 들어요. 이건 어디까지나 하나의 의심이니까 돈을 걸진 않겠지만 내 생각에—이런 어린애 같은 말을 용서해줘요—온갖 책들과 경험들을 통해 갖게

된 생각인데, 남자들이 여자들에 대해 약간의 두려움을 갖고 있는 것 같아요. 그래서 그런 행동들을 하는 거죠. 물론 많은 개인들이 개인적인 여자들을 두려워하지 않고 어쩌면 여자들 전반에 대한 두려움이 없는 경우도 많을지 몰라요. 하지만 내 경험에 의하면 대부분의 남자들이 여자들을 두려워해요." 내가 물었지. "그럼 여자들은 남자들을 두려워한다고 생각하오?" "아뇨. 같은 방식으로는 아녜요. 당신도 알다시피, 사실 난 사람들을 두려워해요. 하지만 특별히 남자들을 두려워하진 않아요." "글쎄, 당신 말이 맞을지도 모르지. '두려워한다'는 표현이 너무 강하긴 하지만." "그럼 불신한다고 해두죠." 마리아가 말했네.

그녀가 원고를 다 읽자 나는 자네의 질문을 그녀에게 했네. 이 책을 출간해야 할까? 그러자 그녀가 대답했지. "그가 출간을 원한다면 안 될 게 뭐죠?" 내가 대답했네. "그의 삶에 대해 논할 수 있는 건 그의 상상력뿐이니까. 이런 형식으로는 억제가 너무 심하니까. 이 책에는 자기 검열이 도처에서 눈에 띄니까. 그는 자신의 개인적 체험에 대한 진실을 말하고 있지 않소. 그는 필립이라는 가면을 쓰고는 그걸 할 수가 없지. 필립이라는 가면을 쓴 그는 너무 착하니까. 그는 어머니의 물개가죽 코트에 코를 비비는 어린 소년일 뿐이오. 그 이야기로 이 책을 시작한 것도 놀라운 일은 아니지." "아직은 남편의 글감으로 전락하지 않은 소설가의 아내로서, 난 착함을 나치즘과 동등하게 여기지 않아요." "하지만 이건 표면 채굴과 다를 게 없소. 그가 자신의 방어적인 면을 아주 잘 통제하고 있는데도 이 책은 근본적으로 방어적이지. 말미에 이 편지를 싣는 것도 두 마리 토끼를 다 잡기 위한 자기방어적 수법이고. 난 이제 심지어 그가 허수아비로 세운 사람이 그와 나 중 누구인지도 확신이 없소. 처음엔 내게 보내는 편지 속의 그라고 생각했는데—이젠 그에게 보내는 편지 속의 나 같아. 그 수법이 바로 메시지인 상황에서 내가 그를 믿지 않는다고 말하는 건 적절하지 않은 일이지만, 그래도 난 그를 믿지 않소. 물론 그는 자신의 모든 약점들에 대해 허심탄회하게 이야기하지만, 어떤 약점들에 대해 이야기할지 지독히도 신중한 선택을 거친 후에야 그렇게 한 거지." "여보, 힘내요." 마리아가 말했네. "어쩌면 그가 앞으로는 당신에게도 그렇게 해줄지도 모르니까요." "아니, 그가 그런 까다로운 선택을 한 건 철저히 자기 이익을 위해서요. 아니, 나에 대한 서술에는 그의 신중함도, 수치심도 관여하지 않지. 나에 대해 이야기할 때 그는 진실로 자유롭지. 당신 그리고 나에 대해 쓸 때 그는 메이와 자신을 다룰 때처럼 부드럽고 과묵하지가 않소. 인류학적 대립을 안은 그 로맨스는 사실상 아무 고통이 없지. 적어도 그의 이야기에 따르면 말이오. 메이의 반유대적 어머니는 어디 있지? 그녀는 설령 존재한다

해도 무대 밖 클리블랜드에서 아무도 괴롭히지 않아. 메이의 반유대적 자매는? 존재하지 않지." 그러자 마리아가 더이상 불안감을 억누르지 못하고 말했네. "반면에 우리 엄마와 언니는 사실상 코앞에 살고요! 우리 엄마와 언니는 사실상 밤에 우리와 함께 자기까지 하죠! 제발 부탁인데, 문학에 대한 이론적 토론만 하면 안 될까요?" "그렇게 하고 있었소. 난 그들보다 우리를 더 흥미롭게 만드는 것들을 지적하고 있었어." "하지만 난 흥미롭고 싶지 않아요! 난 결코 대단히 흥미롭다고 할 수 없는 것들과 함께 그냥 내버려졌으면 좋겠어요. 아이 키우는 것. 늙어가는 부모를 방치하지 않는 것. 온전한 정신을 유지하는 것. 흥미롭지도, 중요하지도 않지만 그게 인생이죠. 인간이 삶에서 누릴 수 있는 건 고작 불순물이 섞인 즐거움이란 건 나도 인정하지만, 우리가 그의 유대적 집착에 얼마나 더 시달려야 하느냐고요! 나는 그가 다시 그걸 주요 문제로 삼는 걸 허용하지 않겠어요! 레코드 바늘이 그 빌어먹을 유대인 타령으로 넘어갈 때마다 건너뛸 수도 없고 그러지도 않을 거예요! 당신과 나 사이에 적대감이 전혀 없고 우리가 너무도 잘 지내고 있기 때문에 특히 더요—그가 그걸 시작할 때를 제외하면 말이에요! 우리 어머니 문제로 싸움이 있은 후 몇 달 동안 모든 문제가 자연스럽게 해결된 듯한 조용하고 애정 가득한 긴 시기가 있었어요. 유대인 문제에 대한 대립으로 얻어지는 게 뭐죠? 그 말고 누가 그런 문제에 관심이나 있나요? 난 당신의 새해 결심이 그런 일로 너무 법석을 떨지 말자는 것인 줄 알았어요. 그런데 당신이 턱수염을 기르기 시작한 거예요! 오, 네이선, 정말로 턱수염을 기르는 게 좋은 생각일까요? 당신은 늘 아무도 당신에게 묻지 않는 걸 설명해야 한다는 의무를 느끼는 것 같아요—당신이 존재할 권리, 그리고 여기에 존재할 권리에 대해서 말이에요. 하지만 아무도 당신에게 그런 보증을 요구하지 않아요. 그건—이런 말 한다고 나를 공격하지는 마요—매우 유대적인 감정이고 솔직히 난 그가 아니었다면 당신이 그런 감정을 갖지 않았을 거라고 믿어요. 난 잘 모르겠어요—당신이 그 유대인 문제와 관련해서 정신과 의사를 찾아가보는 게 도움이 될까요? 오늘 저녁 내내 이 책을 읽고 나니—지금 우리에게 닥쳐오고 있는 것에 대해 난 너무도 무방비한 상태인 것처럼 느껴져요!"

그리고 지금 그녀는 어두운 침실에 홀로 누워, 우리가 강박적 전기를 가진 자네의 결정에 따라서만 살아가야 할 거라는, 어느 선에 이르면 등장인물들이 주도권을 '떠맡아' 자발적으로 이야기를 이어나가야 한다는 순진한 주장을 펼치는 작가들의 등장인물들처럼 살고 싶지만 우리와 우리 아이는 그런 행운을 누리지 못할 거라는 두려움에 떨고 있네. 그녀는 이렇게 말하고 있지. "오, 세상에, 또 시작이에요—그는 우리 신세를 망쳐놓을 거예요!"

마리아의 말이 맞나? 무슨 일이 닥쳐오고 있는 건가? 왜 나는 그동안 그녀의 영국에서, 쇠솔처럼 뻣뻣하고 희끗희끗한 수염을 바싹 깎은 채 살아왔어야 했던 건가? 대수롭지 않게 시작된 일이 이제, 아무리 어처구니가 없어도, 다시 우리를 비틀거리게 만들 결과들을 낳게 된 건가? 이 가정의 미래가 자네처럼 드라마틱한 격변을 애호하는 인물에 의해 결정된다면 어찌 우리의 조화로운 만족이 오래도록 이어질 수 있겠는가? 내게 랍비처럼 수염을 기르게 만든 자네가 이 책의 처음 몇 페이지에서조차 비유대인과 유대인의 격차에 대해 평생 그 어느 때보다 더 집착하고 있는 것처럼 보이는 마당에, 어찌 우리가 이 수염에 아무 의미가 없다고 진짜로 믿을 수 있겠는가? 자네가 중년에 자기 민족과 화해하고 싶은 열정을 발견했다는 이유로 나의 이 네번째 결혼이 파탄이 나야만 하는가? 유대인들의 곤경에 대한 자네의 준엄한 평가가 어찌하여 우리에게 고난의 십자가가 되어야 하나!

그건 그렇고, 우린 누구인가? 그리고 그 이유는 무엇인가? 자네의 자서전은 자네 인생에서 무슨 일이 일어나서 자네에게서 우리가 나오게 되었는지에 대해 우리에게 아무것도 말해주지 않고 있네. 그것에 대해서는 거대한 침묵이 흐르지. 이 책은 어떻게 작가가 탄생하게 되었는지에 대한 이야기라는 건 나도 아네만, 내 입장에서는 그후로 무슨 일이 일어나서 자네가 나와 마리아에 대해 쓰게 되었는지를 아는 게 더 흥미로울 것 같네. 이 소설과 자네의 현재 사실성의 관계는 무엇인가? 우리로선 그걸 추측할 수밖에 없겠지. 추측이 가능하다면 말일세. 나는 자신의 평화로운 삶이 방해받는 걸 원치 않는 아내가 있는 이 런던 집에서 유배생활을 하며 무얼 하고 있나? 나는 얼마나 많은 평화를 누릴 수 있지? 아내의 머리 모양, 유모, 빨래 건조기—한때 내가 간절히 원했던 이 열정적이고 정돈된 가정생활을 얼마나 더 누릴 수 있겠나? 아내는 내가 난생처음 '아름다운' 존재가 될 수 있도록 만들어주고 있고, 그녀는 조용하고 소리 죽인 삶 속에서 조용하고 고상하고 즐거운 존재 방식을 이어가는 데 능통해 있지만, 그것이 나와 내 일을 어떻게 만들어놓을까? 자네는 싸움, 분노, 대립과 잔혹성이 없으면 삶은 믿을 수 없을 정도로 따분해지며, 한 사람을 작가로 만들 수 있는 광적인 강박의 대안은 촛불을 밝히고 근사한 와인을 마시며 유모와 머리 모양에 대해 이야기하는 이 멋진 저녁식사들밖에 없다고 암시하고 있는 건가? 수염은 이 모든 것들의 활기 없음, 이 무작위성에 대한 저항을 나타내기 위함인가? 하지만 그 저항이 기괴하게도 파괴적인 갈등으로 진화한다면? 그럼 난 비참해지겠지!

상황은 그렇네. 그렇지 않을 수도 있고. 나의 절절한 호소가 너무도 오래전에 자네를 위해 정해진 상상력의 진로를 바꿀 수 있으리라 기대하는 건 어리석은 짓임을 잘 아네만, 그래도 난 이 저항을 거두지 않겠네. 마찬가지로, 앞부분으로 돌아가서 거기서 내가 주장했던 것—자네의 자기 분석 재능은 나와 함께여야 가장 훌륭하게 발휘될 수 있다는—을 바꾸지도 않겠네. 그 주장이 자네에게 먹혀 우리의 가장 끔찍한 두려움들이 드러나는 것을 사실상 보장하게 된다 해도 말일세. 문학 작품의 등장인물로 진지하게 고려될 정도의 가치를 지니고 싶은 사람이라면 특별대우 요청에 저자가 주의를 기울여줄 거라는 기대를 할 수가 없겠지. 다루기 힘든 갈등에 대한 타당해 보이지 않는 해결책은 자네의 진실성 못지않게 나의 진실성에도 손상을 입힐 걸세. 하지만 자네처럼 자의식이 강한 저자라면, 자기 존재의 필수적인 드라마로 보이는 것과 끝없는 분투를 벌이는 등장인물이 사실 저자 측의 신경증적 의식儀式 수행에 의해 쓸데없이, 잔혹하게 희생당하고 있지는 않은지 의심해보아야 하지. 내가 자네에게 부탁할 수 있는 건 내가 아침에 수염을 깎을 때가 되었을 때 자네가 그 점을 잊지 않아주었으면 하는 것이네.

자네의 기꺼운 벗,

주커먼

추신. 내가 자네의 신경쇠약에 대해 아무 말도 안 했군. 1987년 봄에 간단한 수술로 끝날 줄 알았던 것이 장기간 육체적 시련을 안겨주면서 우울증에 걸려 감정적, 정신적 붕괴의 벼랑 끝까지 가게 되었었다는 소식을 들으니 물론 마음이 괴롭네. 하지만 자네만큼이나 나 자신, 그리고 마리아와의 미래도 걱정된다는 걸 순순히 인정하겠네. 지금도 그런가? 나의 소멸에 맞서서 신중하게 엄선한 8천 단어로 철두철미한 주장을 펼치고 보니, 나 스스로 진짜 고통과의 새로운 싸움을 보장한 꼴이 된 듯하군! 하지만 대안이 뭔가?

지은이 **필립 로스**
1998년 『미국의 목가』로 퓰리처상을 수상했다. 그해 백악관에서 수여하는 국가예술훈장을 받았고, 2002년에는 미국 예술문학아카데미 최고 권위의 상인 골드 메달을 받았다. 필립 로스는 전미도서상과 전미도서비평가협회상을 각각 두 번, 펜/포크너 상을 세 번 수상했다. 2005년에는 『미국을 노린 음모』로 미국 역사가협회상을 수상했다. 또한 펜 상 중 가장 명망 있는 펜/나보코프 상(2006)과 펜/솔 벨로 상(2007)을 받았다.
2018년 85세의 나이에 심장마비로 사망했다.

옮긴이 **민승남**
서울대학교 영어영문학과를 졸업하고 현재 전문 번역가로 활동중이다. 옮긴 책으로 『넛셸』 『상승』 『사이더 하우스』 『밤으로의 긴 여로』 『알렉산드로스 대왕』 『멀베이니 가족』 『동물 애호가를 위한 잔혹한 책』 『파운틴 헤드』 『빨강의 자서전』 등이 있다.

문학동네 세계문학
사실들: 한 소설가의 자서전

1판 1쇄 2018년 7월 17일 | 1판 2쇄 2018년 8월 10일

지은이 필립 로스 | 옮긴이 민승남 | 펴낸이 염현숙
기획 강윤정 | 책임편집 김영수 | 편집 강윤정 김봉곤 홍유진
디자인 김마리 이원경 | 저작권 한문숙 김지영 | 모니터링 이희연
마케팅 정민호 박보람 나해진 우상욱 | 홍보 김희숙 김상만 이천희
제작 강신은 김동욱 임현식 | 제작처 한영문화사(인쇄) 신안문화사(제본)

펴낸곳 (주)문학동네
출판등록 1993년 10월 22일 제406-2003-000045호
주소 10881 경기도 파주시 회동길 210
전자우편 editor@munhak.com | 대표전화 031) 955-8888 | 팩스 031) 955-8855
문의전화 031) 955-3576(마케팅) 031) 955-2679(편집)
문학동네카페 http://cafe.naver.com/mhdn | 트위터 @munhakdongne
북클럽문학동네 http://bookclubmunhak.com

ISBN 978-89-546-5202-5 03840

www.munhak.com

미국 현대문학의 거장

필립 로스

Philip Roth

미국의 목가(전2권) 정영목 옮김

지금껏 필립 로스가 써온 소설 중 가장 강렬하다. 예술의 경지에 이른, 맹렬하고 충격적인 작품. _뉴욕 타임스

1998 퓰리처상 수상 | 타임 선정 '20세기 100대 영문소설'

나는 공산주의자와 결혼했다 김한영 옮김

광대하면서도 내밀한 비극에 숨이 멎는 듯하다. 작가라면 누구나 이런 작품을 쓰고 싶어할 것이다. 나 또한 다시 한번 필립 로스에게 매혹당했다. _신경숙(소설가)

휴먼 스테인(전2권) 박범수 옮김

『미국의 목가』의 철학적 버팀목일 뿐만 아니라 웅대하고 감동적이다. _뉴욕 타임스

2001 펜/포크너 상 수상

굿바이, 콜럼버스 정영목 옮김

필립 로스가 계속 단편소설만 썼다 해도 그는 여전히 우리 시대 최고의 작가가 되었을 것이다. 그의 데뷔작이자 유일한 소설집인 『굿바이, 콜럼버스』는 그만큼 훌륭하다. _래리 다크(편집자)

전미도서상 | 다로프상 수상

포트노이의 불평 정영목 옮김

출간 당시 미국 도서관들이 금서로 지정하고 호주에선 금수 조치되어 펭귄북스가 밀매까지 단행했던 20세기 최고의 문제작!

타임 선정 '20세기 100대 영문소설'